講談社文庫

カスティリオーネの庭

中野美代子

講談社

目次

カスティリオーネの庭

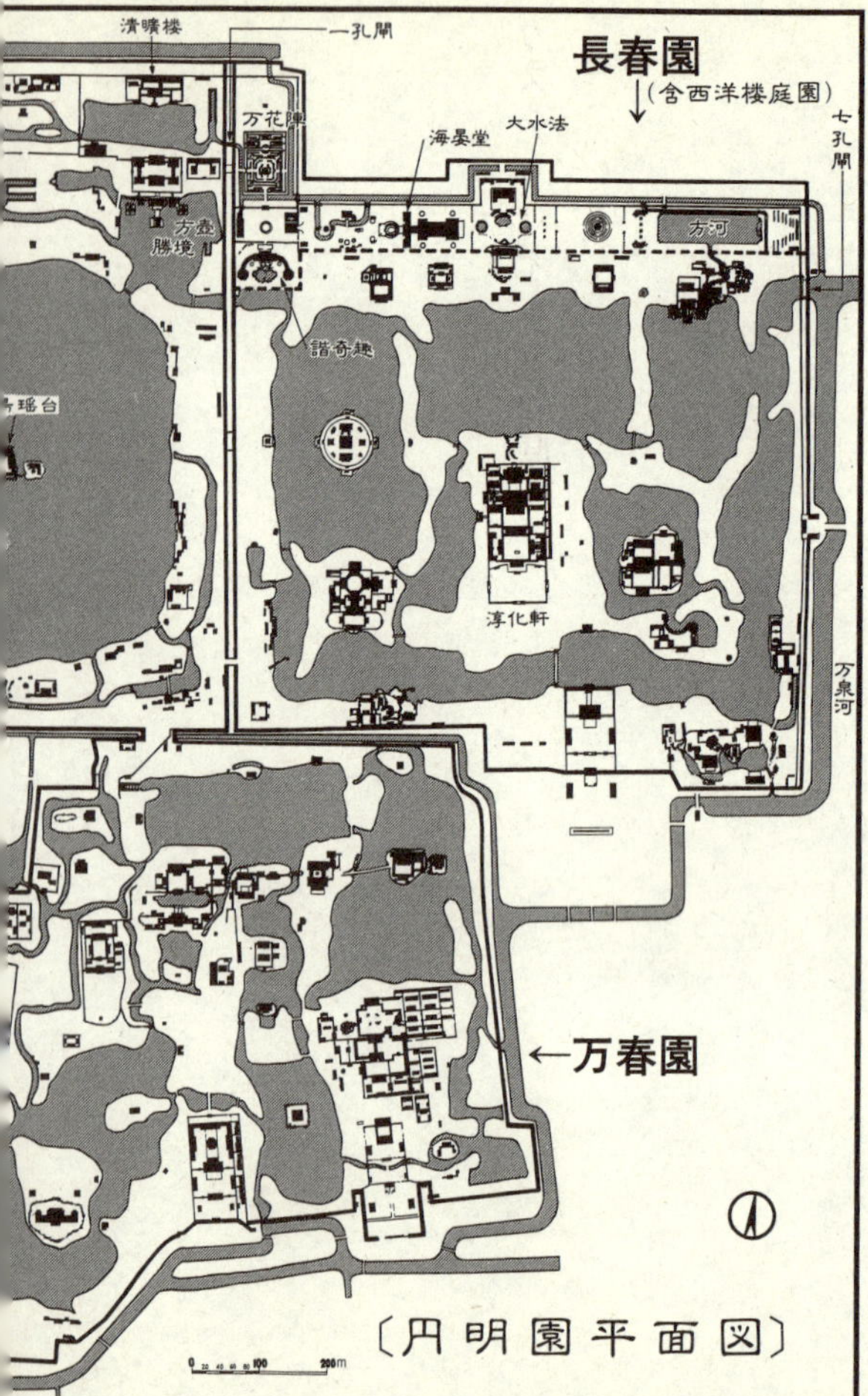
清曠楼
一孔閘
長春園
(含西洋楼庭園)
七孔閘
大水法
海晏堂
万花陣
方壺勝境
方河
諧奇趣
淳化軒
万泉河
万春園
0 20 40 60 80 100 200m

〔円明園平面図〕

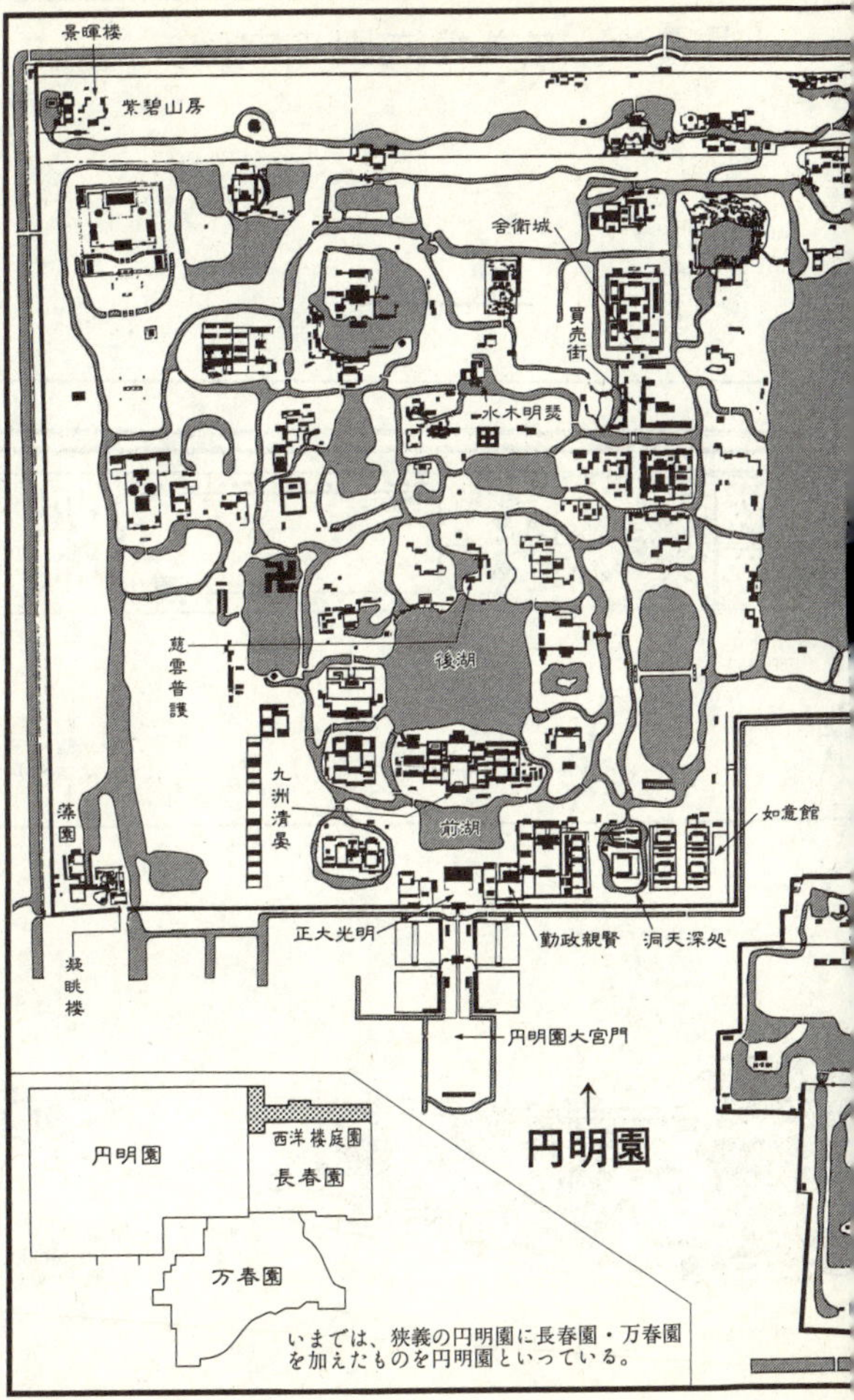
景暉楼
紫碧山房
舎衛城
買売街
水木明瑟
慈雲普護
後湖
九洲清晏
前湖
藻園
如意館
正大光明
勤政親賢
洞天深処
疑眺楼
円明園大宮門
円明園
西洋楼庭園
長春園
円明園
万春園
いまでは、狭義の円明園に長春園・万春園を加えたものを円明園といっている。

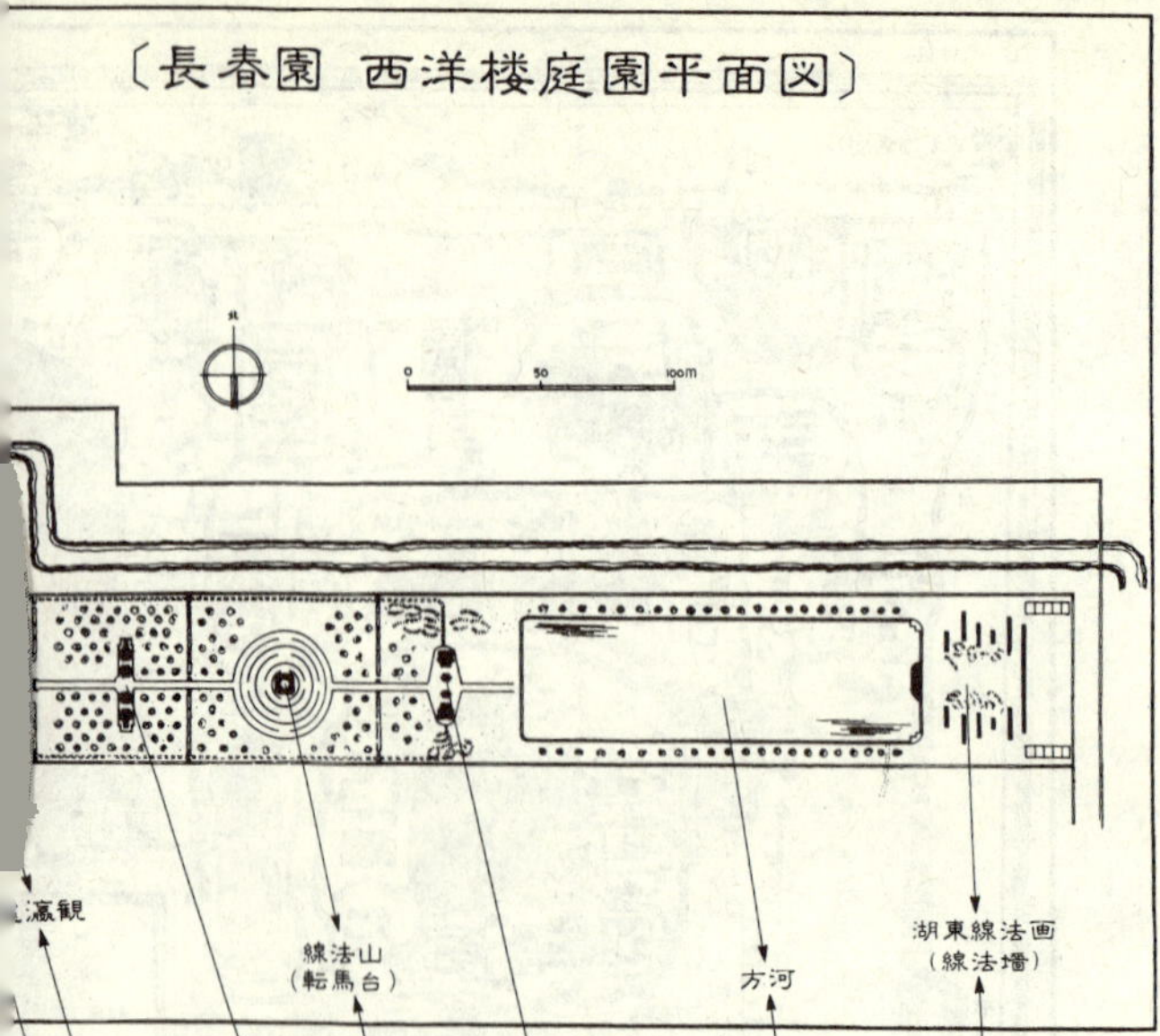

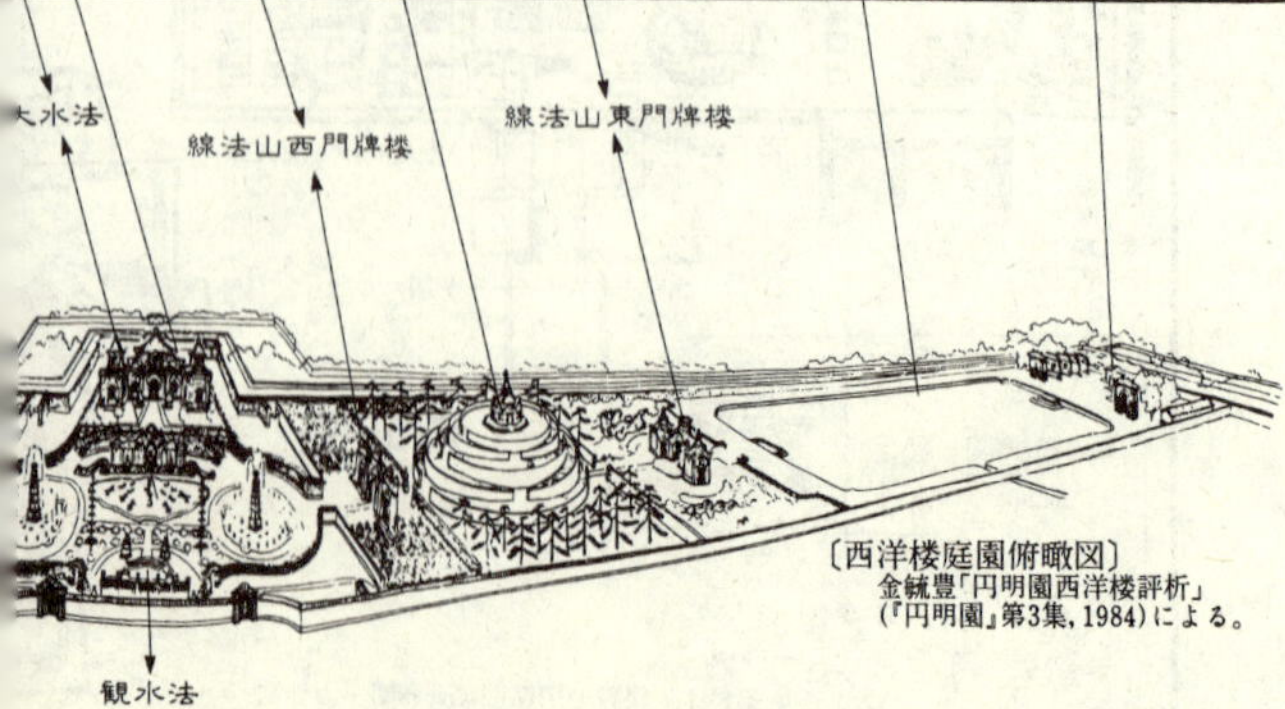

〔西洋楼庭園俯瞰図〕
金毓豊「円明園西洋楼評析」
（『円明園』第3集，1984）による。

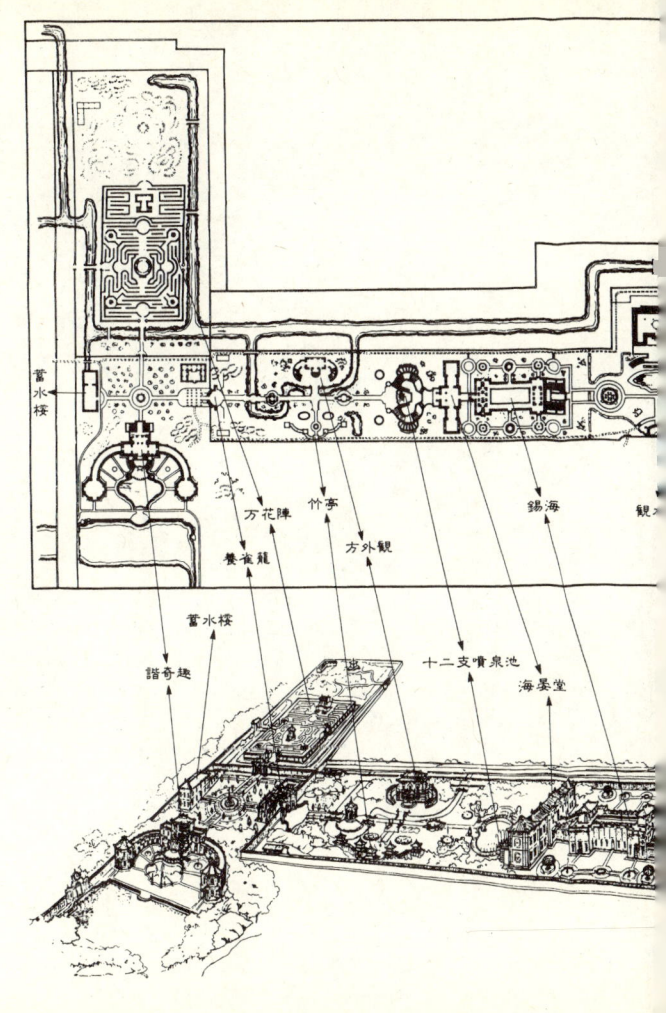

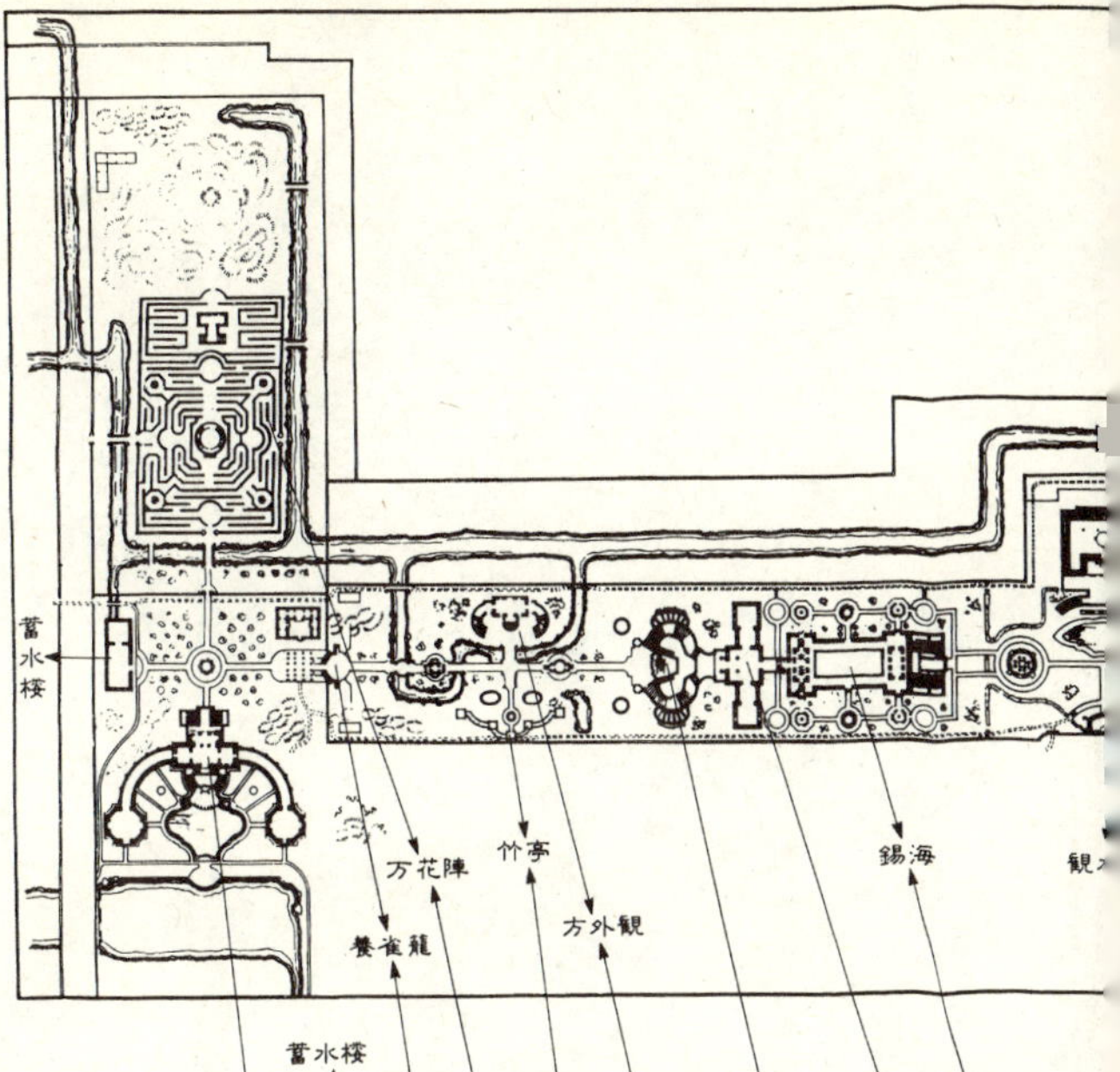

蓄水楼
万花陣
竹亭
錫海
観
養雀籠
方外観
蓄水楼
諧奇趣
十二支噴泉池
海晏堂

第一章　南京の猫

ミシェル・ブノアが、てのひらにのせた小さな懐中時計に目を落とした。

「そろそろ未《ひつじ》の刻です」

「そうだな」

と、ジュゼッペ・カスティリオーネがしわがれたこえでつぶやいた。そして、ふたりが視線をむけたさきは、鋳銅の羊の彫像であった。

「ほら」

と、ブノアがいい、

「出ない！」

と、カスティリオーネがひくく叫んだのは同時だった。

未の刻には、羊の彫像の口からいきおいよく水がほとばしり出ることになってい る。ところで、一刻まえの午《うま》の刻にも、羊の口から水が出なかったという。午の刻には、馬の彫像の口からのみならず、ここにならぶ十二支の動物たちの銅製彫像の口がいっせいに水を噴きだし、正午を知らせることになっている。それが、羊だけ水を出さなかったとて、園吏が如意《によい》館の工房にいるふたりに報告にきたのである。戦争画を描いていたカスティリオーネと、天文星図を製作していたブノアは、それぞれ手をやすめ驢馬を駆って、長い墻壁《しょうへき》づたいに海晏《かいあん》堂と呼ばれる西洋楼(西洋館)まで検分にやってきた。

いまふたりが立っている海晏堂西面正面《ファサード》につき出たバルコニーからは、ぐるり円形をなしてくだる階段にかこまれるように、扇形の池が見おろせた。扇のかなめにあたるところには、巨大なあこや貝をかたどった泉源があり、つねに水を噴きだしていたが、左右にひらいた扇の骨にあたる直線部分には、十二支の動物が羅漢衣《らかんえ》を着て座すすがたの彫像が置かれている。すなわち、バルコニーから見て右側には、牛・兎・蛇・羊・鳥・猪《いのしし》が、左側には、鼠・虎・龍・馬・猴《さる》・犬がならんでいるのである。かれらは、それぞれの刻限に水を噴きだし時を告げる噴水時計であった。

その時計が故障した。いや、なに、この仕掛けが完成してからのここ数年、故障はしばしば生じた。わけても、秋、にわかにおそってくる寒気のため、動物たちの台座に内蔵されている歯車やぜんまいが凍りついた。冬は、まったく噴水をとめた。

いまは、しかし、陰暦五月である。ブノアが懐中をさぐって鍵束を出した。ガチャガチャあらためていたが、

「おかしいですな。羊の鍵だけありません。取りにいきますから、ここでお待ちくだされ」

「うむ」

と、カスティリオーネはこたえた。バルコニーの階段をすべるように走りおりるブノアのうしろすがたを見送りながら、カスティリオーネはみずからもその階段の手すりに、白蠟のような指をのせた。

＊

乾隆《けんりゅう》三十年、西暦でいえば一七六五年。ジュゼッペ・カスティリオーネは七十七歳になっていた。マカオに上陸し、ここ北京《ペキン》に来てから、かっきり五十年になる。かっきり！

十九歳でふるさとのミラーノからジェーノヴァに移り、イエズス会に入会したカス

ティリオーネは、やがてポルトガルに行って東方布教の日を待った。一七一四年、イエズス会総長ミケランジェロ・タンブリーニの渡航許可がおり、四月十一日ノートル・ダム・ド・レスペランス号にてリスボンを出航、インドのゴアで船を乗りかえ、あくる一七一五年七月、マカオに上陸したのである。以来五十年、一度もこのシナの地をはなれていない。

「ただの一度も！」

とカスティリオーネは、こえに出した。かれはゆっくりと階段をおりきって、例の動物たちが左右にならぶ扇形の池を、さきのバルコニーとは反対の側からながめた。正面のあこや貝は、繊細な糸のような水をいくすじも紡ぎだし、そのかろやかな音が、寂寞《じゃくまく》をきわめたこの離宮の庭にひっそりとひびいた。

あこや貝は、かれのふるさとの教会の壁龕《ニッシュ》上部に嵌めこまれたものと似ていた。水から生まれた貝殻が水を噴きだすふしぎは、かれのとおい記憶のなかにかすかにたゆたっていた。とはいえ、ブノアが設計し、ここ数年来、見なれたこの噴泉池のかなめに位置するあこや貝には、いずれにしろ、なんの不安もなかったのである。問題は、時を告げる動物たちだった。しかし、それも、やがて鍵をたずさえてもどるブノアが解決してくれるだろう。

＊

その日、皇帝は、北京西郊の離宮のひとつ暢春園《ちょうしゅんえん》に幸していた。のちに乾隆帝《けんりゅうてい》と、その元号をもって俗称されているこの皇帝は、名君として名だかい清《しん》朝第四代皇帝聖祖《せいそ》、すなわち康熙《こうき》帝の孫として康熙五十年、西暦一七一一年に生まれた。父帝たる世宗《せいそう》すなわち雍正《ようせい》帝が崩じ即位したのが二十四歳、そしていま、帝は五十四歳である。

皇太后にたいし、帝が孝養をつくすさまは、カスティリオーネにも異常に見えた。皇太后はこのとき七十三歳、シナふうにいっても七十四歳であるから、かれより若い。それでも、七十をこえての長途の旅はつらかろうに、帝は、どこに幸するにも、皇太后を奉じて出かけるのだった。

その年も、二月から四月まで、帝は皇太后を奉じ第四次の南巡すなわち南方視察に出かけた。寒い北京をはなれ温暖な江南の地をへめぐるのであるから、老いたる母太后をともなうのは当然とはいえ、その行程にあたる蘇州・杭州・南京《ナンキン》等々といった土地の役人や民衆の労苦たるや、ひとかたのものではなかった。カスティリオーネも、かつての南巡に随行したことがある。

このたびの南巡には、しかし、不吉なうわさがあった。随行した皇后が杭州において発狂したらしいというのである。たしかに二月末、わずかの従者にともなわれた皇后の鹵簿《ろぼ》が帰京したことは、カスティリオーネも親しい宦官《かんがん》から耳うちされていた。とはいえ、発狂といってもどんなようすなのか、いっさいは闇のなかである。一説によれば、杭州の行在《あんざい》での一夜、皇后はみずからの手で頭髪を短く剪《き》ってしまったのだという。清《しん》は満人の王朝であるから、漢人の男子は満人の風俗である辮髪《べんぱつ》を強要された。髪を剪るということは、反清《しん》のあかしにほかならず、辮髪を垂らさぬ女子にとってもタブーだったのである。ことは、皇后といえども同断であった。狂疾とされ途中から北京にかえされた皇后が、皇城内のどこにいるのか、見たものはいない。

四月末、帝は皇太后を奉じ還京した。そしてきょうも、皇太后の居所である暢春園に幸しているのである。

カスティリオーネは、皇后の肖像を描いたことがある。ただし、発狂したとされる現皇后ではない。帝が即位したての乾隆二年、父雍正帝より賜った富察《ふさ》氏を皇后に冊立し、帝みずからの肖像とならべ描かせたのである。

さて、その皇后は、乾隆十三年三月、帝が例によって皇太后を奉じ泰山《たいざん》など山東への旅に出たとき、徳州《とくしゅう》での船旅においてにわかに崩じた。盛大な葬儀をおえて七月、皇太后の懿旨《いし》があった。嫻《かん》貴妃那拉《なら》氏をつぎなる皇后に冊立すべく、まずは皇貴妃に立て、皇城六宮《りくきゅう》をとりしきらせよ、というのである。那拉氏とは太子時代から帝につかえ、乾隆二年に嫻妃に封ぜられ、十年には嫻貴妃となっていたひとである。それが皇后亡きあと皇貴妃に進められ、十五年に皇后に冊立されるにいたったについては、懿旨に見えるように、皇太后のつよいあと推しがあったからであろうと思われる。こうして皇后となった那拉氏ではあるが、髪を剪ったというただその一事をおもてむきの理由として、帝から遠ざけられてしまった。

　あくる乾隆三十一年、このあわれな皇后が崩じたとき、帝はその葬儀を皇后の礼をもってしてではなく、皇貴妃の礼をもっておこなわしめた。

　さらに、ずっとのちの乾隆四十三年のことだが、帝が東巡のみぎり、錦県の金従善《きんじゅうぜん》なるもの、大胆にも上書《じょうしょ》して、すみやかに皇后を冊立せられんことを、とて皇帝の家庭の私事に容喙《ようかい》してきたことがあった。それについての皇帝の諭《ゆ》にはこう見える。

――那拉氏は、孝賢皇后とおくり名された富察氏が崩じてのち皇貴妃となり、さらに皇后に立てられた。それからの那拉氏は、いくつもの過愆《あやまち》を犯したが、朕《ちん》は昔ながらにやさしく接してきた。しかるに、国俗にて忌む剪髪をば平気でおこなったのである。それでもなお皇后の位を廃せず寛容にあつかってきたが、のち病いをもって薨《こう》じた（皇后なら「崩じた」といわなければならぬところ、「薨じた」といっている点に皇帝の矛盾がある）。葬儀の格は落としたが、位号を削るなどのことはしていない。朕はここまで仁義をつくしたのだ。以後は、二度と皇后を立てることはしない。しかるに、従善とやらのいいぶんをきけば、いかにも朕に罪ありといわんばかりではないか。

金従善は斬罪となった。……

もっとも、これはカスティリオーネの知らぬことである。いまのかれにとっては、皇后の発狂とて神のみこころのままというほかはない。そして、いずれにせよ皇后をめぐることがらは、皇帝の私事なのであった。

＊

いまカスティリオーネのあたまを占めているのは、新疆《しんきょう》と、いまは呼ばれるようになったトルキスタンでの清《しん》朝軍の数年まえの戦勝のありさまを、銅版画にのこすようにとの帝の命令である。帝の内々の沙汰は、すでに昨年の十一月にあった。銅の板面に図を刻みこみ、そこにインクをつめて印刷するという銅版画の技法は、いまの北京では不可能につき、ヨーロッパに送らなければなりませぬと、カスティリオーネはこたえたが、ならば、おまえたちが原画を描き、それを西洋のしかるべきところに送って銅版に彫らせ印刷させせよと、これは帝のつい先日の正式命令であった。

「世寧《せいねい》よ、銅版画ならば、そちのもともとの技《わざ》が生かされるであろうの」

と、そのとき帝はいった。世寧とは、カスティリオーネのシナ名である。姓は郎《ろう》、名は世寧、字《あざな》は若瑟《じゃくしつ》。Joseと発音できる若瑟に、ジュゼッペのフランス音ジョゼフを託していた。もっとも、ジョゼフないしヨセフを洗礼名とするシナ人はそのころでもたくさんおり、康熙年間に渡欧した広東人として、陸《りく》若瑟や艾《がい》若瑟などがおり、逆にシナに来た西洋人のシナ名のなかにも李《り》若瑟が見いだされる。

さて、帝が「そちのもともとの技が生かされる」といったのは、西洋絵画においてふつうに見られる陰影法・明暗法を存分に駆使してよろしいということである。帝は、カスティリオーネはじめ西洋人画師たちがとくに人物を描くにあたって、顔面に陰影をほどこし立体感を出すのを禁じていた。さきに述べた即位直後の皇帝および皇后を描いた画巻も、真正面をむいたかれらのかおには、真正面から光があたり、ために陰影はほとんど見えない。もっとも、よく見れば、鼻梁の高さを表現すべく、帝の眉から鼻にかけてかすかな陰影がほどこされてはいる。それが若き皇帝の聡明さをあらわしてもいるのだが、あとで描かされた后妃たちの画巻では、いずれも白くのっぺりした正面像で、それゆえに、個性というものは等しなみに消されているのだった。

銅版画となると、しかし技術的にもそうした描きかたはできない。まして、戦争画である。おびただしい人馬や背景となる新疆の荒野など、躍動する画面をつくりあげ銅版に彫らせるためには、西洋絵画の技法をそっくり駆使するほかなかった。

天山山脈の北、アルタイ山脈の西にひろがるジュンガル盆地は、そのほとんどが沙漠である。清朝が成立してほどなく、この地は蒙古系のジュンガル部ガルダン・ハーンの支配するところとなった。康熙帝以来、清朝はしばしば出兵してジュンガル部を配下に置こうとしたが失敗、乾隆二十一年、ジュンガル部の内紛もあってようやく平定した。いっぽう、天山山脈の南に拠《よ》ったウイグル族系の回部（回教徒《ムスリム》の国）は、清朝のジュンガル部平定に乗じ独立をはかって蜂起、乾隆二十四年にこれまた平定された。

皇帝が銅版画としてのこしたいというのは、このジュンガル（準噶爾）部と回部を平定し勝利したことを記念する《準回両部平定得勝図》十六葉であった。もっとも、その原画すべてをカスティリオーネにというのではない。フランス人ジャン・ドニ・アッティレ、ボヘミア人イグナティウス・ジッヒェルバルト、ローマ人ジャン・ダマセーヌの三人をも加え、とりあえず四葉の原画を描かせ、それを最近の船に託してフランスに送り、銅版に彫らせようというのである。ダマセーヌがアウグスティヌス会宣教師であるのをのぞけば、あとはすべてイエズス会士であった。北京西北にある離宮のひとつ円明園内の如意館に工房をあたえられ、布教よりも宮廷画師として、皇帝の命ずるままに絵を描きつづけている。……

＊

海晏堂噴泉池のあこや貝からは、白い絹糸のような水が噴き出ている。その水の流れを目で追いながら、カスティリオーネは行ったことのないジュンガルの沙漠に思いを馳せた。沙漠といっても、砂丘の波がどこまでもつづくモロッコのそれとはちがうらしかった。イエズス会は十六世紀以降アフリカでの布教をつづけていたが、カスティリオーネはポルトガルにいたころ、アフリカがえりの会士からモロッコの沙漠のありさまをきいたことがある。ジュンガルの沙漠は、ごつごつした岩山と砂地が互《かた》みに出没するおそるべき地形らしかった。カスティリオーネにその地形を説明したシナ人将軍は、「龍堆《りゅうたい》」といった。砂にからだを埋めた巨大な龍が、そのギザギザの脊梁《せきりょう》だけを出しているように見える風蝕土堆群のことだが、ウイグル人はヤルダンと呼んでいる。いずれにせよ、西域の果ての異形の風景にカスティリオーネの想像力はおよばなかった。

それに、戦争にも、かれの想像力はおよばなかった。とはいえ、騎馬兵たちのうごきは、いくらでも描くことができた。毎年初秋のころ、帝は皇太后を奉じて北京のはるか東北に位置する木蘭《もくらん》の狩猟場に行くのをつねとしていたが、カスティリオーネも同道し四巻から成る《木蘭図》を描き、おびただしい人馬の狩猟のさまを活写していたからである。それにかれは、馬を描くのがなにより好きだった。

実戦を見たことのない身にとっては、しかし、そこに流れる血の悲惨を描くことはできなかったし、神の教えにそむくこともできなかった。それでも、シナの画風からひさびさにはなれ、「もともとの技が生かされる」絵を描くことができるのは、大きなよろこびではなかったか。

シナの画風? それすら、カスティリオーネにとっては苦痛でなくなっていた。皇帝即位の直後から矢つぎばやに発せられる絵画制作の勅命は、かれをシナふうの画家にしたててもいたからである。

皇帝は、カスティリオーネたち西洋人に銅版画《準回両部平定得勝図》の原画を命じるひと月ほどまえに、長大な《南巡図》の制作を徐揚《じよよう》に命じた。さきに述べたように、帝はすでに四次にわたって南巡を果たしていた。温暖な江南への旅は、寒冷の北京に住む帝とその母太后をよろこばせた。カスティリオーネは、乾隆二十二年の第二次南巡に随行し、蘇州・杭州・南京のやわらかな陽光を写生した。しかし、それによって《南巡図》を制作せよという勅命はおりなかった。そして、この春の第四次南巡に随行した徐揚が命じられたのである。

康熙帝もまた、六十一年におよぶその在位のあいだ、六次にわたり南巡した。康熙二十八年、西暦でいえば一六八九年の第二次南巡のありさまが、王翬《おうき》とその弟子たちによって十二巻に描かれている。鹵簿《ろぼ》が北京をたつ場面にはじまり、浙江《せっこう》の紹興にいたる道のり、さらに南京をへて帰京するまでが、長い巻では二六メートル、短い巻でも一五メートルはあろうという長尺の巻子《かんす》に描かれた。

この《康熙南巡図》に匹敵する記録を、長大な画巻としてのこしたいというのが、康熙帝の孫たる現皇帝のつよいねがいだった。なればこそ、カスティリオーネにも秘蔵のその画巻を見せ、第二次南巡にも随行させたのだが、なぜかそれきりとなった。

徐揚とは蘇州のひと。乾隆二十四年にふるさと蘇州の都市の繁華を一二・四メートルの画巻に描いて皇帝に献じた。題して《盛世滋生図《せいせいじせい》》。そこに登場する人物は四千六百人を超え、水郷のまちにふさわしく、橋梁だけでも四十あまり、大小さまざまの舟や筏も三百余隻という、みごとな傑作である。

カスティリオーネもまた、感嘆してながめたが、びっしり描かれた家並の遠近法が、あちこちひどく狂っているのが気になった。

皇帝は、この《盛世滋生図》を嘉《よみ》し、徐揚に《南巡図》の制作を命じたのである。ジュンガル部や回部など異族を平定した記録は、異族のカスティリオーネたちに描かせる——帝の意図は、まことにまっとうだった。

＊

カスティリオーネは思いだす。第二次南巡に随行し、南京《ナンキン》に行ったときのことを。

シナ人は江寧府《こうねい》と呼ぶ南京に五泊したあと、船で秦淮河《しんわい》をくだり揚子江《ヤンツキアン》に出た。皇帝と皇太后の船、后妃たちの船などと、いく隻もの華美な船の行列のはるか後方の船に、カスティリオーネは乗っていた。岸辺に、けぶるような柳の緑が揺れ、あわいくれないの桃の花がそこかしこに咲いていた。

まちの家並のかなたに報恩寺の九重宝塔がのぞまれたが、それはかつて康熙帝ものぼって眺望をたのしみ、内帑金《ないど》を賜って重修させたものだった。

やがて城壁がつらなり、水西門と旱西門《かんせい》があいついで見え、門外の喧騒がとぎれると、清涼山《せいりょう》のふもとのしずかな入江になる。ここにも柳のけぶるような緑がかさなっていた。

カスティリオーネは、南京に滞在していたとき、散歩しがてらこの清涼山のふもとまで来たことがあった。ふつう、西洋人宣教師にはシナ人のまちを散歩する自由などない。マカオに上陸し広東《カントン》経由で北京に行った最初の旅のときも、半分は船、半分は轎《かご》であったけれども、外を見ることはゆるされず、宿でも一室にとじこめられたままだった。

カスティリオーネとともに例の銅版画《準回両部平定得勝図》の原画の制作を命じ

られていたジャン・ドニ・アッティレは、乾隆三年、一七三八年に来華し、マカオから北京にやってきたが、その旅についてつぎのようにしるしている。

　われわれは皇帝に呼ばれてというよりは、むしろ皇帝の許しを得て当地にやって来ました。われわれを案内するための一役人が任命されました。われわれの費用はいかにも当局が支弁するようにわれわれを信じさせたのですが、これはただ言葉の上だけのことでして、ほとんど全額はわれわれの費用もちになってしまいました。旅行の半分は舟で行なわれました。舟の上で食事し、舟の上で寝ました。不思議なことは、ちゃんとしたひとたちは地上に降り立つこともないし、また通過する土地を見るために舟の窓辺に身を置くこともないということでした。

　残りの旅はひとびとが好んで轎《リテイエル》と呼ぶ一種の檻《おり》で行なわれました。一日中このなかに閉じこめられるのです。夕がたには轎は宿屋に入ります。その宿屋たるや、やはりなにものをも見ることなしに北京に到着する仕掛けになっている宿舎なのです。いつも一室のなかに閉じこめられていたのでは、好奇心はもはや満足させられはしないのです。（一七四三年十一月一日づけアッソー氏あて書簡。矢沢利彦編訳『中国の医学と技術——イエズス会士書簡集』東洋文庫による）

第二次南巡に随行したときのカスティリオーネは、南京のまちだけではあったにしろ、名にしおう揚子江《ヤンツキアン》の流れを清涼山からながめ、写生するということで、莫愁湖《ばくしゅうこ》のほとりの宿舎から徒歩《かち》で散策するのをゆるされたのである。むろん宦官《かんがん》がひとり監視役としてついた。もともとカスティリオーネはからだが弱い。しょっちゅう風邪をひいた。そのたびに帝は太医院の医士をつかわし薬を処方させた。まして、このときカスティリオーネ六十九歳。それでも、北京において西郊の一寒村たる海甸《ハイテイエン》に購入した家と、工房のある如意館とを往復する毎日になれている。内廷のつかいばしりと后妃や宮人たち女どものごきげんとりに明け暮れている宦官たちとは、足のきたえかたがちがう。

その日も、宦官の高玉《こうぎょく》は、清涼山のふもとにある小さな茶店のまえで、このさきはあるけないといいだした。時間がなくなるから、だめだともいった。なるほど申《さる》の刻までには、莫愁湖までもどらなければならない。それにしても、まだ正午まえではないか。

高玉が西洋人のおもりをなまけ、茶店で小吃《おやつ》とお茶にしたいのだということは、カスティリオーネにもよくわかった。よくあることだ。かれは、自分より十歳以上も若い、しかし、しわだらけの宦官のてのひらに小銭をあたえた。

「あの岩をまわって写生したら、すぐもどるからな」

と口疾《くちど》にいうと、卑屈な笑いをうかべた高玉は、腰をかがめながら上眼《うわめ》づかいにいった。

「へい、ごゆっくりなさって。郎世寧さま」

こうして、カスティリオーネは監視役からいっときはなれ、新緑の細い糸を垂らす柳の木立ちをくぐった。江上には帆船がただよい、岸にもやった小舟はのんびりたゆたっていた。桃の花がほころぶ岩かげをぐるりまわると、そこはもう水草の生いしげる入江になっていて、人の気配とてない。その入江をへだてたおくの崖にそって、目もくらむであろう高さに櫓《やぐら》が組まれ、頂きに朱塗りの小さな祠《ほこら》があった。

とろりと眠りそうになる春日を浴びながら、カスティリオーネはその入江を写生した。かつて拝観した王翬の《康熙南巡図》第十一巻にも、まさしくこの入江が描かれていたのをかれは思いだしていた。江上の船からながめたこの入江の奥がまるで深山幽谷のように、峨々たる岩のつらなりになっていたのを記憶していたが、じっさいはもっとのっぺりした地形にすぎない。

「シナ人が岩を描くと、石ころのような小さなものでも、とほうもない奇巌絶壁になってしまう」

と、カスティリオーネはつぶやいた。

二、三枚ほど丹念なスケッチをおえると、高玉の待つ茶店にもどるべく、懐中時計をまさぐった。ところが、ない。宿舎に置き忘れたのに気づいて立ちあがった。すると、すぐうしろの岩かげから、シナ人の少年がすべるようにすがたをあらわした。

少年は、カスティリオーネのスケッチをぬすみ見していたのだった。横に来てカスティリオーネのかおを見あげ、異人と知るやおどろいて逃げようとした。

「お待ち、坊や」

と呼ぶカスティリオーネの完璧な北京語《マンダリン》に、少年は立ちどまってふりむいた。異人と見てひたすら逃げるのがふつうであろうに、老いた西洋人がしゃべる美しい北京語は、少年の好奇心をそそるのに足るものだったらしい。

「いまなんどきかわかるかね。そろそろ午《ひる》どきだろうと思うのだが、時計を忘れてしもうた」

少年は、またびっくりしたようだった。こたえぬまま逃げてしまうだろうと思われた。しかし少年は、シナ人の衣服を着ている老いた異人をじっと見あげつづけていた。カスティリオーネも、粗末な服をまとい、はだしでつっ立っている十歳ほどのその少年に微笑をたたえた視線をそそいでいた。その碧眼をみつめながら、少年は、

「待って。いまおしえてあげるから」

と、しわがれたこえでいい、また岩かげにすがたを消した。どこでしらべてくるのだろうと思うまもなく、

「ニャオー」

という、思いきりひくい猫のなきごえがした。あの少年が黒と白のぶちの大きな猫をかかえ、カスティリオーネのまえに立った。少年の腕からのがれようと、猫はもう一度、

「ニャオー」

と野太くないたが、少年にくびねっこを押さえられ、抱きかかえられて顔面を空にむけられると、それでおとなしくなった。

少年は、大きくひらいたままの猫の眼をじっとのぞきこんでいる。青い虹彩が、春の日ざしを浴びて糸のように細い。それでも眼をつぶらずおとなしくしているのを、少年はまじまじとながめた。やがて、かおをあげた。

「まだ、きっかり正午にはなっておりません」

と、少年は断言した。

シナ人は、猫の眼に時間を読みとる！　カスティリオーネは戦慄した。

シナ人は、猫の眼に時間を読みとる。それなのに、シナの皇帝は西洋の機械時計に夢中になっている、とカスティリオーネは思った。

＊

神の時間を機械時計で区切るようにしたのは、あきらかに僧院である。神につかえる身が、朝起きてから夜寝るまでの時間を、秩序なくすごしてはならない。とはいえ、イエズス会は、僧院で祈りに明け暮れるよりも、はるか異国の地で布教のため身を粉にするのをえらんだ。

カスティリオーネもまた、布教のためにシナに来たのである。布教するには、しかし、シナの皇帝の許可が要る。そのためには、シナの皇帝に気に入られなければならない。それにはさいわい、シナの皇帝が欲している西洋人宮廷画師となる途があった。そこで、イエズス会士としてはひくい助修士という地位に甘んじて、カスティリオーネは絵を描きつづけてきた。やすむひまもなく、五十年も……

皇帝がほしがっている西洋人としては、ほかに時計師があった。西洋の機械時計にかくべつの関心をいだき、その蒐集に熱中したのは康熙帝である。帝は西洋の時計を自鳴鐘《じめいしよう》と呼び、宮殿内でも乾清門《けんせい》内の後宮のなかにある端凝殿《たんぎよう》にあつめ、そこを自鳴鐘処と称した。雍正帝の時代になると、西洋からの献上品としての自鳴鐘をならべるだけでは足りず、皇帝の命ずるままに製作したり、古い献上品の故障を修理したりする做鐘処《さしょうしょ》がもうけられた。

現皇帝の時計趣味は、祖父帝や父帝のそれをさらに上まわった。乾隆八年十二月、西洋人にからくり時計をつくるようにとの命がくだり、ひと月後に提出された設計図に多くの注文をつけ、六年がかりで製作した時計にさらに難題を出した。シナ人にとって長寿万歳のシンボルである八仙を象牙でつくり、樹木亭台には寿山石を用い、からくり仕掛けで時を告げ、音楽をかなでるという凝《こ》りに凝った時計が完成したのは、そのさらに数年後のことだった。

皇帝がとくに好んだのは、水法と呼ばれるからくりをもつ時計である。細いガラス管を撚《よ》りあわせ、銅線でひと束ずつまとめ、機械で回転させる。すると、あたかも落下する滝のような、あるいは上に噴きあげる噴水のような、さらにあるいは、流れている川のような効果を生むのである。

水法――いまカスティリオーネがみつめている海晏堂西面の噴水時計も、帝の水法ごのみから発したものである。それが、故障したらしい。……

＊

「もどりましたよ」

ミシェル・ブノアのこえで、カスティリオーネは我にかえり、ふりむいた。

「羊の鍵だけ、わたしの部屋に落ちていたのです。おかしいですな、十二の鍵はひとつにたばねておいたのに」

といいながら、正面のあこや貝にむかって左側にならぶ六種の動物像の背後のすきまに、ひらり身をおどらせた。

海晏堂西面バルコニーから噴泉池までおりる階段の横に、そのすきまはあった。動物像をのせるそれぞれの台座のうしろに、台座内部にかくされた仕掛けを点検するための扉がついている。羊の像の台座の扉を開閉する鍵を、ブノアはさがしにいったのである。

ギーと、扉があく音がした。

突然、ブノアが悲鳴をあげた。

「骸骨が……」

カスティリオーネも、台座のうしろのすきまに、老いたからだをすべりこませた。

ブノアの指がふるえながらさししめす暗い台座のなかに、白骨化した死体が横たわっていた。

第二章　雪獅子の皇子たち

「あれは断じて皇后の死体ではありません」

と、ミシェル・ブノアがいった。

時計製作のための歯車をいじっていたジル・テボーが、椅子にふかぶかと身を埋めたジュゼッペ・カスティリオーネの青い眼をみつめながら、口ごもるように、

「江南への巡幸からひとり先にかえされてから、だれも皇后のすがたを見ていないのです。殺されたといううわさもありますしね」

「大きな骸骨でしたよ。小柄な皇后のものではなかった」

と、ブノア。

くすものかね」
「かりに皇帝が皇后をしまつしたとしても、その死体をわざわざ噴水台座のなかにか
カスティリオーネがつぶやくようにいった。西洋人画師や時計師の工房である如意《にょい》
館にも、かれらの用を弁ずるためという名目で、監視役の宦官《かんがん》が貼りつけられてい
る。ポルトガル語ではなしているとはいえ、宦官のなかには、ポルトガル語をすこし
は解するものもいた。
「だれの死体にせよ、あの噴水はきのうまで正常にうごいていたのです。きのうから
きょうにかけて、骸骨をあの台座に入れたものがいる。わたしの鍵も、あの台座のぶ
んだけ抜きとられていましたからね」
ブノアがいうと、カスティリオーネもうなずいた。するとテボーが、
「いずれにせよ、皇帝一族のだれかの死体でしょう。それ以外のものの死体を、皇帝
の離宮の、しかも噴水台座にはこびこむなんて、できるはずがありません」
「詮索せぬことだ。われわれには関係のないことだ」
とカスティリオーネがいい、目をつむった。ブノアもテボーもうなずいたが、ブノ
アは小さくつぶやいた。
「それにしても、なぜわたしの噴水に……」

「詮索せぬことだ。おまえたちには関係のないことだ」

＊

羊の噴水台座のなかに白骨死体を見つけたブノアの通報で、円明園管理の役人が五人やってきた。台座のなかをあらためるなり、西洋人ふたりをしりぞけ、あっというまに死体をはこび去ったが、噴水装置を修理するため海晏《かいあん》堂の南面のかげで待っていたふたりに、役人はこういったのである。

「いっさい他言せぬことだ。いいな」

とも、役人はつけ加えた。

白骨死体がとりのぞかれると、大きな歯車はコチコチとうごきはじめた。骨の一部が歯車にひっかかり、作動しなくなっていただけだったのである。そこで、ふたりは如意館にもどった。テボーがひとり、時計を製作していた。たまらずブノアが、海晏堂噴泉池で見たことをテボーに話した。カスティリオーネも、テボーならと、ブノアを制することはしなかった。

テボーは皇帝のために、機械仕掛けで百歩ほどあるくライオンをつくったことがある。胎内にしまいこんだ仕掛けは、歯車やぜんまいをびっしり内蔵し、尾のつけ根のところ、すなわち肛門に捩子《ねじ》をさしこみきつく巻くと、ほんもののライオンの毛皮を着こんだ縫いぐるみが、ほんもののライオンそっくりに悠然とあるきだすのだった。皇帝はよろこび、皇子たちをあつめて見せた。

ライオンがつくれるなら、人間のかたちをした自動人形《オートマトン》もつくれるはずだ、というのが、帝のつぎなる要求であった。そして、じっさいテボーはつくりはじめたのだが、失敗した。いや、失敗したふりをしたのである。オートマトンをつくったら、帝は、その人形にことばをしゃべらせよ、字を書かせよというであろう。すべては帝のおもちゃにすぎない。際限なくおもちゃをつくらせられている宣教師たち！

テボーの自動ライオンを思いだしたカスティリオーネは、ライオンにあたるシナ語が獅子であるのに気づいた。とはいえ、シナ人のいう獅子とライオンは、やはりちがう。寺院や道観の門前などに左右対《つい》に置かれた石獅子には、ライオンのたてがみはなく、かわりに仏陀のあたまにある螺髪《らほつ》があった。そんな獅子を、カスティリオーネは描いたことがある。ただし、石獅子ではなく雪獅子であった。

雪のすくない北京にも、正月、まれに雪が降ることがある。子どもたちはよろこんで、すくない雪を積みあげ、日本人なら雪達磨《だるま》と呼ぶ雪像を、雪阿弥陀《あみだ》ないし雪羅漢《らかん》と称してつくる。器用な子は、より手のこんだ雪獅子をつくる。

あれは乾隆《けんりゅう》三年のことだったか、カスティリオーネは《歳朝図《さいちょうず》》を描くようにとの帝の命を拝した。歳朝とは元旦のことであるが、帝が皇子たちと宮殿の庭の一角にて残雪の歳朝をたのしんでいるありさまを描け、というのである。もっとも、カスティリオーネひとりにではなく、唐岱《とうたい》・陳枚《ちんばい》・孫祜《そんこ》・沈源《しんげん》・丁観鵬《ていかんほう》といったシナ人画家たちにも助力を命じた。即位してまもない皇帝は、まだカスティリオーネに全幅の信頼を寄せるにはいたっていなかった。

帝即位の年にカスティリオーネが唐岱と合作し、まっさきに新帝に捧げた《羊城夜《ようじょうや》市《し》（よみせ）図》を、帝は、あまりにも洋風にすぎるとして評価せず、臣下にあたえてしまったことがある。以来、カスティリオーネの絵画制作には、シナ人画家による補筆が加わることが多くなった。

《歳朝図》にも、帝の注文は多かった。松竹梅は必ず描くべきこと、紫禁《しきん》城後宮の庭における回廊の一角として仮想すべきこと、園内の牆壁には円形の洞門をつけるべきこと、皇子三人および侍童八人を描くべきこと、皇子たちのうち、ひとりは帝のかたわらに侍立させ、ひとりは爆竹に点火させ、ひとりは雪獅子をつくらせるべきこと、などなど。

《歳朝図》を描いた乾隆三年十二月当時、皇子といえば、皇一子の永璜《えいこう》、皇三子の永《えい》璋《しょう》、皇四子の永珹《えいせい》の三人しかいなかった。帝がもっとも愛した皇二子の永璉《えいれん》は、孝賢皇后が生んだだけに、やがて皇太子に冊立しようとしていたが、その年の十月、わずか九歳で薨《こう》じた。《歳朝図》には、しかし、まだほんのみどりごの永瑆をのぞき、永璜・永璉・永璋の三皇子を描くようにと帝は命じた。早逝した永璉を画中にしのぼうとしたのである。

永璜が帝のかたわらに侍立し、亡き永璉が爆竹にいままさに点火せんとし、永璋が雪獅子をつくっているというのが、帝の要求した画中の三皇子であった。おなじ年ごろの侍童たち八人をそのまわりに配し、帝の座す椅子のまえの火鉢に炭をいけているもの、皿に盛った水菓子をはこぶもの、永璋の雪獅子づくりを手つだうものなど、愛らしい少年たちのうごきをカスティリオーネが活写し、シナ人画家たちが彩色して細部を描き、柱の対聯《ついれん》に漢字を書いた。

うっすらと雪をいただく松の枝がさしかかる堂宇の、びくともしない安定感は、これこそカスティリオーネが遠近法をもってピシリと線引きしたたまものだった。柱のむこうには、葉に雪をのせた竹が生え、牆壁にまんまるく穿たれた洞門のかなたにも、まばらな竹林がのぞまれた。そのさらにむこうは、空々漠々たる空間がひろがるばかりで、宮殿内なら当然あるべき堂宇のつらなりを遠景として描くことはゆるされなかった。

ところで、乾隆二十五年にも、カスティリオーネは《歳朝図》の制作を命じられた。構図は乾隆三年作のとまったくおなじ。ただし、椅子に座す帝は生まれてまもない皇子をいだくべきこと、雪獅子は描かずともよいことなどが指示された。

皇子の数は、その年まで十五人をかぞえるにいたったが、うち八人はすでに薨じていた。さきの《歳朝図》に描かれた皇一子の永璜は乾隆十五年に、雪獅子をつくっていた皇三子の永璋も、第二の《歳朝図》を制作する少しまえに、それぞれ薨じた。帝に抱かれている皇十五子の永琰《えいえん》はその年の十月に生まれた。すなわち、のちの嘉慶《かけい》帝となる皇子である。

この第二の《歳朝図》には、存命している七人の皇子すべてと、侍女ふたりが描かれた。皇子たちのなかには、すでに成人して皇孫をもうけているものも二、三あったが、第一の《歳朝図》にならって、すべて童児のすがたで描くようにとの、これも帝の命令であった。幼い男の子が雪獅子をつくっている情景は愛らしいのに、それは描かずともよいとわざわざ指示した帝のこころのうちは、カスティリオーネにはわからなかった。

＊

突然、カスティリオーネはジル・テボー助修士にたずねた。

「あんたが自動人形《オートマトン》のライオンをつくったのはいつのことだったかね」

「五年まえですよ。一七六〇年です」

一七六〇年といえば、乾隆二十五年である。

「なるほど、わしが《歳朝図》の改訂版を描かされた年だ」

「あの年はいろんなことがありました。海晏堂の噴水時計が完成した年です」

と、ミシェル・ブノアがいった。

「ということは、円明園西洋楼がすべて完成した年だな」

カスティリオーネがつぶやくと、あとからはいってきたジャン・ドニ・アッティレがあかるいこえで、

「あの年は、たしかにいろんなことがありましたな。新疆《しんきょう》から香妃《こうひ》がつれてこられたのも、その年でした」

話題が皇帝の身辺におよんだので、一同は無視した。アッティレも、気づいて沈黙した。

宣教師たちは如意館にて夕食のテーブルをかこんでいる。南の海甸《ハイティエン》までもどり、そこにかれらが購入したやしきで食事するときは自前で食費をもつが、円明園内の如意館での食事は皇帝もちであった。羊肉や豆腐や青菜などを中心とした食事はわるく

はなかったが、葡萄酒がないため、砂糖ぬきの紅茶でそのかわりとするほかなかった。

皇三子の永璋がにわかの病いで亡くなったのもその年だったなと、カスティリオーネは思いだしていたが、口にはしなかった。雪獅子をつくってよろこんでいた幼い日の永璋の美しいすがたが目にうかんだが、皇子たちが嬉々としてたわむれる宮殿の庭が、《歳朝図》ではいかにもあいまいなことに、なお不満がのこるのだった。

「《得勝図《とくしょう》》のデッサンはすすんでいますか」

と、アッティレが骨つきの羊肉をナイフとフォークでたくみにはがしながら、カスティリオーネにたずねた。骨ごと手にもってしゃぶりついていたカスティリオーネのあごひげに、スープのしずくがしたたった。

「うむ。だいたいのデッサンはな。皇帝は、きょうはめずらしく見えなかったが、あしたは見えるだろう」

「きょうのこともありますしね」

とブノアがいったが、それにはとりあわずに、

「ジュンガルの山と沙漠を中心に描けば、おびただしい軍勢が敵と味方にわかれて激突する光景は迫力をうしなう。戦闘場面の一部を大きく描けば、山も沙漠も迫力をう

しなう。むずかしいものだ」

「皇帝ののぞみは、清《しん》軍優勢、そして勝利という事実をパノラマにすることだ。そのためには、山や沙漠も、じっさいの情景とちがっていてもかまわんのです」

と、アッティレがいった。そこへ悠然とはいってきたイグナティウス・ジッヒェルバルトが、椅子につくなり、

「皇帝は、われわれに徹底した写実主義《レアリズモ》を要求しているのだ」

といってから、食前の祈りをささげた。

「見たこともないシナ・トルキスタンの風景を、レアリズモで描けるものですか」

アッティレがいうと、テボー、

「いかにもそれらしいというのが、皇帝のレアリズモなんです。わたしの自動人形《オートマトン》のライオンをごらんなさい」

「絵画は歴史の記録でもある。おもちゃのライオンとはちがうよ」

十字を切ったジッヒェルバルトが、砂糖をたっぷり入れた紅茶のカップを手にしていった。ナプキンで口もとひげをかるく拭ったカスティリオーネは、目をつむった。

「歴史の記録とても、皇帝のおもちゃにすぎんよ」

*

銅版画《準回両部平定得勝図》制作のため、いまカスティリオーネがその原画を描いているのは、《オロイ・ジャラトゥの戦いの図》である。オロイ・ジャラトゥとは、ウルムチの西北約二〇〇キロのウスとイリとのほぼ中間にある。乾隆二十三年三月、清《しん》軍はそこに回部《ムスリム》の大軍を追った。清軍はわずか五十人、それがさらにふた手にわかれて敵の退路を断ち、みごと勝利をおさめた、という。

画面近景では、寝こみをおそわれたムスリムの将兵たちが、つぶされた円屋根のゲルからほとんどまるはだかでとびだし、それを追う清兵たちの刀でとどめをさされんとしている。そのむこうにならぶゲルと三角形のテントの群れはすでに清軍に制圧されたらしいが、右手奥のテントの群れには、騎馬の清兵たちが弓矢をかまえ、いままさに殺到せんとするところだ。

そのむこうには、突兀《とつこつ》たる岩山と、沙漠らしい広大な平地がつらなり、そのさらに遠景にも、岩山がきれぎれにかすんでいた。

植生は、天山山脈の北にあたるオロイ・ジャラトゥでは、ほとんどトウヒの純林になるはずだが、まっすぐの尖塔状の樹形ときいて、カスティリオーネはふるさとのとおい記憶をたどりつつ糸杉《チプレッツ》に似せ、しかもそれをまばらに配するにとどめた。そのかわり、中景の岩山には北京近郊に多い広葉樹を密生させている。

海晏堂噴水時計の台座から白骨死体が出たあくる日、皇帝は如意館の工房にカスティリオーネをたずねた。もちろん、《両部平定得勝図》の原画の進行ぐあいをたしかめるためである。

「はだかで逃げまどう敵兵たち。それを追うわが将兵たち。なるほど、みごとに戦いの一瞬をとらえているな。うごいているように見える」

帝は立ったまま、ひろいテーブルの上にひろげた線描画の前景に指をさした。帝のそばにひざまずいたカスティリオーネは、うつむいて、

「御意《ぎょい》」

とだけいった。

「うごいているように見えるのもわるいものではない。しかし、わがほうの将軍のだれが、どこで、なにをしているかわかるように、名札をつけて識別できるようにしてくれ」

「名札を、でございますか。これだけの人数の敵と味方に？」

カスティリオーネはかおをあげ帝を仰いだ。

「そうだ、ムスリムの将兵の名は漢字では書けぬであろう。満洲文字で書かせ、その小さな短冊を画面に貼るのだ」

「これは下絵ですから名札を貼ってもよろしいですが、銅版画用の原画となりますと、パリの彫版師たちは承知いたしますまい」

「朕《ちん》のためだ。歴史の記録として、朕がながめるためだぞ。彫版用の原画には無用。この下絵に入用なのだ」

「ははっ」

そこで帝は、侍者がはこびこんだ椅子に腰をおろし、カスティリオーネにも座をすすめた。といって、自分の椅子に腰かけるわけにはいかない。ひざまずいた姿勢をゆかの上の胡坐《こざ》に変えただけである。

「うごいているように見える絵を、そちは何回か描いておるが――」

「はい、たとえば《木蘭図《もくらんず》》もそうでございます」

木蘭とは、北京の東北に位置する熱河《ジョホール》にいとなんだ皇帝の避暑山荘の、さらに北方にもうけた鹿の狩猟場である。満洲語で muran とは「鹿狩りのかこみ」「鹿狩り」のこと。そこで漢字の「木蘭（シナ音は mu-lan）」をあてた。康熙《こうき》帝以後、皇帝は秋八月になるとここで鹿狩りをするのをつねとした。

木蘭での鹿狩りのありさまを、カスティリオーネは二十年まえに描いた。全四巻。それぞれが幅五〇・四センチ、長さ一六メートルという長尺で、第一巻は皇帝の行列の木蘭のまちへの入城、第二巻はおびただしい三角テントのつらなりにかこまれた広場での皇帝の角力《すもう》見物、第三巻は騎兵たちの投網による野馬の捕獲、第四巻は皇帝および皇子たちの鹿狩りである。

豆つぶより小さく描かれた、ほとんど無数といってもよい人びとが、画中で無数のうごきをしている。圧巻は帝の鹿狩りで、逃げまどう鹿たちとそれを追う帝や皇子たちの迫真の描写もさることながら、丘や谷をめぐりつつ、すきまなくびっしりならんだ勢子《せこ》役の騎馬兵の列がまことにみごとといえた。

「《木蘭図》も、なるほどうごいているように見えるの。しかし、これとはどこかちがう。どこがちがうか説明してみよ」

帝は《両部平定得勝図》を横目で見ながらたずねた。

「《木蘭図》は、おそれながら陛下が毎年、この木蘭にてとりおこないたもう行事を描いたものでございます。それゆえ、そこに描かれたことがらは、細部にいたるまで、陛下がよくよくご存じでありますれば、陛下のご記憶のなかでうごいたり静止したり、おぼしめしのままと申せましょう。

ところが、この《得勝図》は、おそれながら陛下が親しくみそなわすこと能わざる情景でございます。戦争でありますれば、瞬時のうごきが生死を分けまする。その劇的な一瞬を画面にうつしだすには、えびすの大将の幕舎がつぶれ、そこから大将がはだかのままとびだし、そこをまた陛下の将兵が刀をかざしておそいかかるといった、日常にはあらざる時間を凝縮しなければならないのでございます」

はなしているうちに、八十になんなんとするカスティリオーネの頰は、くれないを潮《ちょう》した。

「ほほう、日常にあらざる時間とな。日常の時間とても不断に流れ去る。一寸のさきになにが出来《しゅったい》するやもしれぬ。劇的な一瞬が日常の時間のなかにおとずれぬともかぎるまい？」

帝は目を細めて老いた画家を見おろした。射るような視線だった。帝のわずかな口ひげが、かたくむすんだくちびるの両わきに垂れている。康熙帝も雍正《ようせい》帝もおなじような口ひげをもっていたことを、カスティリオーネは思いだした。

「御意」

と、かるくあたまを下げてから、

「しかしながら陛下、《木蘭図》は毎年恒例の陛下のめでたき鹿狩りを描いたものでありますれば、その息づまるような緊張の一瞬とても、陛下が過去に体験あそばされ、したがって、将来もまたおなじように体験あそばされるであろう時間のなかでのことでございまする。されば、《木蘭図》に描かれた陛下をはじめとするおびただしい人びとのうごきは、うごいているようで、とまっているのと等しいと申せましょう。うごかすのは陛下のご記憶とご意志しだいでございます。濃淡や明暗をめだたせず、できるだけくっきりと平板に描くことで、時間を静止させ、あとは陛下のみこころに委ねるというのが、《木蘭図》の描きかたでございます。ところが、《得勝図》はと申しますと……」

「もうよい、《得勝図》のことは――」

といってから、帝はとおくを見る目つきになった。

「毎年恒例の行事を描いた絵となると、はるか以前にそちたちに描かせた《歳朝図》や《上元図》《じょうげん》もそうであったな。もっとも、《歳朝図》は数年まえにも似たものを描かせたが――」

ついきのう、ふと思いだしたのが讖《しん》をなしたかのように、《歳朝図》のことが帝の口から洩れたので、カスティリオーネはおどろいた。それにもましておどろいたのは、かれもとんと忘れていた《上元図》の名を、帝が口にしたことである。

上元とは一月十五日。さっと降りつもった雪の庭でたわむれる皇子たちを、帝がやさしく見まもるという図であるから、二幅の《歳朝図》とほとんどかわらない。はじめの《歳朝図》は乾隆三年であったが、《上元図》はその七、八年後の乾隆十一年ごろの作ではなかったろうか。これにも、当然のことながら、帝のうるさい注文がこまごまとついた。

ほんのみどりごの皇七子永琮《えいそう》と皇八子永璇《えいせん》をのぞき、存命している皇子五人を描くべきこと、《歳朝図》で爆竹に火を点じようとしていた皇二子永璉《えいれん》は、そのときすでに薨《こう》じていたが、《上元図》では、皇六子の永瑢《えいよう》が、《歳朝図》の永璉とおなじように、爆竹に火をさしのべ片手で耳をおおっていた。

皇一子の永璜《えいこう》は、やはり帝のそばに侍立し、皇三子の永璋《えいしょう》は、これも《歳朝図》とおなじように雪獅子をつくっていた。

雪獅子！　第二の《歳朝図》で消えた雪獅子は、《上元図》のときはまだ生きていたのだ。はじめの《歳朝図》とまったくおなじ姿勢の帝が座す回廊の一角の、すぐまえの前院（おもての庭）と、回廊をへだてて奥に見える後院（うらの庭）とをひろく俯瞰するような構図になっているこの《上元図》は、遠景に、さむざむとした池と雪をかぶった険しい岩山のつらなりとを配していた。それら山水は、例によって沈源《しんげん》・周《しゅう》鯤《こん》・丁観鵬《てぃかんほう》といったシナ人画家が描いたが、いかに皇城内とはいえ、こんな巨大な岩山のあろうはずはなかった。

雪獅子づくりに興じる皇子と侍童たちは、帝からは見えぬ後院のなかに描かれた。それも、そのときの帝の指示によるものだった。《歳朝図》では、あるべき後院のたたずまいをすべて消し去った遠景の処理に不満をいだいたカスティリオーネだったが、《上元図》では皇城のひろびろとした院落《にわ》の構造を思いきり描くことができ、かれは満足だった。

＊

突然、皇帝は話題を転じた。

「そちは死をおそれるか」

帝のこの問いが発せられたのは、これでいく度になるのか、カスティリオーネもはっきりおぼえてはいない。

「よい生を送ったキリスト教徒は死をおそれませぬ。したが、悪しき生を送ったものは、おおいに死をおそれます」

とこたえるのがつねである。すると、きまって、

「よい生を送ったか、悪しき生を送ったかを、人はどうして知ることができるか」

と、帝はたずねるのだった。カスティリオーネのこたえはこうである。

「人は、みずからの良心の証明によってそれを知るのです」

いつものこたえをくりかえすべきだろうと、カスティリオーネは思った。しかし、虚をつかれたかれは、ひとこと、

「いいえ、おそれませぬ」

とだけいった。帝はにっこり笑った。

「そうであろうな。そちは、よい生を送ったのだから」

それに応じようとする老いた宣教師を、帝はさえぎった。

「ちかごろ、わが宗室《そうしつ》の一公子が洗礼を受け、その兄弟も受けようとしているそうだ。むかしの蘇努《スヌ》一族の例もある。朕は、そちたち西洋人の宗教を禁じたことはない。だが、わが国民に信仰を押しつけ、悪しき生を送らせ、それでよい生を送ったといえようか」

カスティリオーネは、胡坐の姿勢から、にわかに跪拝《きはい》した。からだがかすかにふるえている。

「いえますとも。陛下のくにたみに悪しき生を送らせ、それでみずからはよい生を送ったというのであれば、わたくしどもの独善でございます。なれど、陛下のくにたみ

を……」

帝は立ちあがった。

「もうよい。絵をつづけよ」

と、きつくいい捨てるや、きびすをかえし大股で工房をたち去った。

いつものことだ、帝はつねに唐突に問いを投げかけてよこし、こたえようとすると、「もうよい」とて、たち去るのである。それは、皇帝のみがもちうる大権であるから、なんぴとといえども反論し、ひきとめることはできない。

「もうよい。絵をつづけよ」

という帝のことばを、カスティリオーネは三十年も耳にしつづけてきたのだった。

＊

宗室すなわち皇帝の一族は、ほとんど無数にいた。現皇帝は清朝の始祖ヌルハチ、すなわちシナふうの廟号でなら太祖《たいそ》からかぞえて第六代である。太祖の位を嗣いだ第二代皇帝ホンタイジすなわち太宗《たいそう》は太祖第八子。十五人いた太祖の皇子たちそれぞれに子孫があり、また、太祖その人の兄弟にもそれぞれに子孫がいる。こうして第六代にまでくだれば、宗室の数はおびただしいものとなる。

さて、太祖の第一子を褚英《チュエン》という。さきほどの帝のことばのなかに見える蘇努は、褚英の曾孫《ひまご》である。蘇努は康熙帝により、宗室として親王・郡王・貝勒《ばいろく》に次いで高い爵位である貝子《ばいし》に叙せられていたが、雍正帝が即位してまもなく貝勒に進められ、しかし雍正二年、すなわち一七二四年、いきなり爵位を剝奪され、山西省《さんせい》右玉県《うぎょく》なるへんぴなとりでに追放された。公子たちやその妻子たち、従僕たちをもふくめて三百人もの一族郎党もしたがった。

蘇努の第三子蘇爾金《スルギエン》が康熙五十八年、一七一九年にホセ・スワレス司祭により洗礼を受けて以来、蘇努の十三人の公子たちのほとんどはカトリックに入信していた。その妻子たちも、多くが入信した。

八十歳になんなんとしていた蘇努は、配所に流されたあくる年に死んだ。入信した公子たちは、つぎつぎと逮捕され、監禁されて獄死した。

雍正帝の蘇努一族にたいする迫害は、これにとどまらなかった。一七二六年、蘇努の墓をあばき、骨を焼いて風に飛ばすという、屈辱的な刑がおこなわれた。

蘇努その人はキリスト教に入信しなかったのであるから、この刑はキリスト教を弾圧するためのものだとは、おもてむきはいえない。蘇努が生前、大逆罪に荷担したことがあきらかになったとされたのである。

そもそも、康熙帝の皇四子たる雍正帝、すなわちその名でいえば胤禛《いんしん》が大位を嗣ぐことになろうとは、だれしも思っていなかった。康熙帝は、はじめ皇二子たる允礽《いんじょう》をまだ一歳そこそこのときに皇太子に冊立したが、その允礽は、長じてのち驕慢なふるまい多く、三十五歳にして太子位を廃せられ監禁された。しかし、あくる年ふたたび皇太子に立てられたものの、性行あらたまらず、またも廃立されたのである。

以来、康熙帝は二十四人の皇子のいずれを皇太子とするか、決定せぬまま晩年にいたった。宗室や寵臣にひそかに意見を求めることはあったが、多くは皇八子の允禩《いんし》を推した。蘇努《スヌ》もまた、允禩に与《くみ》した。皇子たちのあいだで、皇嗣をめぐる争いが激化した。

それがなぜ皇四子胤禛に落ちついたのか。康熙六十一年、一七二二年、帝は十一月七日、病いにたおれ、十三日の夜、六十九歳をもって崩じた。その病いの床には、八人の皇子がかけつけたが、宗室以外のものとしてただひとりいた宰相の隆科多《りゅうかた》が、皇帝の遺詔と称して皇四子を次帝とするむねつたえたのである。当然のことながら、疑惑がささやかれた。

即位後の雍正帝は、政敵となった兄弟や宗室の一掃にのりだした。わけても允禩およびその弟の允禟《いんとう》にたいする迫害は苛烈で、かれらはともに獄中にて死んだ。くだんの蘇努一族にたいする迫害も、キリスト教弾圧もさることながら、こうした骨肉の争いの累を受けたものだったのである。

＊

康熙から雍正へのうつりかわりにともなう、こうした悲惨なできごとは、カスティリオーネをはじめとする北京在住のイエズス会士たちにもよくわかっていた。康熙帝の信任あつかったドミニク・パランナン師がフランスに送った数通の書簡には、シナ史料からは読みとれぬほどの巨細《こさい》をきわめた経緯《ゆくたて》が述べられている。しかし、宮廷内の争いのこととて、かれらになすべきことのあろうはずはなかった。

雍正帝の時代が十三年でにわかにおわり、現皇帝が立つと、雍正帝にうとまれ獄死したもの、なお獄中にあるものは、おおむね名誉を回復した。蘇努の一族も、おもてむきは宗室としての地位にもどった。しかし、キリスト教への弾圧は、かえってきびしくなっていた。

いましがた帝がカスティリオーネにいったことば――

「ちかごろ、わが宗室の一公子が洗礼を受け、その兄弟も受けようとしているそうだ。むかしの蘇努一族の例もある」

これが、カスティリオーネのこころにひっかかった。数年まえに北京に来た若い宣教師ピエール＝マルシャル・シボーが、つい昨年のこと一公子に洗礼を授けたとは、カスティリオーネも知っていた。シボーは、なんと、宮中につかえる宦官にも洗礼をほどこしたとのことだった。その一公子がだれなのかは、しかし、カスティリオーネも知らなかった。

帝は知っているのだろうか。なにごとも唐突にカスティリオーネに投げかけ、かれのこころをすずろに乱しては「もうよい。絵をつづけよ」とたち去る帝の視線は、あるいは、カスティリオーネには見えぬ、どこかはるかな一点を消失点として収斂《しゅうれん》する、遠近法で描かれた世界をながめているのかもしれない。

その遠近法は、しかし、カスティリオーネが《歳朝図》や《上元図》において果たしえなかった遠近法とはちがっていた。皇子たちがつくりたわむれる雪獅子さえをも、融かしてしまう遠近法……

第三章　幻想のクーポラ

雍正《ようせい》四年といえば一七二六年だから、もう四十年もむかしのことになる。

それまで雍正帝の寵臣として権勢をほしいままにしてきた年羹堯《ねんこうぎょう》が、獄にくだり自《じ》裁《さい》させられた。康熙《こうき》帝の時代に、四川《しせん》の総督に任ぜられ、青海《せいかい》やチベットの鎮圧に功あったが、雍正帝が即位すると、その驕慢ぶりが目にあまるようになった。妹が雍正帝の皇子時代からの妃であったこと、帝の即位とともに貴妃に進められ、皇后に次ぐ地位を占めたことも、年羹堯を増長させる一因となった。

召されて上京するときには百官に郊外まで迎えにこさせるなど、すでに一地方官の分《ぶん》をこえたふるまいが多くなり、ついには臣たるものの礼もわきまえなくなった。

こうして、諸官から弾劾《だんがい》され告発されるにいたったが、その罪状には大逆の罪やら瀆職《とくしょく》の罪やらあわせて九十二条が列挙されていた。斬首の刑が要求されたが、かつての戦功にかんがみ、自裁となった。それでもなお獄中で帝の赦免を待っていたが、獄吏にせまられて首を吊った。

さて、この年羹堯の兄を年希堯《ねんきぎょう》という。おとうとの罪に連坐して斬首となるべきところ、父の年遐齢《ねんかれい》とともに官職を免ぜられるにとどまった。

ジュゼッペ・カスティリオーネは、この年希堯と親交があった。もともと年希堯は絵がたくみなうえ、磁器や盆景をつくる才があり、おとうとの事件で免職になったあとも、一年後には内務府総管にとりたてられ、雍正帝の盆景趣味にあずかっていた。

そんなころ、カスティリオーネは、イタリアからたずさえてきた一冊の大部の書物を年希堯に見せた。題して『建築と絵画の遠近法』。著者はアンドレーア・ポッツォ。

西洋の幾何学にも興味をいだいていた年希堯は、建造物や器物を描くにあたっての消失点をきめるためポッツォが作図した精緻な画面に、おどろきのこえをあげた。わけても、西洋の教会や聖堂にきまってもうけられている円天井《クーポラ》を下から見あげた図には、思わず息をとめたようだった。

「クーポラがなくとも、たいらな天井《てんじょう》にクーポラを描き、ほんもののクーポラがあるように錯覚させることができます。この本の著者は、じっさいに、そのようなクーポラを描きました」

と、カスティリオーネはいった。

「まさか！　たいらな板がまるくくぼんでいるみたいに描けるものかね」

年希堯はいった。しかし、その眼はすでにかがやいていた。

「わたしは、ローマのさる教会で、この本の著者が描いた、にせクーポラを見たことがあるのです」

とて、カスティリオーネは、まだはたちそこそこのころ、住んでいたジェーノヴァの修練院《ノヴィツィアート》からつかわされ、ローマのサンティニャーツィオ聖堂に行ったときのことを語りはじめた。

サンティニャーツィオ聖堂とは、イエズス会の創始者である聖イグナティウス・デ・ロヨラを記念するために、一六二六年に創建された神学校兼教会である。完成は、教皇パーオロ三世がイエズス会を正式に認可した一五四〇年からの百周年にまにあわず、一六五〇年になった。

もともとこの聖堂には、サン・ピエトロ大聖堂の巨大クーポラに次ぐ大きなクーポラをもうけるはずだった。しかし、当初からの企画者であったルドヴィーコ・ルドヴィーシ枢機卿が一六三二年に死去してからは資金がつづかなくなった。そこで、一六八〇年代になってから、アンドレーア・ポッツォが招かれたのである。

一六六五年に二十三歳でイエズス会士となったポッツォは、北イタリアのトレントで、厳密な遠近法にもとづく宗教画によって名をあげていた。

カスティリオーネがサンティニャーツィオ聖堂で仰ぎ見た幻想のクーポラは、ポッツォが描いてから二十年あまりたったものだった。

聖堂中央の天井の円形の持ち送り《コルベル》内に、上にむかってそそり立つ円柱がぐるりならび、そのさきから天頂部のあかりとりの窓めがけて、クーポラの円弧ぞいに梁《はり》の曲線があつまっている。クーポラ内側のドームの空間には、イエズス会の紋章をささえる天使たちが六人、長い黄金の笛を吹きつつ、宙に浮かんでいるのだった。

なんということだ、これがたいらな天井に描かれたにせのクーポラだとは！

若いカスティリオーネは、その遠近法の法悦にほとんど酔っていた。絵を描きたい、そして、そのために西洋人の宮廷画師をほしがっているシナに行き布教したいと、イエズス会に願いを出したカスティリオーネは、ポッツォの魔術にとりつかれた。

とはいえ、そのにせのクーポラは、聖堂の入口からはいってまもなくの、ある一点から斜めに見あげなければならない。ま下まであるいてきて見あげると、天窓中央にあるべきあかりとりが、歪んでしまうからである。

ポッツォの本領は、しかし、その幻想のクーポラの手前に描かれたべつの天井画にあった。その中央、めくるめく高さの天空に十字架を擁したキリストが浮かび、そのすぐ下の雲に乗って昇天しようとしている聖イグナティウスの胸からはまばゆい光が四方に発せられていた。かれのまわりには、おびただしい数の天使が浮遊し、無限の高みに吸いこまれんとしていた。その天空の周囲を四角くとりかこむように描かれた天井のない聖堂の壁面には、円柱群が、中央のキリストをはるかな消失点として、そそり立っていた。

その円柱群のいたるところにも天使たちが浮遊したり、台座に腰かけたりしていたが、四隅には、ヨーロッパ・アメリカ・アフリカ・アジアの四大陸でのイエズス会の布教をあらわす群像が描かれていた。それぞれの大陸には、愚かな偶像崇拝や無知のシンボルとしてのみにくい巨人がおり、かれらはいままさに、見あげる人びとの頭上に墜落せんばかりなのであった。

＊

アンドレーア・ポッツォの『建築と絵画の遠近法』は、やがて年希堯によってシナ語に翻訳され、『視学精蘊《しがくせいうん》』として出版された。雍正七年、一七二九年のことである。のち、ほかの書物の図版をも加えた第二版を『視学』と題して刊行したが、それは雍正帝最後の年、すなわち一七三五年のことであった。

乾隆《けんりゅう》帝が即位して三年めの冬のこと、カスティリオーネは帝に招かれ、年希堯とともに参内したことがある。うわさに高い『視学』を献上せよとの大命だった。カスティリオーネは、ポッツォの原著をもたずさえていった。

皇帝は、下から見あげたクーポラの線描画に眼をとめた。サンティニャーツィオ聖堂の、ポッツォのあのにせクーポラの下絵を、『視学』が模したものである。ただし、天頂のあかりとりの窓にいたる半球の部分はすっぽり抜けていて、そのため、カスティリオーネがやはりローマで見たパンテオンの、クーポラのてっぺんにあいた巨大な穴を思わせた。

その図に年希堯がつけた説明はこうである。——てっぺんの穴からは、まるで天空をのぞき、星辰が見えるかのようだ。絵の技法がここにまでいたるには、まさに泰西の法に学ばなければならないのだ。

帝はしげしげとその図をながめてから、

「もとの書物にある図も見せよ」

といった。カスティリオーネが原著の巨冊を帝の足もとに置き、にせクーポラの下絵のページをひらいた。『視学』のそれよりはるかに精緻な図が、帝の好奇心をゆさぶったようだった。

「おなじ趣向で、もっと凝ったものもございます」

と、カスティリオーネはページを繰り、聖イグナティウス・デ・ロヨラの昇天を描いた天井画の下絵を帝の眼下にひらいた。これは、まことに不敬のふるまいだった。なぜなら、臣下たるもの帝の下問なしにことばを発し、指示なしに行動することはゆるされなかったからである。

帝は、しかし、それをとがめず、じっとうつむいてポッツォの下絵に見入った。下絵であるから、色彩はない。それだけに、夢のなかのふしぎな光景のようにも思われる。

「これも天井画か」

との帝の問いに、

「御意《ぎょい》」

とこたえると、帝はにやりと笑って、

「人みな奈落の底に落ちていくぞ」

　これは、キリスト教徒にたいするとんでもない冒瀆《ぼうとく》のことばであった。カスティリオーネはかおをあげ、くびを振った。

「奈落ではございません。天国へのぼっていくのです。天の中心に、キリストがましまし、われらイエズス会の始祖たる聖イグナティウス・デ・ロヨラが、聖なる光を発しつつ昇天するのでございます。di sotto in su……」

　思わずかれは、母国のことばをくちばしった。帝はききとがめた。

「ん？　なんだ？　なんといったのか」

「はっ、下から上へ《ディ・ソット・イン・スー》と申したのでございます」

「しかし、朕《ちん》には、人みな上から下へ落ちていくように見えるぞ」

　帝は、足もとにひろげたポッツォの原著の天井画下絵を、なおもしげしげとながめている。ひざまずいたまま、カスティリオーネはまだ若い帝のかおを見あげた。

「おそれながら、これは天井画でございますれば、仰いで拝するためのもの。なればこそ、柱の台座に腰かけている人びとは、あたまを中央に描かれた天空にむけ、足を、見あげる人の頭上に垂れるようにしているではございませんか」

　といいながら、かれは、アジアと書かれた牌額《はいがく》の上で、駱駝に乗り天に救いをもとめて手をさしのべる女を指さした。その腕を、天空に浮かぶ聖イグナティウスから発せられる光がまっすぐに射ていた。

「なるほど。ところで、この女はなにものだ」

帝の質問に、カスティリオーネはどきりとした。さいわい、帝はASIAという文字を、シナ帝国をもふくむ極東の総称とは理解していない。正しく説明すれば、帝の激怒を買うだろう。かといって、イエズス会創立のときからのメンバーでアジアへの布教に大きな足跡をのこした聖フランシスコ・ザビエルのことを思えば、ポッツォのこの天井画のもつ聖なる意味を帝につたえないではいられなかった。ザビエルもまた、この天井画において、中央の聖イグナティウスのすぐ下の雲に座していたからである。

「この女ばかりではありません。この天井画の四隅には――」

と、カスティリオーネは、アフリカ・アメリカそしてヨーロッパと書かれているそれぞれの一団を指さしつつ、

「世界あまねく、わが主《しゅ》キリストの教えがひろまっていることを描いているのでございます」

鰐《わに》にまたがり犀角《さいかく》を手にした黒い女は、あきらかにアフリカのシンボルだった。そ

のかたわらで、愛らしい子供の天使《プット》がたいまつの火を暗愚な大男のあたまに押しつけようとしていた。

アメリカでは、ジャガーにうちまたがったインディアンの女が槍で大男を突き刺そうとしていた。もうひとりの大男は、すでに転落しはじめていた。

ヨーロッパでは堂々たる金髪の女が、たくさんのプットたちをしたがえつつ、異端の大男ふたりを完全に制圧していた。

だれの眼にもあきらかなように、四大陸の女たちは、イエズス会の教化によって神にめざめた人びとをあらわしているのだが、彼女たちをまばゆく射る光の束は、聖イグナティウスの胸から発せられているのだった。そして、この壮麗な神殿の、天にむかってそそり立つい く本もの柱は、その消失点を、天井の中央、すなわち天空に浮かぶキリストにむすんでいた。

遠近法の骨法がこれほどあからさまにあらわれている絵画も、おそらく稀であろう。十五世紀末から、スペイン王国やポルトガル王国の後援を得た航海家たちがぞくぞくと世界の海に乗りだしていったが、十六世紀なかばからはじまるイエズス会の世界宣教の旅も、そうしたいわゆる大航海時代の到来が約束したものだった。

リスボンを発し、アフリカ大陸をぐるりめぐってインドのゴアに達するインド航路は、ポルトガルが開発した。

聖イグナティウスとともにイエズス会の創立にあずかった聖フランシスコ・ザビエルは、ローマのイエズス会士全員にあてた一五四二年一月一日づけのモザンビクよりの書簡でこう書いている。

私達がリスボアで乗船したのは、西紀一五四一年四月七日であつた。それから二ケ月にわたり、私は続けざまに船暈《ふなよひ》に苦しみ、ギネアの沿岸を航行中は、四十日の間、甚だしい苦痛に悩んだ。これは恐らく、悪天候と異常な無風状態とに原因したことと考へられる。（アルーペ神父・井上郁二訳『聖フランシスコ・デ・ザビエル書翰抄』岩波文庫による）

聖フランシスコ・ザビエルにおくれること約百七十年にして、カスティリオーネもおなじ航路をたどったが、船旅の苦難はさして渝《かわ》ってはいない。とはいえ、ゴア以東にも、ぞくぞくと司教区がもうけられていたから、シナへの道ははるかに近くなったといえよう。それでも、シナ帝国への布教の道は無限にとおかった。

＊

「世界あまねく、キリストの教えがひろまっている、となと？　ひろまっているのではない。そちたちが、むりにひろめているのだ。生まれたばかりの嬰児にまで洗礼をほどこし、血を流しているではないか」

皇帝がいっているのは、その前年すなわち乾隆二年、育嬰堂《いくえい》においてキリスト教徒である一シナ人が、赤んぼうに呪術的なことをしたとて逮捕され刑に処せられた事件である。育嬰堂というのは、おびただしい捨て子たちを収容する施設であるが、多くは飢えと寒さで死んでしまう。イエズス会宣教師たちの使命の最大のものは、こうした子どもたちに洗礼を授けることであったが、劉二《リウアル》と呼ばれていたシナ人伝道師が、一年以上にわたってそのことをやっていたため逮捕された。

かれは百板《ぱん》の板《いた》たたきの刑のあと、ひと月のあいだくび枷《かせ》をはめられ、さらに四十板たたかれた。枷には「天主教徒であるがための罪人」と大書された。

北京在住のイエズス会士たちは、皇帝に嘆願書を奉呈した。カスティリオーネも、その上奏文を起草し、役人の手をへて帝のもとにとどけられた。さまざまな局面における帝のこたえはこうである。

「朕はそちたち西洋人の宗教を禁じたことはない。そちたちは信教の自由を有する。しかし、わが国民はキリスト教に入信してはならない」

「劉二なるものは、信者であるがゆえに処罰されたのではない。ほかの過失のゆえに、法律により処罰されたのである」

「劉二なるものはキリスト教に入信し、育嬰堂におもむいて呪術的な水を用いた。かれはこの点において国法を犯したのである」

最後のは、刑部尚書《けいぶしょうしょ》の上奏文の一節であるが、帝がそれを批准したのであるから、帝のことばと考えてよい。帝のこたえがいかに矛盾だらけであったにせよ、宣教師たちにそれ以上の抵抗はできなかった。のみならず、北京以外の地に滞在することを禁じられていた宣教師がひそかに各地で布教活動をつづけていることへの弾圧が、いっそうはげしくなった。

「血を流しているのは、わたくしども宣教師でございます。陛下のくにたみに血を流させることなど、わたくしどもがいたしましょうや」

カスティリオーネがうつむいたままこたえると、帝はまえかがみになって、足もとにひろげたポッツォの原著の天井画下絵をのぞきこんでから、手にした象牙の如意《にょい》のさきで、画中のキリストをこつこつとつついた。カスティリオーネは、ひざに置いたにぎりこぶしのなかで小さく十字を切った。

「いずれの国にも、それぞれの宗教があろう。しかるに、そちたちはみずからの宗教を押しつけ、あげくは、そちたちの始祖から発した光が世界をあまねく照射しているなどと申しておる。そんな偏見を描いた絵など、朕はみとめぬぞ」

と皇帝はいいつつ、なおも如意のさきで、画中のキリストと聖イグナティウスをこつこつとつついていた。

カスティリオーネは平伏した。帝にたいしてではなく、画中のキリストと聖イグナティウスにたいして――

そんなカスティリオーネを帝は無視して、

「希堯」

と呼びかけた。たびかさなる政争のなか、やっといのちをながらえた年希堯は、不意をつかれてこれまた平伏した。

「そちがポッツォなるものの描いた円天井をうつすにあたって、その頂上部を穴のままにしたのは賢明であったぞ。人みな空を飛ぶことはできぬ。穴から見えるのは蒼穹《そうきゆう》ばかりだ。時あって雲も流れていこう。そのような穴こそ、まさしく天井《テイエンジン》であろうぞ」

「御意」

と、年希堯はこたえた。かれがそこを穴のままにしたのは、ポッツォの原画において、梁《はり》の曲線がクーポラの円弧ぞいに天頂部めがけてあつまっているのを、どうしても描けなかったからである。そこで、天井の円形の持ち送り《コルベル》から上にむかってそそり立つ円柱を三本描くにとどまった。穴は、したがって、ポッツォのにせクーポラをそっくりうつしそこなった、かれの手のつたなさによるものだった。そのことを、年希堯はよく知っていた。

にもかかわらず、帝は「天井《ティエンジン》」といった。もともとは建物の屋頂部に装飾的に描かれた井戸型の文様のことであるが、やがて、屋頂部にあけた天窓のことを、さらには、四合院住宅の院子《なかにわ》のように、仰げば天窓からのぞくほどの空しか見えない中庭のことをも指すようになった。帝がいった「天井《ティエンジン》」とは、天窓のことらしかったが、ちかごろこのことばをおぼえたばかりのカスティリオーネは、シナ人の邸第《やしき》にきまって見られる中庭のことを思った。

「天の井戸だ。だから、井戸の底に落ちていくのだ。上から下へ、とな」

と、帝はまたもくりかえした。井戸といえば、ポッツォPOZZOという姓も「井戸」という意味なのだとカスティリオーネは思った。かれは、もはや反論しなかった。年希堯も、もちろんだまったままだった。

以来、ポッツォ原著・年希堯抄訳の『視学』について、帝が口にすることは絶えてなかった。

＊

ちょうどそのころ、カスティリオーネは南堂に壁画を描きあげていた。

南堂とは、北京城の西南に位置する宣武《せんぶ》門をくぐってすぐ東にあり、明《みん》末の万暦《ばんれき》帝が利瑪竇《りまとう》すなわちイタリア人イエズス会士マッテーオ・リッチに下賜した土地に建てられた天主堂であったが、ポルトガル系イエズス会の天主堂として、皇城の東安門に近い乾魚《かんぎよ》胡同《フートン》ぞいにあったそれを東堂というのにたいして、宣武門内のは南堂と呼ばれた。

なお、フランス系イエズス会の天主堂は、皇城内太液《たいえき》池のすぐ西を南北に走る蚕池《さんち》口《こう》胡同ぞいにあり、これは康熙帝が下賜した邸第を改造したもので、北堂と呼ばれていた。ジャン・ドニ・アッティレやミシェル・ブノアやジル・テボーなど、カスティリオーネの如意館での仲間たちは、やがてここに拠《よ》ることになる。

さて、宣武門内の南堂にはキリストやマリアの像が描かれ、それを仰ぎ見たシナ人はひとしく、絵画であるのに塑像であるかと思いこんだ。そして、画中の人物がいまにも話しはじめるのではないかと思った。

その南堂が、雍正八年、一七三〇年の北京大地震で倒壊した。南堂ばかりではない、東堂も北堂も、西洋人の建てた石の教会堂は、ことごとく被害をこうむった。ただ、東堂はまだしも被害は小さかったので、そのころ東堂に住んでいたカスティリオーネもことなきを得た。もとより、木と泥、あるいは日干し煉瓦でできているシナ人の家屋はひとたまりもなく、死者の数は二万とも、四万とも、あるいは十万ともつたえられている。

皇城すなわち紫禁城もまた、すくなからぬ被害を受けた。シナ最大の木造建築である太和殿《たいわ》でさえ、一角がかたむき、琉璃瓦《るりがわら》が散乱した。もっとも、雍正帝はそのとき円明園《えんめい》に幸していて、すさまじい風雨につづいておそった地震におそれおののき、園内の後湖《こうこ》に浮かべた船にとび乗った。そして、その船内にしつらえた帳《とばり》にて寝《ね》とまりし、殿内にもどらなかったこと数日におよんだ。そのことが近侍の内大臣の口から朝鮮使節の耳にはいり、やがて朝鮮李朝《りちよう》の王英祖《えいそ》の譏笑《きしよう》を招くこととなった。それはともかく——

イエズス会士たちは、当然のことながら、倒壊した天主堂の再建をはじめた。南堂が完全に昔日のすがたに復したのは乾隆八年、一七四三年のことだが、その数年まえの乾隆三年に、カスティリオーネは壁画を描いたのである。

南堂の東西の壁いっぱいに描かれた絵は、しかし、よく見れば、壁画ではなく、巨大な絹の画軸だった。カスティリオーネは皇帝に命じられて、宮殿の壁に掛ける画軸をたくさん描いたけれども、こうしておけば、新帝が先帝ごのみの画軸をきらって掛けかえることも容易なのであった。そういえば、カスティリオーネは、フレスコによる壁画を、久しく描いていなかった。

――西壁のたもとに立って東壁を見る。すると珠玉をつらねた簾《すだれ》はことごとく巻きあげられていて、そこに新たなる書院の一室が現前した。南むきの窓がなかばひらいて陽光がさんさんとさしこみ、書架にぎっしり積まれた巻子本《かんす》の堆《やま》を照らしている。いっぽうには、瓶子《へいし》や玉《ぎょく》細工などおびただしい精巧な骨董品をひとつずつ安置する格《こう》子《し》棚が見られるが、これは、皇城内北端の欽安《きんあん》殿ちかく、ひっそりとした院落《うちにわ》に面した漱芳斎《そうほうさい》にある多宝格《たほうかく》を模したものにちがいなかった。

北寄りにテーブルがあり、孔雀の羽をさした瓶がのっている。羽はおのずから扇をなしているが、そこに零《ふ》る光が、羽扇と瓶の影をもくっきりと印《いん》していることに、人は驚嘆のこえをあげた。

そのへやのむこうには、深い庭園がのぞまれた。長い回廊とその朱柱のつらなりが奥の竹林に吸いこまれ、竹の葉のそよぎが、いまにも大気をふるわせてこちらにつたったわってくるかのようだった。回廊のたもとをはしる細い小径《こみち》の鋪地《ほち》も、鵝卵石《がらん》をびっしり鋪《し》きつめ、その凹凸が打ったばかりの水に濡れ、人を遊歩にいざなうのだった。よく見ると、はるかの竹林のかげにあずまやらしきものが建っており、そのなかで小犬が二匹たわむれている。あずまやの暗い影に染まっていても、一匹が白、一匹が灰いろとわかるのもふしぎだった。

――さて、こんどは東壁のたもとに立って西壁を見る。すると、ひろい庭園の中央を占める堂宇を見はるかすことができるであろう。ひろくあいた南の窓にちかく、テーブルにのった金色の鼎《かなえ》が陽光に映えてまぶしい。その左右にならんだテーブルには真紅の錦がかけられていて、いっぽうには自鳴鐘《じめいしょう》が、いっぽうには渾天儀《こんてんぎ》がのっている。

その自鳴鐘は、乾隆帝の即位を祝い、イギリスが献上した精緻をきわめるからくり時計「銅鍍金四象馱楽箱跑人犀牛転花銶」を、そっくりうつしたものだった。この長たらしい名称は、これを献ぜられていたくよろこんだ若き帝が、この時計の形態と機能とをまるごと列挙したものである。

すなわち、全体は銅に金の鍍金《めっき》をほどこしたもの。四頭の象が、象つかいのインド人やアフリカ人、それに鯨《くじら》ともマカラともつかぬ海の怪獣やらライオンを背にしつつ音楽箱を駄《せお》っている。箱のなかには西洋ふうの風景画が描かれ、そのまえを音楽とともに跑《はし》る小さな人物が二、三。箱の上には、ひょうたん形の時計本体を背にした堂々たる一角の犀《さい》牛が立つ。あらゆる仕掛けは、この犀牛のなかに内蔵され、腹から下の音楽箱につながるぜんまいも見える。ひょうたんのくびれの上に時計の文字盤が見え、時いたるや、ひょうたん上の三ヵ所に立つ玻璃《ガラス》の花がいっせいにひらき、回転して玲瓏たる音を発するのである。

カスティリオーネは、この時計が献上されてまもなく、フランス人司祭のヴァランタン・シャリエとともに、これを見た。沙如玉《しやじよぎよく》というシナ名で呼ばれたシャリエは、雍正帝の時代から時計師をつとめていた。

「皇帝の異国趣味は、いつも犀と象にあらわれるな」

と、あとでシャリエが笑いながらいった。

「わたしたちヨーロッパ人だって、二百年まえまでは、犀と象などアフリカやアジアの動物には無知だったのだ」

カスティリオーネがまじめにこたえたので、シャリエも、まがおになった。

「わたしたちイエズス会が、世界じゅうの珍貴な動物の知識をヨーロッパにつたえたわけだ」

それにうなずきながら、カスティリオーネは、ローマなるサンティニャーツィオ聖堂の、ポッツォによるあの天井画を思いだしていた。そこには、犀も象もいなかったが、犀角をもつアフリカ女は描かれていた。

象は？　北京にはそのころ、宮廷用の象を飼育する馴象所《しゅんぞう》があった。それも、宣武門内のあの南堂のすぐ西に広大な一画を占め、つねに十数頭を放っていた。かれらは、皇帝のさまざまな盛儀にずらり居ならび、その巨大なすがたで、まるで太和殿のように、人びとを威圧するのだった。

さて、渾天儀すなわち天球儀はというと、これまた帝秘蔵の純金製のそれを、そっくりうつしたものだった。十頭以上もの龍がのたうちまわり、からみあいして黄金の球体を支える。球の表面には白玉《はくぎょく》を嵌めこんで星座とし、「紫微苑《しびえん》」「玉井《ぎょくせい》」などと星座名をしるしている。カスティリオーネも、ローマのファルネーゼ宮殿において、アトラースが天球を背負っている古代彫刻を見たことがあるが、なるほど天球は龍によってこそ捧げられるべきものであろう。

南堂の東西壁面に掛けられたこの二幅の画軸は、見る人に、そこにまことの閑雅な邸第の一角があるかのように錯覚させた。うわさをきいて南堂をおとずれたシナ人たちは、奥の庭園へといざなう小径に踏みだそうとして、壁にあたまをぶっつけた。南堂の司祭たちはそれを見てひそかにあざ笑ったが、カスティリオーネは笑わなかった。かれもまた、おなじように壁にぶちあたったことがあるからである。

さきに述べたローマのサンティニャーツィオ聖堂は、たしかにイエズス会の創始者たる聖イグナティウスの栄光のために建てられたものだが、イエズス会の総本山ともいうべき教会は、サンティニャーツィオ聖堂にさきだつこと数十年に、聖イグナティウスがくらし、かつ遷化《せんげ》した粗末な建物にとなりして建てられたジェズー聖堂である。

ジェズー聖堂の内部にも聖イグナティウス礼拝堂がもうけられたが、もともとかれがくらしていた粗末な建物も、聖イグナティウスの小礼拝堂《カッペッレッタ》と呼ばれた。その入口の廊下つきあたりの壁いっぱいに、アンドレーア・ポッツォは巧緻をきわめただまし絵を描いた。そこがつきあたりの壁ではなく、廊下がはるか奥までつづいているかのようで、その最奥部に聖イグナティウスの立像が描かれている。そこにいたるまでの左右の壁も天井も、びっしり宗教画で埋めつくされ、右の壁にうがたれた窓からさしこむ光が、ゆかの大理石モザイク文様をくっきりときわだたせていた。そのゆかの文様は、まことのゆかのそれと狡猾につながっているのだった。

いま俗に「ポッツォの廊下」と呼ばれるこの遠近法のだまし絵で、若き日のカスティリオーネはおでこにこぶをつくってしまったのである。

サンティニャーツィオ聖堂の天井画は、下から上への幻想《ディ・ソット・イン・スー》のクーポラを現前せしめたが、ここには、よりとおくへ、とおくへと、人をたましいの奥処《おくか》へいざなう、眩《げん》暈《うん》にみちた洞窟《グロッタ》に似た通路があった。

北京の南堂の壁にカスティリオーネが描いたのも、シナ庭園の暗がりへと人をまねきよせる洞窟だったかもしれない。

＊

南堂に皇帝が幸することはない。その絵のうわさは耳にしていた。カスティリオーネの絵も見たかった。しかし、天主堂は皇帝が歩をはこぶところではなかった。

乾隆十二年、一七四七年。帝は、三人のおさない皇子たちがうわさに高いその絵を見に南堂をおとずれるのをゆるした。カスティリオーネは、すでに住まいだった東堂を出て円明園内の如意館《にょい》に移っていたが、皇子たちの内々のおなりとあって、南堂にて迎えた。

皇子たちとは、十三歳になる皇三子の永璋《えいしょう》、九歳の皇四子永珹《えいせい》、七歳の皇五子永琪《えいき》である。皇一子永璜《えいこう》は二十歳、すでに妃を匹《たぐ》うていたが粗暴なふるまいが多く、おさないおとうとたちと西洋人の絵を見にいくなど、まっぴらというところだった。

皇子たちには、それぞれ満洲語でダハルトゥと呼ばれる随従が五人、バイタンガと呼ばれる執事がひとり、それに宦官数人がしたがい、南堂についた。その前年、くだんの《上元図》を描くために皇子たちをスケッチしたことのあるカスティリオーネは、皇子たちにもおぼえられていた。

南堂につくなり、その西洋ふう建築の異様さにおどろき、おさない下ふたりは歓声をあげてなかにかけこんだ。そして、あの東西壁のまえまで行くと、びっくりしたように立ちどまった。

「三哥《サンゴー》！　きれいなお庭があるよ」

と、永琪がいい、東壁にむかって走りだすなり、壁にあたまをぶっつけた。

三哥とは、三番目の兄ということであるが、清朝宮廷では皇子のことをアーゲと呼んだので、皇三子は正しくは三阿哥《サンアーゲ》でなければならない。しかし、肉親のあいだでは、シナ人ふうに三哥《サンゴー》などと呼ぶのがふつうになっていた。

三哥と呼ばれた永璋は、あたまのこぶをさすりべそをかいているおとうとのそばにかけ寄ったが、おさな子はとうにダハルトゥたちにとりかこまれていた。

＊

皇三子永璋の報告により、皇帝は、カスティリオーネが南堂に描いたという壁画が、じつは巨大な画軸であることを知った。そこで帝は、それをはずして円明園にもってこさせ、その東北の隅なる方壺勝境《ほうこしょうきょう》と呼ばれる一画の紫霞《しか》楼に掛けさせた。

円明園とは、康熙帝が皇四子胤禛《いんしん》に下賜した小規模な庭園を、即位して雍正帝となった胤禛が拡大整理し、北京城内の皇宮とまったくひとしい機能をもたせた離宮である。雍正帝はまた、園内の名勝の主たるランドマークを円明園三十一景としてナンバリングした。そのころの規模は、東西に約一・一キロ、南北に一・三キロ。北京のすぐ西北に位置する、もっとも近い離宮のひとつである。

乾隆帝の時代になると、その東なる福海《ふくかい》をさらにうがって大きくし、そのまわりにずらり山水や楼閣の美を配し、あらためて円明園四十景とした。方壺勝境はその第二十九景となる。

湖上に張りだした迎熏《げいくん》亭、そのうしろには方壺勝境の名をそのままもった主楼があり、さらにその背後の方陣に、瓊華《けいか》楼・千祥《せんしょう》殿・万福《ばんふく》閣・碧雲《へきうん》楼・紫霞楼など、字づらだけでも仙界を思わせる朱柱の楼閣がたちならぶ。さらには涌金《ようきん》橋をへだてて西につらなる小さな湖を江南の西湖《せいこ》に見たて、三潭印月《さんたんいんげつ》までそのまま配するなど、シナ庭園の美の精華がここにはあった。

そんな方壺勝境の紫霞楼に、カスティリオーネの描いた画軸はいかにも似つかわしくなかった。なぜなら、ひろびろとした福海を見はるかすことのできる楼閣の朱柱にその絵を掛けると、いかにも清朗な湖面がふいにとぎれて、いきなり暗い竹林がうかびあがり、そこへ吸いこまれるようにつづく細い小径の鋪地もまた、ほんものの湖面にうかんでしまうからである。

遠近法をあざ笑うかのようにその処《ところ》をうばわれたわが画軸を目にして、カスティリオーネもいくばくかの反論をこころみた。

「おそれながら陛下、これは、かくもあかるい御殿にはふさわしからざる作物《さくぶつ》でございます。われらが南堂のうす暗い壁に掛けるために描いたものでありますれば……」

皇帝は上機嫌だった。

「なにをいう、世寧《せいねい》。この自鳴鐘はみごとではないか。まことのものは、皇城の端凝《たんぎょう》殿にてコチコチと時を刻んでおろうが、ここ方壺勝境にては、時を刻むのも忘れ、机上にじっと座すのみだ。これぞ、方壺が仙界たるゆえんだとは思わぬか」

方壺が古代シナ人が東海のかなたに夢想した三神山《さんしん》のひとつ方丈《ほうじょう》の異名であるとは、カスティリオーネもきいたことがある。神仙の世界では、時もとまる。しかし……

「御意」

口ごもりつつこたえたカスティリオーネを見おろすと、帝はいっそう上機嫌になった。

「そちのこの絵を見て、皇子も壁にあたまをぶつけたそうだな。しかし、よかったの、壁で。井戸を上から下へと落ちていったら、たいへんであったからの。はっはっは！」

第四章　ローマの噴水

「これは、なにか」

と、皇帝の眼が光り、指さきが画中のある点をさしてから上下した。

帝がながめているのは、西洋の銅版画に描かれた庭園図である。洞窟《グロッタ》の内側にびっしり樹木や草が生えている。かなたにあいた穴からは海がのぞまれるが、下半身が魚らしき人間がふたり水面にただよっていたり、その上に浮かぶ雲のかたまりにも羽のある人間たちが乗っていたりで、面妖きわまりないこと、いうもおろかであった。洞窟のこちら側はといえば、板胡《ばんこ》のような胡弓とも墜琴《ついきん》か月琴《げっきん》とも見える楽器を肩にして、弓でかなでている狂人めいた男が池のほとりに立っている。男のまわりには、豹《ひょう》やら山羊やら、よく見れば樹々のあいだにも猿猴やらふくろうやらがひそんでいて、ますますもって面妖な景色なのであった。

帝が指さしているのは、しかし、そんなものではない。小さな池のなかに置かれた、尾をくるんと巻いた海獣像の口から、まっすぐ上にいきおいよく噴きあげられた水の流れである。流れのてっぺんで、水は逡巡し、こまかな粒となって下に舞いもどる。帝の指は、まっすぐ上に噴きあげられた水を描いた白い直線を、その水のうごきにあわせるかのようになぞっていた。

「はっ」

と応じながら、テーブルにひろげた画面上の帝の指をたしかめようと、ジュゼッペ・カスティリオーネは腰をかがめつつテーブルにちかづいた。

「は。それは噴水と申すものでございます」

「噴水とな……」

帝がつぶやいたので、カスティリオーネはことばをついだ。

「は。わたくしの国のことばでは、フォンターナと申します。泉や水源のことをフォンテと申しますので、ほぼおなじ意味かと思われます」

「ことばは、よい。このからくりはどうなっているのか。水が下から上へと噴きあがるというのは？」

下から上へ《ディ・ツット・イン・スー》――いつぞや、アンドレーア・ポッツォの天井画をめぐって、カスティリオーネがつぶやいたことばだ。天をめざしてのぼっていく聖イグナティウス・デ・ロヨラや天使たちのうごきを、しかし帝は、上から下へといった。だが、いまの帝は、十年ちかくもむかしのそんなことをおぼえてはいまい。

「わたくしは、くわしいことは存じませんが、機械の仕掛けによって、水を噴きあげるようでございます」

「ほかにも、この噴水なるものを描いた絵はあるか」

とて、帝はテーブルの上にかさねられた、なん枚かの銅版画をあわただしくめくった。

西洋の庭の絵を、なるべくたくさんもってくるように、という帝の命令があったのは、カスティリオーネが南堂のために描いた画軸を、円明《えんめい》園内の方壺勝境《ほうこしょうきょう》に移してまもなくのことである。乾隆十二年、一七四七年の、陽暦でいえば五月ころではなかったろうか。

カスティリオーネがヨーロッパからたずさえてきた書物や銅版画のなかには、庭園を描いたものが必ずしも多くなかったので、ミシェル・ブノアやジャン・ドニ・アッティレやイグナティウス・ジッヒェルバルトなどが所持しているもののなかからえらび、帝のもとに伺候した。

帝がまっさきに注目したのは、アレッサンドロ・フランチーニ彫版によるフランス庭園の図である。噴水の池のほとりでヴァイオリンをかなでているのは、ギリシア神話のなかの竪琴《たてごと》の名手オルフェウスらしかったが、噴水のからくりは、このオルフェウス像にもつながっていて、つまりは自動人形《オートマトン》になっているのだが、そんなことは帝には説明しなかった。

つぎに帝が眼をとめたのは、おなじくフランチーニ彫版によるフォンテーヌブロー宮殿の庭園の図に見える、四角い池のまんなかの台座に寝そべるはだかの大男である。帝はそれを見て眉をひそめたが、大男がかかえる犀角《さいかく》に盛ったくだもののてっぺんからまっすぐ噴きだされる水と、台座の四隅からゆるやかな弧をえがく噴水に、帝の好奇心はあつまっていた。

無言のまま、つぎに帝は、ジョヴァンニ・フランチェスコ・ヴェントゥリーニの彫版になるエステ荘の庭園の図に見入った。フランスを知らないカスティリオーネは、フランチーニの庭園図を見てもこころをうごかすことはなかったが、十六世紀なかばイッポーリト・デステ枢機卿がローマ郊外ティーヴォリにいとなんだエステ荘には、ローマ滞在中の若い日におとずれたことがある。それよりほんの二十年あまりまえにヴェントゥリーニが描きあげた、エステ荘のそこかしこからしぶきをあげる噴水の絵は、カスティリオーネの胸を熱くつきあげた。

そして、おびただしい数の、彫版師の名も知れぬローマの噴水の絵！

たとえば、ポーポロ広場のまんなかで多量の水を噴きあげる噴水の絵からは、その水の音さえつたわってくるかのようだ。もっとも、カスティリオーネは、十六世紀なかばにつくられたというこの噴水を見てはいない。かれが見たときは、そこにはエジプトからはこばれたという巨大オベリスクが建てられ、まったくおなじかたちのふたご聖堂がならぶという、新しい都市計画が進行中だったからである。

そして、ナヴォーナ広場には、これまた古代エジプトのオベリスクを中心に、四大河の噴水があった。ジャン・ロレンツォ・ベルニーニが十七世紀なかばにつくりあげたものだ。ドナウ川・ガンジス川・ナイル川・ラプラタ川という四大河を象徴する男たちの、いまにもうごきだしそうなさまざまな姿態と、いたるところから噴きあげたり、繊細な糸のように吐きだされたり、白帛《しろぎぬ》のように流れ落ちたりする水の饗宴……

＊

「噴水……そちのことばではフォンターナとかいったな、それをつくってくれ」

と、帝が顔をあげ、いきなりカスティリオーネに命じた。

「ははっ、しかし……」

といいよどみ、ひざまずいたままのカスティリオーネに、帝は席をあたえた。この年、帝は三十六歳、カスティリオーネは五十九歳、シナふうにかぞえると六十歳であった。

「噴泉なるものは、天然に湧きでる泉として、いくらでもあろう。また、流れる水を動物の彫像の口から吐かせる吐水もめずらしくはない。そちのふるさとにも、吐水はたくさんあるようだな」

と、帝はベルニーニ設計の四大河の噴水を指さした。アフリカの象徴たるナイル川をあらわす男の足もとに、潺湲《せんかん》たる吐水が落ち、その涼しげな音がきこえるかのようだった。ナイル川をあらわす男は、かおをヴェールで覆うというふしぎなポーズをとっていた。

「この男は、なぜかおをかくしているのだ」

帝は、あきらかに男の裸体像に嫌悪をいだいていた。わずかな布が右の腿《もも》から股間にかけて掛かっているが、あとは筋骨のうねりもあからさまに、まったくのはだかなのである。にもかかわらず、かおをヴェールで覆っていた。

カスティリオーネは、この噴水をながめたときのナヴォーナ広場の上にひろがる、青いローマの空を思いだした。

「この男は、アフリカ大陸を南から北へ流れるナイルという大河をあらわしているのでございます。あまりの大河でありますれば、いまだその水源がわからないことを、ヴェールをもってあらわしているのでございます。もっとも、この彫刻ができたあとで、わがイエズス会のペドロ・パエス師がその水源たるタナ湖を発見いたしたのでございますが――」

「大河というものは、西から東へと流れるものだ。南から北へ流れるというのは、蛮地なればこそであろう。朕《ちん》は、わが江河の水源を、ともに知っておるぞ」

江とは揚子江《ヤンツキアン》、河とは黄河《ホアンホ》であること、カスティリオーネも知っている。そして、シナの地におけるこの二大河の水源がいまだに謎であることも知っている。とはいえ、パエス師が発見したタナ湖が青ナイルの水源であるにすぎず、本流たる白ナイルがはるか南のヴィクトリア湖に発することは、かれもまだ知らなかった。

ペドロ・パエスがエチオピア皇帝スセニオスを入信させたのは、一六二二年のことだった。それまでにエチオピアや北アフリカで回教徒《ムスリム》に斬首されたイエズス会士は数知れない。

カスティリオーネは、ついひと月ほどまえ、福建省《ふくけんしょう》福安県《ふくあんけん》にて斬首刑に処せられたペドロ・マルティル・サンス司祭のことを思った。サンス司祭はフィリピン経由で福建に潜入したドミニコ会士であったが、その殉教につづいて処刑を待っている多くのドミニコ会士、そしてイエズス会士がいた。カスティリオーネは、かれらの助命についても、帝に嘆願すべきであった。そのためには、いきなり命令された噴水製作のことを独鈷《とっこ》に取るしかあるまい。……

カスティリオーネがだまっているので、帝はことばをつづけた。

「吐水も、湧きでる噴泉の力がつよければ、下から上へと噴きあげることができるようだ。安徽《あんき》の休寧《きゅうねい》にある環翠《かんすい》堂の庭には、冲天《ちゅうてん》泉と称するそのような吐水があるときいた。いずれ、南巡のおりに黄山《こうざん》にのぼることもあろう。そのときには、黄山南麓の休寧にもたち寄ろうと思っておったが……

しかし、機械仕掛けにて、さまざまなかたちの噴水ができるとは、思ってもみなかったぞ。どうだ、そちたちなら、つくることはできよう」

「はっ。しかしながら……」

カスティリオーネは考えていた。いずれにせよ、帝の命令を拒否することはできまい。かといって、いまかれの一存で聴従《ちょうじゅう》し、ブノアやアッティレの協力が得られなければ、ひとりではどうにもならないのである。そんなかれのこころを見すかしたかのように、帝はいった。

「そちひとりでやれとは申しておらぬ。友仁《ゆうじん》にも、致誠《ちせい》にも、自新《じしん》にも命じておるのだ。啓蒙《けいもう》にも、な。如玉《じょぎょく》がおれば当然のこと加えるところだが、惜しいことをした」

このひとことで、カスティリオーネだけでなく、蔣《しょう》友仁ことミシェル・ブノアも、王致誠ことジャン・ドニ・アッティレも、楊《よう》自新ことジル・テボーも、艾《がい》啓蒙ことイグナティウス・ジッヒェルバルトも、帝の噴水製作の計画にあっというまに組みこまれてしまったのである。沙《しゃ》如玉ことヴァランタン・シャリエは、ついひと月ほどまえ、病気のため天に召されたばかりだった。

「はっ」

いまは、へたなことはいわないほうがいい、帝に好きなだけいわせ、もち札《ふだ》をすべて出させることだと、カスティリオーネは思った。

皇帝は、さきほどの銅版画をくりかえしながめていたが、ヴェントゥリーニの彫版になるエステ荘の庭園図のなかの一枚に眼をとめた。半円形の池のなかにさらに舟のかたちの島があり、マストをかたどったオベリスクをはさんで、噴水がふたつ、いきおいよくしぶきをあげている。池のむこうは土手になっていて、いくつもの噴水が等間隔に糸のような水をいったん上に噴きあげてから、優美な曲線をえがきつつ池に落ちている。

池かと見えたけれども、しかし、そこには左手から水が流れこんでいて、ローマ市内をつらぬくテーヴェレ川を模しているらしかった。してみれば、舟のかたちの島は、テーヴェレ川によこたわる中洲《なかす》のティベリーナ島にちがいない。

土手の上には、槍を手にした古代ローマの兵士の彫刻が立ち、さてその背後には、これも古代ローマの建築を模したと思われる建物が櫛比《しっぴ》していた。

「小ローマ《ロメッタ》の噴水」と呼ばれているこの一画は、ルネサンス後期にローマ東郊のティーヴォリにいとなまれたエステ荘のなかで、古代ローマという時と、ローマという場所《ところ》とをあらわした、いかにも象徴的なものであったが、エステ荘の東の端《はじ》の崖っぷちにならぶ古代ローマの建築群ミニアチュアは、じっさいにそこをおとずれたカステイリオーネの眼にも、いかにもあぶなげに見えた。

皇帝が、数ある銅版画のなかからこれをえらんだのは、直観によるものとはいえ、皇帝としていかにもふさわしかったといえるかもしれない。

「これに似た噴水をつくってほしい。ただし、こんな彫像は要らぬが、西洋ふうの建物と庭はあったほうがよかろう」

「はっ」

と平伏しつつ、カスティリオーネは、いま途方もない命令を拝していることを感じないではいられなかった。絵を描け、というのなら、どんな絵でも描くだろう。人でも、動物でも、花卉《かき》樹木でも、風俗でも。しかし、噴水を製作せよ、西洋楼を建てよ、庭をつくれ、となると、かれみずからはもとより、ブノアたちとても、だれひとり経験したものはいない。あまりにも無謀なこととて、かえって大胆にもなれるかもしれない。……

「おそれながら、噴水のこと、しかとうけたまわりました」

帝は、にっこり笑って立ちあがった。

「そうか。して、だれに設計させるのか」

「にわかの拝命とて、だれとは確定できませぬが、天文学や数学に堪能で、かつ水力学にもいささかの心得がある蔣友仁が適任かと存じます」

いいながら、かれはミシェル・ブノアの顔を思いうかべていた。シナに来てからまだ三年ほどしかたっていない。しかし、三十二歳の若さなら、噴水の設計もできないことではあるまい。

「おお、そうか。よかろう。ならば、一日も早く設計図をつくるよう、申しつける」

皇帝は、そのままたち去ろうとした。宦官たちも、帝にしたがうべく身をうごかした。そのとき、カスティリオーネはひざをつき、あるまじきことに、帝の背後にこえをかけた。

「おそれながら、陛下」

その無礼をとがめることなく、帝は立ちどまりふりかえった。

「なんだ」

カスティリオーネは、シナ人朝臣たちがするように叩頭した。風が吹いてきて、いましがた帝がながめていた西洋銅版画の一葉をゆかに舞い落とした。そこで、カスティリオーネのひたいは、小ローマ《ロメッタ》の噴水をたたいた。

「おそれながら、陛下、福建において悲惨な状態におちいっている信徒たちと宣教師たちにたいし、陛下の一片のご同情を賜りますよう、切におねがい申しあげます」

帝のかおいろがさっと変わった。さきほどの上機嫌は一挙に失せた。噴水という難題とひきかえに、大権の一端をつきくずそうとするこの西洋人への憎しみがあらわになった。しかし、なにもことばを発しなかった。叩頭しているカスティリオーネには、帝のかおいろは見えない。帝の無言は、自分のことばが帝にとどかなかったためだと思い、こえをはげました。

「おそれながら、陛下。福建において……」

「だまれ！」

と、帝のきついこえがひびいた。

「なんじらは外国人である。それゆえ、わが国の風俗習慣を知らぬのだ。こんな状況のもとでなんじらが安らかにおられるのは、朕のかくべつの配慮によること、しかと心得よ」

そして、帝のあらあらしい足音が、富春楼《ふしゅん》から遠ざかった。

＊

円明園における皇帝の日常の聴政の場は、勤政親賢殿《きんせいしんけん》である。もっとも公けの儀式をとりおこなう正大光明殿《せいだいこうめい》の、すぐ東にあった。その勤政親賢殿のなかの富春楼から如意館《によい》までは、さらに東へ、いまの距離にして二〇〇メートルほどだった。そのころのカスティリオーネたちは、すでに海甸《ハイティエン》に住宅を購入していたが、帝が円明園に滞在しているときは、かれらも如意館に寝とまりしていた。帝が北京の皇城にもどったときだけ、夜は海甸にかえった。そして、帝が円明園でくらすのは、一年のうち十ヵ月にものぼった。そこで、のちにかれらは、帝の滞在中も海甸にかえり、毎日そこから如意館に「出勤」する自由を得た。

勤政親賢殿を出て円明園南端の牆壁ぞいに東し、ひくい丘をこえれば、円明園四十景のひとつ、洞天深処《どうてんしんしょ》と呼ばれる一画に出る。小さな池があり、それでも、なかなかの堂宇が建っている島をふたつ擁する。ひなびた橋が、いかにも洞天《グロッタ》ふうといえばいえるが、ひくい丘にかこまれているだけで、まことの洞天ではない。

そのふたつの島に、帝が円明園に滞在しているときの、おさない皇子たちの住まいがあった。

池の東に正方形の塀にかこまれた一郭があり、四角い四合院住宅が四つ、方形にならんでいる。円明園のなかでももっとも質素なその一郭が、すなわち如意館である。

池の南側を東へたどっていると、木の橋をわたってくる美しい少年が目についた。皇三子永琿《えいしょう》である。さきごろ南堂の画軸を見にきたばかりなので、おたがいよく見識っている。皇子は、うれしそうなかおをして立ちどまった。

カスティリオーネも立ちどまり、ふかぶかとあたまをさげた。われ知らず、かれの胸は早鐘を打った。

「なにをもっているの。絵なんだろう？　見たいな」

皇子は人なつこくちかづいてきた。帝に見せたばかりの西洋庭園図の束を、カスティリオーネは脇にかかえていた。帝の命令で描く自分の絵の下絵なら、皇子といえども帝のゆるしなしには見せられない。他人によるむかしの作物《さくぶつ》なら、見せてかまわないかもしれないが、そもそも皇子が、ダハルトゥと呼ばれる随従あるいは宦官などの介添えもなしに、西洋人宣教師とことばを交わすことさえ禁じられているのである。この禁を犯せば、かつての蘇努《スヌ》の例にも見られるように、双方ともに悲惨な運命が待ちうけているにちがいない。

「おそれながら、皇子さまおひとりなればお見せできませぬ。師傅《しふ》さまなりダハルトゥなりご同席のうえでなければ――」

「いま、洞天深処にはだれもいないんだ。おとうとたちもいないんだ」

といいながら、永璋は立ちどまったままのカスティリオーネのすぐそばまではしり寄ってきて、かれがかかえる紙の束に目を落とした。

だれもいないことなど、あるだろうか。この皇子がつまらぬうそをつくはずはない。しかし、どこかおかしいと思いながらも、かれのこころはゆるんできた。

「では、あるきながら、一枚だけお見せいたしましょう」

とて、カスティリオーネは銅版画の束から任意の一枚を抜き、腰をかがめて皇子に手わたした。それは、名も知れぬ彫版師の手になる丘の上のトリニタ・デイ・モンティ教会と、丘のふもとの「小舟《バルカッチャ》の噴水」の絵であるが、そのあいだにあるのっぺりした斜面だけがやたらに目につく、つまらぬ図柄であった。さきほどの帝も、ちらと一瞥をくれただけでめくってしまったものを、よりにもよって皇子のためにえらんだことになる。

そのときのカスティリオーネはもとより知らぬことだが、そののっぺりした斜面には、のちにバロック調の美しい階段がつくられた。「スペイン階段」と呼ばれるローマのこの名所は、一七二六年に完成した。カスティリオーネが北京に来てから十年ほどあとのことである。

皇子は、しかし、いかにも奇妙なバルカッチャの噴水にはまったく興味をしめさず、丘の上なるトリニタ・デイ・モンティ教会のてっぺんに、ふたつならんでそびえ立つ鐘楼《カンパニーレ》に眼を釘づけにした。

「ほら、時計があるよ」

と、皇子は片手でうまく一枚の版画をささえながら、いっぽうの指で鐘楼をさした。なるほど、時計の文字盤が見える。

「はい」

とだけ、カスティリオーネはこたえた。すると十三歳の少年は、背の高い西洋人を見あげた。

「ねえ、知ってるかい。この円明園のなかにも、文字盤つきの鐘楼があるんだ」

たしかに、ある。円明園四十景でいえば、慈雲普護《じうんふご》と呼ばれる一画に、六角形三層の楼閣があり、まるい文字盤がついている。もっとも、なかは機械仕掛けではなく、漏刻《ろうこく》つまり水時計《クレプシドラ》なのだけれども。

「はい、存じております」

そのじつ、カスティリオーネは、その慈雲普護のあたりに足を踏み入れたことはなかった。いや、踏み入れるのをゆるされないところである。しかし、三年まえの乾隆九年、シナ人画家の唐岱《とうたい》と沈源《しんげん》が勅命によって描きあげた《円明園四十景図》で見た。そんなに高い山はないのに、シナ人画家たちは、三層の朱いろの鐘楼を、桃の花が咲きみだれる新緑の山にすっぽりつつみこまれるように描くのだった。

円明園でもっとも公式の場である正大光明殿は、園の南端中央にある。そのすぐ北、前湖《ぜんこ》をへだてたひろい島にかたまる大規模建築群の九洲清晏《せいあん》殿は、皇帝はじめ后妃たちの居所である。そのさらに北に、約二〇〇メートル四方はあろうという後湖《こうこ》があり、鐘楼をも擁する慈雲普護は、後湖のさらに北岸にあった。

こうしてみると、この鐘楼は、九洲清晏殿と正大光明殿をむすぶもっとも中央の、南北軸の軸線上に位置していることになる。この軸線をさらに北に延長させると、なにがあるか。

複雑に入り組む運河をへだてて、水木明瑟《すいぼくめいしつ》と呼ばれる閑雅な一画がある。そこを流れる小川の水を西洋式の水法を用いて室内に引きこみ、その力で風扇をまわし涼をとろうという仕掛けである。

そうか、南北軸線上に鐘楼と水法を配置したのは、たんなる偶然であろうか。おそらく皇帝は、ある意図のもとにそのような配置を命じたにちがいあるまい。してみると、いましがたかれに命じた西洋噴水にしても、思いつきの域を脱したときには、帝の奸計のもとで、たんなるおもちゃ以上のものになるのではあるまいか。

「円明園のなかにも、こんな西洋式の鐘楼があればいいのになあ」

と皇子がいったので、カスティリオーネはわれに返った。同時に、ぎょっとした。皇帝は西洋式の噴水をつくらせようとし、皇子は西洋式の鐘楼をほしがっている。似ているといえばいえるが、しかし、ちがう。どこがちがうのか……

「おそれながら殿下、そちらにおもどりください。陛下のおゆるしなしに、わたくしとおはなしなさることなりませぬ。さ、その絵をお返しくだされ」

「ほかの絵も見せてほしいんだがなあ」

といいつつ、皇子はトリニタ・デイ・モンティ教会とバルカッチャの噴水の絵を返

してよこしてから、

「こんど、如意館にあそびに行っていいかい。いろんな絵を見せてほしいから」

「はい、陛下のおゆるしさえあれば、師傅さまともどもお越しください」

カスティリオーネがあたまをさげると、皇子は池のなかの洞天深処にもどるべく、はやくも木の橋をわたろうとしていた。

あの皇三子が、老いた宮廷画師カスティリオーネに好意をいだいているのはたしかだった。宗室《そうしつ》ぐるみ入信させるのをそもそもの目的としているイエズス会士としては、このうえない機会だとはいえまいか。十三歳の皇子がすすんで、かれのふところにとびこんでこようとしているのだ。

しかし、とカスティリオーネは思った。皇子も、またかれじしんも、あまりにも帝に昵《ちか》いところにいる。公子蘇努《スヌ》一族にたいする先帝の冷酷な仕打ちは、現帝においても、かたちを変えてなされることだろう。この皇子とは、これ以上のつきあいはもつべきでない……

橋をわたりおえた皇三子が、ふりむいて手をふった。カスティリオーネの胸に、なにか熱いものがこみあげてきた。かれは、じっと立ちつくしたまま、少年のほっそりしたうなじに目礼を送った。

ブノアが噴水の設計図をなんとか描きあげ、カスティリオーネともども皇帝のもとにとどけたのは、それからひと月あまりたってからのことである。

上機嫌の帝は、こまごまと注文をつけながらも、おおむねその設計を可とした。ほっとして退下《たいげ》したふたりは、その夜、如意館においてほかのものたちとひたいをあつめた。

「噴水といっても、このシナ式庭園のどこに置くつもりなんですかね」

くびをふりふり、テボーがつぶやいた。

「長春園だ。いま突貫工事でつくっているだろう？　その北の端《はじ》に、噴水と、それにみあう西洋楼を建てよとのことだ」

と、カスティリオーネが絶望的なおつきで肩をすくめた。ブノアも、いきおいこんで、

「長春園はだいたい四〇〇トワーズ（一トワーズは約二メートル）四方ありますね。その北寄りの幅五〇トワーズという東西に細長い土地を、噴水と西洋楼のためにつかえということでした」

するとアッティレ、

*

「そんな切れっぱし《ランボー》みたいなところに、西洋庭園をつくれ、ですと？」

「いや」

と、カスティリオーネがつよく否定した。帝がはじめに、噴水に加えて「西洋ふうの建物と庭はあったほうがよかろう」といったのは、かれもおぼえている。しかし、きょうのはなしでは、噴水と西洋楼しか出なかったのである。とにかく、ブノアがこのひと月、ありとあらゆる書物とくびっぴきで、なんとか水力学的に可能な噴水をひとつ設計したのだ。そして、それにみあう西洋楼を建てよという帝の命令をうべなったのだ。

「庭園のはなしは出ていない」

「しかし、噴水と西洋楼をつくれば、それじたいすでに庭園ですよ。まさか、荒れ地のどまんなかに、噴水と建物だけをポツンポツンと置くわけにはいかんでしょうが？」

ジッヒェルバルトが灰いろの眼を大きくひらいてカスティリオーネをみつめた。とおい祖国の庭園を思いおこしている眼であった。カスティリオーネも、ティーヴォリなるエステ荘の、あまたの噴水を擁する優美な庭園を思いだした。糸杉《チプレッツ》の木だちのあいだから見えがくれする白い噴水が、糸杉とおなじ細長い三角形であったのも……

もともとの円明園の東に福海をうがち拡大させただけでは足らず、皇帝は、そのさらに東に長春園をつくらせている。まず、福海より大きい方形の湖を掘らせたが、いくつもの島をもうけて湖面を分断したので、まんなかに小さな蓬島瑶台《ほうとうよう》だけを置いてひろびろとした湖面を見せる福海にくらべると、ずっと小さく見える。しかし、湖中の島に建てている殿宇の規模は、円明園内のどれよりはるかに大きくなるらしい。わけても中央の、すでに淳化軒《じゅんか》と名づけられている建物は、それだけで宮殿にもなりうる最大のものだった。北寄りには、仏教寺院もふたつ、東西にならんで建立ちゅうである。

西洋楼のために帝がきめた土地は、そのふたつの寺院とほとんど接する細長い、まさに切れっぱし《ランボー》であった。アッティレがふと洩らしたこの lambeau というフランス語が、以来かれらのあいだの暗号となった。そのランボーの西の端に、まず噴水をつくり、そのための西洋楼を建てなければならない。絵を描いたことしかないカスティリオーネとアッティレが、その西洋楼の設計図をつくることになっている。

「やりましょう。経験があろうがなかろうが、やらねばならんのです。サンス司祭といっしょに逮捕されたドミニコ会士たちのいのちがかかっていますからね」

とアッティレがいうと、みずから描いた噴水の設計図をしげしげとながめていたブノアも、かおをあげた。

「ドミニコ会士ばかりではありません。福建での迫害の余波をくらって、江蘇《こうそ》にいるイエズス会士たちもあぶないという手紙が来ています」

イエズス会よりも歴史が古く、一二一六年に創立されたドミニコ会、それにややおくれて一二二三年に正式認可されたフランチェスコ会の修道士たちは、モンゴル支配下の元《げん》朝シナに布教にきていた。十三世紀なかば、モンゴルの皇帝《ハーン》たちのもとにローマ教皇やフランス国王の使者としてやってきたプラーノ・カルピーニやギョーム・ド・リュブリュキは、いずれもフランチェスコ会士。また一二九四年に燕京《えんけい》（現北京）に来てふたつの教会を建て、数千人に洗礼を授けたというジョヴァンニ・モンテコルヴィーノもフランチェスコ会士である。

これに反して、ドミニコ会は、さまざまな不運もかさなり、シナにおける布教ははかばかしい成果をあげられなかった。

元がほろび明《みん》代になると、フランチェスコ会・ドミニコ会とも、さらにふるわなくなる。そして十六世紀末、明もおわりちかくなって、マッテーオ・リッチをはじめとする新興のイエズス会士たちが、その最新の科学技術の知識を武器として、宮廷に接近することができるようになったのである。

清《しん》朝も康煕三十一年、一六九二年になると、イエズス会士のアダム・シャール（湯《とう》若望《じゃくぼう》）やフェルディナンド・フェルビースト（南懐仁《なんかいじん》）などの功績もあって、キリスト教は解禁された。南堂・東堂・北堂を拠点とするイエズス会の活動も、思ったより自由を得ていた。北京におけるシナ人信徒の数も、じつのところ、おどろくほど増えた。しかし、雍正帝が即位するや、さきの蘇努《スヌ》一族にたいする迫害にも見られるように、宗室のものがキリスト教徒になることへのあからさまな弾圧がはじまった。同時に、宮廷において奉仕することをゆるされた宣教師をのぞき、すべての宣教師をマカオに退去させた。この方針は、つづく乾隆帝においていっそう強化された。北京をのぞくシナ各地に西洋人が滞在することはきびしく禁止されたのである。

とはいえ、宣教師たちは、シナ各地に潜伏していた。わけても福建には、雍正帝の時代からドミニコ会士たちがはいり、教会堂を建て、一万とも二万ともいわれる信者を得ていた。弾圧はたびかさなり、雍正末期にはほとんど潰滅したかに見えた。しかし、康煕五十四年、一七一五年にフィリピン経由で厦門《アモイ》にはいり、福建東北部の福安《ふくあん》県で布教活動をつづけていたサンス司祭を中心として、ドミニコ会は乾隆時代になってもいっそうさかんになっていた。

福建省巡撫《じゅんぶ》の周学健《しゅうがくけん》は、かねてからキリスト教宣教師や信者についてあの手この手の内偵をすすめてきたが、乾隆十一年、一七四六年、ついに宣教師や信者の逮捕にふみきった。信者たちは、二重にした壁や床板に宣教師をかくまい抵抗したが、捕えられ拷問を加えられて自白したのもいた。

ホワン・デ・アルコベル修道士のごときは、明《みん》末に盗賊に殺されたさる宣教師の遺骨をおさめた箱を信者にあずけておいたために、幼児を虐殺した魔術師であるとの疑いをかけられた。明のころから、仏郎機《フランキ》人（ポルトガル人とスペイン人）は、幼児をさらって食らうといううわさがあった。あるいは幼児の眼球をえぐって錬金術につかう、さらにあるいは、そのおさない性器を切りとって媚薬をつくっているなど、異人の異教徒をめぐる根も葉もないうわさは絶えなかった。アルコベルがあずけた箱のなかの骨は、すでに粉末になっていたが、子どもの骨であるとでっちあげられた。

また、江蘇で逮捕されたイエズス会士のジョゼフ＝ルイ・ル・フェーブルも、そのもちもののなかにまっ白い大きな蠟燭《ろうそく》があったという理由で拷問を受けた。そのころ蠟燭を白くする風習のなかったシナ人が、人間の脂肪《あぶら》を混ぜて白くしたのだろうと思ったからである。

周学健によるサンス司教らへの死刑判決は北京に送られ皇帝の批准を待った。カスティリオーネの必死の嘆願を無視して、乾隆十二年四月、皇帝はそれを批准し、サンス司教はただちに斬首された。そしてなお、アルコベル修道士をはじめ、ホアキン・ロヨ、フランシスコ・セルラノ、フランシスコ・ディアスといった、いずれもスペイン人ドミニコ会士たちが、サンス司教につづく処刑を待っているのである。

　皇帝がサンス司教を斬首するとは、じつのところ、カスティリオーネも予想していなかった。病いが重くなったヴァランタン・シャリエにたいして、帝はじつに慈悲ぶかかったからである。西洋人のなかに外科医はふたりいるが内科医はいないと知るや、帝は太医《たいい》院院判《いんいんぱん》なる最高の侍医をつかわした。帝のそんな仁慈にすがれば、西洋人宣教師をよもや処刑することはあるまいと、かれは読んでいたのである。

　もっとも、内科医のはなしが出たとき、帝はカスティリオーネにこうたずねた。

「そちたちは、病人のために神に祈ることがあるのか。病人をなおしてほしいと、神に祈るのか」

「はい、わたくしどもは毎日そのことも祈っております」

「しかるに、如玉の病いはよくならない。どうしたことだ」

「神は全能でございます。わたくしどもは神のご意志にしたがって、くらしているのでございます」

「ならば、祈らなくともおなじではないか」
と、帝はひややかな笑顔を見せた。それからほどなくして、侍医をつかわしたのである。しかし、稀代の時計師でもあったシャリエは死んだ。サンス司教も、処刑された。

皇帝の思いえがく噴水が、長春園北端の切れっぱし《ランボー》に白いしぶきをあげたとしても、福建や江蘇で逮捕された宣教師たちのいのちを救うことにはならないだろう。しかし、十七世紀はじめ、エチオピア皇帝を入信させたペドロ・パエスの例もあるではないか。かれも、エチオピア皇帝に愛されることを、まず学び、実行したのだ。

カスティリオーネは、ローマはナヴォーナ広場にそそり立つ四大河の噴水を思いおこした。ナイル川をあらわす男のかおを覆っているヴェールは、もはや不要になった。しかし、シナの皇帝には、はだかの男たちも不要である。はげしいうごきを一瞬とめた男たちの彫像によって、ベルニーニは時というものをあらわしていた。

では、ここでは？　皇三子永璋は西洋式の鐘楼がほしいといった。あの少年のためなら、噴水と鐘楼を兼ねたものをつくってやれるかもしれない。

糸杉《チプレッソ》の並木のあいだから、ローマの噴水が白いしぶきをあげる……

第五章　迷宮の夜

雑踏のなかに掏児《すり》がいる。そいつが、露店のまえの人だかりにまぎれて、財布をくすねた。書画骨董のたぐいをあきなう露店のおやじは、画軸を片手に掛けてながながと口上を述べたてる。そのおやじと掏児が、妙なぐあいに視線をからませている。どうやら、ぐるらしい。

掏児のやつ、さりげなく人だかりを去ろうとした。とたんに、

「こらっ！　ぬすっとめ！」

と、警邏《けいら》の捕吏が叫んで追いかけた。人だかりがいっせいにふりかえる。掏児は雑踏のなかにまぎれこんだ。人びとは、やんやとはやしたてながら、掏児が逃げやすい

ように道をあけてやる。追いかける捕吏には、道をふさいだ。

するうちに、掏児は人ごみをかきわけながら、客でほとんど満員の茶館にとびこむや、かろうじてあいていた椅子にすわりこみ、ちゃっかりその席の客人たちが喫していた茶を横どりして飲みはじめた。

ところが、捕吏もまた、その茶館にとびこんできた。入口でぐるり見わたすなり、たちまちくだんの掏児を見つけた。掏児はあわてふためいて席のあいだを駆けまわる。捕吏が追う。椅子が倒れ、テーブルの上の茶壺《きゆうす》がひっくりかえる。客人たちがわいわいさわぎたてるうちに、掏児もとうとうつかまった。縄をかけているところへ、財布を掏られた男もやってきた。

「財布はどこだ」

と、捕吏が掏児のからだをしらべる。正月十五日の元宵節《げんしようせつ》からまもない寒さだというのに、ぼろの褲子《ズボン》にひとえの短衣だけだ。財布は、どこにもない。捕吏がおどしつけているところへ、道路の雑踏のなかから、べつの掏児をしばりあげた捕吏があらわれた。

捕吏ふたり、なにやら耳うちしたあげく、ふたりの掏児のあたまをぐいと押さえつけ、双方の長い辮髪《べんぱつ》をぐいと引っぱり、二本をむすんでしまった。なるほど、こうしておけば、掏児たちも逃げるに逃げられまい。

かれらが茶館を去ろうとすると、掏られた男がわめいた。

「おれの財布をかえせ！」

すると、茶館の奥で、どっと笑いが爆《はじ》けた。なかのひとりが財布を高くかざしている。さっきの掏児が逃げるまえに仲間にこっそり手わたしていたらしい。盗《や》られた男が、まっ赤になって奥へ突進しようとするが、これまた入口ちかく陣どった連中に阻まれた。

茶館の隅のテーブルで、ジュゼッペ・カスティリオーネはこのさわぎの一部始終をながめていた。ジャン・ドニ・アッティレも、ミシェル・ブノアもいっしょである。

「やれやれ、ご念のいったことだ」

とアッティレがいった。するとブノアも、

「そろそろ行きますか。紙を買わないと」

と、もう腰を浮かしている。

「うむ」

と、カスティリオーネも応じて、立ちあがった。

三人は、そのまま道路を往きかう雑踏にまぎれこんだ。顔見知りの男たちとも、いく度となくすれちがう。しかし、このまちでは、いちいちあいさつする必要はないのだった。

点心や小吃《おやつ》をあきなう店がある。蒸籠《せいろ》からほかほか湯気が出ているのは、饅頭《マントウ》か包子《パオツ》をふかしているのだろう。男の子が三人、そのまわりでふけるのを待っている。遠目にも、かれらが皇三子永璋《えいしょう》とそのふたりのおとうとたち、すなわち皇四子永珹《えいせい》と皇五子永琪《えいき》であるのがわかった。こんなところで、皇三子にはなしかけられてはたまらない。西洋人宣教師が皇子たちと自由にはなすことは禁止されているからである。カスティリオーネたちは、雑踏をかきわけ、道の反対側に行った。

そちらには、衣類の店がならんでいた。緞子《どんす》の生地だけをあきなう店、仕立てずみの旗袍《チーパオ》や毛皮つきの上着や斗篷《マント》などの女ものの衣服を売る店、古着屋などを過ぎると、かんざしやら耳環《イアリング》やら手鐲《ブレスレット》など、首飾《アクセサリー》ばかりをならべた金ピカの店になる。これほど女ものの店があるのに、雑踏のなかに女がひとりも見あたらないのもふしぎだった。

＊

さらに行くと、書画骨董の店がつづく。壁にずらり軸ものをぶらさげているが、カスティリオーネは無視した。日ごろ皇帝のかたわらにあって、宮廷秘蔵の古今の名画をいやというほど見ている身としては、店売りの画軸にはさしたる興味はなかったのである。そのまま通りすぎようとすると、店のなかからこえがかかった。

「おうい、そこな洋人《ヤンレン》さんよ！　西洋画そっくりの絵を買わんかね」

こういわれては、かれらとても応じないわけにはいくまい。三人そろって店のなかにはいると、背の高いかれらのせいで、ひくい天井の店内はいっぱいになった。

どこかで見たことがあるようなかおのあるじが、いかにも大きそうな画軸の巻子《かんす》を棚からとりだすと、上軸の懸緒《かけお》を棒のさきの二股《ふたまた》にひょいとひっかけるなり、ほかの画軸が掛かっている鉤《かぎ》にすばやく掛けた。ふつうの画軸二、三幅をおおうほどの巨大な画軸が、するすると垂れさがった。

「おっ！」

思わず、カスティリオーネがうなった。なぜなら、その絵は、かれが唐岱《とうたい》と合作した《羊城夜市図《ようじょうやしず》》だったからである。

雍正帝《ようせいてい》がその十三年乙卯《いつぼう》、一七三五年の八月ににわかに崩じ、現帝がただちに即位したという、その年に描いた。あくる年、乾隆《けんりゅう》と改元してから献じたが、皇帝は、あまりにも洋風にすぎるとて臣下にあたえてしまったのである。

羊城とは広東《カントン》の旧名ないし雅名である。雍正十三年の春、カスティリオーネは、かつてリスボンからマカオまでの船旅をともにしたジョヴァンニ・コスタをたずねて広東に行き、春とはいえすでにむしむしと暑い珠江《しゆこう》ぞいの夜店をスケッチした。

岸辺にもやう舟や筏では、船上生活者たちがわずかなあかりの下で飲み食いしている。半裸になって眠りこけている男は、亜熱帯の夜のけだるさにとろけそうだし、袖なしのシャツだけを着て一輪の荷車を押す若ものの、ひたいや胸からしたたり落ちる汗まで、におってきそうだった。一膳飯屋のあかりは、ひとつしかないテーブルを占領した男たちのざわめきを照らし、露店にたむろする人びとはたのしげになにかをのぞきこんでいる。茅《かや》ぶきの貧しげな家々は、とおくへいくほど暗闇にまぎれこみ、羊城のいかめしい城壁の端《はじ》がその暗い家並を圧する。

遠景に、いかにも険しげな山と雲。江水と雲はまぎれて溶けあい、小舟がさまよう。そして、満月。——唐岱が描いたこの遠景は、あきらかにシナふうである。

カスティリオーネが描いた細緻な近景を、しかし、皇帝はきらった。夜のあかりが浮かびあがらせる明と暗、そしてシナ下層の人びとがいかにも立体的にうごきまわるその画面に、帝はついぞ嗅いだことのない生活のにおいを、嗅いでしまったのだった。

皇帝から一臣下に下賜されたこの絵が、それから十二年余のあいだに、どこをどうへめぐったものか、カスティリオーネも知らない。それが、こんな店さきで再会しようとは——

アッティレやブノアも、かれらが来華するまえに描かれたこの絵を知らない。わたしが描いたものだよ、とカスティリオーネがひとことといえば、すべてを理解するであろうに、かれはなにもいわなかった。

「お安くしておきますぜ」

店のあるじがこえをかけた。買いもどそうか、とちらと思ったカスティリオーネも、このこえでひるんだ。

「これは、西洋画ではない。西洋画そっくりでもない」

いいざま、カスティリオーネはくるりときびすを返した。アッティレとブノアも、だまっていっしょに店を出た。

＊

ふたたび雑踏のなかを行く。すると、この雑踏の喧騒とはまたべつの、蜂か虻《あぶ》のワーンという唸《うな》りに似たざわめきがきこえてくる。耳をすませば、金属製の打楽器の音もまじっている。そして、はやしたてるような人びとのこえ。

この商店街のすぐ裏にある清音閣《せいおん》という劇場での芝居がはねるところだろう。そこから吐きだされた客が、どっとこの通りにあふれ、茶館や酒店など、ますますごったがえすことだろう。

カスティリオーネたちは、さきの書画骨董商の二、三軒さきの四宝堂にいそいだ。四宝とは、いうまでもなく、筆墨硯紙の文房四宝のこと。いつもなら宮廷内で申し入れただけ下賜されるのだが、やはり絹や紙や筆は、手ざわりをたしかめたうえで買いもとめたいという気がある。四宝堂は品数《しなかず》も多く、よいものをそろえていた。

四宝堂にはいると、なるほど文人墨客がひしめいていて、紙えらびもたいへんである。やっとのことで、紙や絹の品さだめをしているうちに、おもて通りの雑踏は、ますますひどくなった。芝居がはねたらしい。

その雑踏のなかから、ひときわかん高い叫びごえがきこえ、ゆったりと流れていた人波が乱れた。つづいて、なにかけしかけるようなどよめき。どうせ、人ごみにはつきもののけんかだろうと、カスティリオーネたちは買ったばかりの紙の筒状の束をそれぞれ小脇にかかえながら、流れのとまった雑踏の横を、櫛比《しっぴ》する商店や露店ぞいにあるいた。

けんかのこえがぴたりしずまった。ぶきみな沈黙に領せられた雑踏が、さっとふたつに割れ、おのずと生まれた人垣のなかの道を、柄《がら》の大きい男が肩をいからせながらこちらにあるいてくる。片手に抜き身の短刀をもっている。その鋒《きっさき》から血がしたたり落ちるのが、とおくからもよく見える。すすむほどに、人垣のあいだの道は幅を増し、刃傷ざたをおこしたその男におびえているのがよくわかる。

ちかづいてくるその男のかおがはっきりしたとき、カスティリオーネは、あっ！とおどろいた。皇一子の永璜《えいこう》ではないか。灰いろの上着と褲子《ズボン》に、腰までの粗い毛皮の馬褂《マーグワ》をはおり、黒い高統靴《ブーツ》を穿いている。毛皮も貂《てん》のそれではなく羊のようだ。どう見ても、皇子らしからぬ服装であるが、煙草入れ・火打ち金・煙管《キセル》のセットを腰にぶらさげているところ、貴人にほかならない。

そばまでくると、永璜はかお見知りのカスティリオーネに視線をとめたが、じろりとにらみつけるなり行きすぎた。十年まえの乾隆三年、あの《歳朝図《さいちょう》》を描いたときの永璜はまだ十一歳、絵のなかではおとなしく帝のかたわらに侍立していたが、一年まえ妃をむかえた前後から、粗暴なふるまいが多いとのうわさが絶えなかった。

永璜を追ってくる男たちが二、三。おそらく皇子の随従《ダハルトウ》であろう。永璜の手にした短刀の血からすると、だれかが皇子によって殺されたか、傷つけられたかしたとみえる。永璜のすがたが雑踏のなかに消えたころ、被害者がいるはずの人の輪のさわぎが、またおこった。

「死んだ！」

というこえが、さざ波のようにきこえてくる。アッティレが、そちらへ行こうとした。カスティリオーネは、かれの肩を押さえ、目くばせしてかすかにくびをふった。これほどの人なかで、死者に祝福を授けるしぐさをすこしでもしたら、それこそたいへんである。

「かかわりあいにならぬことだ」

と、カスティリオーネはアッティレの耳もとでささやいた。ブノアも、うなずいた。

三人は、またまっすぐあるきはじめた。乾《ほ》し魚や乾し肉などを売る店のまえに、人だかりがあった。猴《さる》まわしの芸をしている猴戯《ホウシー》である。さきほど、饅頭《マントウ》や包子《パオツ》がふけあがるのを待っていた皇三子永璋とそのおとうとたちが、夢中で猴戯に見入っていた。兄の異常な行動も、まだ知らないようだ。かれらに気づかれないように、カスティリオーネはその人の輪のうしろから、そっとはなれた。

舎衛城《しやえい》の城壁と、城門のすぐうしろの多宝閣の朱いろの柱が、すぐそこに見えた。

買売街《マイマイジエ》も、これでおわりだ。……

＊

買売街——すなわち、買ったり売ったりする店舗がならぶ街《ストリート》。まちなかなら、どこにでもあるこんな大通りが円明園に出現したのは、乾隆帝のときである。

皇帝や后妃たちの行列が市中を通過するときは、あらゆる商賈《しょうこ》は店をしめ、民家も門をとざしていなければならない。行列のまえの騎兵隊による警蹕《けいひつ》が、あらゆる人びとを先ばらいするから、皇帝や后妃たちは、いわば無人の市中を行進する。それゆえ、市井の人びとがふだんどのような生活をしているか、まったく知らぬままに禁中でくらす。

市井の人びとの生活をうかがい見るために、皇帝は綺望《きぼう》楼なるものを建てた。円明園をかこむ城壁ぞいには、民情視察のための綺望楼がいくつも建てられた。西北隅の紫碧《しへき》山房のなかの景暉《けいき》楼、西南隅の藻《そう》園のなかの凝眺《ぎょうちょう》楼、東北隅の清曠《せいこう》楼など、いずれもその目的を帯びていた。

皇帝や皇子たちや后妃たちは、そうした綺望楼にのぼり、はるかの田野ではたらく農夫やら鶏犬のすがたやらを目にして、わずかにかれらのくらしぶりをもの珍しげにながめることができた。とはいえ、殷賑《いんしん》をきわめる都市の、とくに活気あふれる商店街のありさまは、これら綺望楼から見えるものではない。そこで、皇帝が考えついたのが買売街である。さきほどカスティリオーネとともに買売街をそぞろあるいていたアッティレの書簡が、この模擬商店街について活写している。

あらかじめ定められた日には、それぞれの宦官は自分に指定された身分ならびに職業にふさわしい衣服をつけます。あるものは商人であり、他のものは職人です。兵士もいれば、将校もいます。二輪車を押すものもいれば、籠を担ぐものもいます。要するに各人が自分の職業の特徴となるものを身につけているのです。船が港に着き、店が開かれます。ひとびとは商品を陳列します。ある区では絹、他の区では木綿という風にです。ある通りは陶器、他の通りは漆器を列べます。一切が割りあてられているのです。この店では家具を売っているかと思えば、あの店では衣服、婦人用の装飾品を売っています。べつの店では好事家や勉強家のための書籍を売っています。喫茶店もあれば、居酒屋もあります。行商人たちはあらゆる種類の果物《くだもの》、よろずの新鮮食料品を客に買わせようとします。小間物商人はひとの袖をひっぱり、商品を売りつけようとしてひとを悩まします。ここではなんでも許されているのです。皇帝をその臣下中の最下級のものと見分けることはここではむずかしいのです。各人が自分のもっている商品を告げます。喧嘩も行なわれますし、なぐり合いもあります。これはまさしく市場の騒ぎなのです。巡査が喧嘩をしているものを捕え、役所の判事のもとに連行します。（略）

このお祭りでは掏摸《すり》も忘れられていません。この大した仕事はもっともはしっこい宦官たちの一団に任されますが、かれらはそれを見事にやってのけるのです。

（一七四三年十一月一日づけアッソー氏あて書簡。矢沢利彦編訳『中国の医学と技術——イエズス会士書簡集』東洋文庫による）

円明園では、この買売街は、例の円明園四十景のひとつ坐石臨流《ざせきりんりゅう》のすぐ東、そして園内最大の劇場清音閣《せいおん》を擁する同楽園《どうらく》のすぐ西にあたる街路にもうけられた。正月十五日、いわゆる上元の日の夜にあたる元宵から十九日まで、皇帝や后妃たち、それに皇子たちをはじめとする宗室《そうしつ》のものたちが、日常では接することができない都市のさかり場のにぎわいを、この模擬商店街にて味わうのである。

そのために、内務府の役人たちが、まちのほんものの商店からありとあらゆる商品を買いつけておき、それぞれの値段を帳簿につけたうえで、各模擬店にならべておく。ふだん現金をつかったことのない皇帝以下の貴人たちは、嬉々として買いものをしたり、茶館で茶をすったり、点心を買い食いしたりする。

后妃につかえるおびただしい宮女たちも、この買売街で化粧品やら首飾《アクセサリー》やらを買うのがなによりのたのしみで、その種の店の繁昌ぶりたるや、なみのものではなかった。

それらの店の商人《あきんど》たちは、アッティレがしるしているように、ことごとく禁中につかえる宦官であった。そして、皇帝が后妃たちや宮女たちをしたがえて買売街をあるくときは、後宮におけるのとまったくおなじように、宗室や大官といえども男子禁制であったが、まちのさかり場そっくりの人ごみをつくりだすのは、これまた宦官のしごとであった。そのころの宦官の数は二千から三千といわれる。

皇帝と女たちの買いもの、おあそびがおわると、はじめて皇子たちや宗室、それに大小の内官など、皇帝をのぞく男たちが買売街にくりだした。

こうして、円明園内に一時的に出現したさかり場が数日で消えると、売りあげ金と売れのこりの商品は、ほんもののまちの商店へきちんと納められるのである。

買売街は円明園だけのものではなかった。皇太后の居所とされた暢春園《ちようしゆん》にも、熱河《ジヨホール》なる避暑山荘にも、また、のちに頤和園《いわ》の名で知られるようになった清漪園《せいい》にも、つぎつぎとつくられた。とくに暢春園のそれは、皇太后をよろこばせるべく、万寿街と呼ばれた。

カスティリオーネがアッティレやブノアともどもそぞろあるいた雑踏のさかり場も、じつはといえば、円明園内に元宵節にもうけられた買売街だったのである。西洋人宣教師たるかれらが、まちなかを自由にあるき、買いものをしたりすることなど、できるはずはなかった。あるいはまた、おさない皇子たちが、点心の店で饅頭《マントウ》や包子《パオツ》を買い食いできるはずもなかった。

＊

買売街からもどると、雪が降った。それでも、長春園北端の切れっぱし《ランボー》における西洋楼の建設をやすむわけにはいかない。

まえの年の乾隆十二年、一七四七年の陽暦五月、皇帝のほとんど気まぐれとしかいいようのない命令によって西洋式の噴水をつくることになったかれらは、おどろくべきことに、その年のうちに噴水二基をつくりあげていた。のみならず、南北にならぶその二基の噴水のあいだに、三層からなる西洋楼を建てたのである。皇帝はその西洋楼を諧奇趣《かいきしゅ》と名づけた。

諧奇趣は、ランボーの西の端《はじ》に、南むけに建てられた。コ字形に、まったく左右シンメトリーをなすその石の建造物は、窓やテラスや直線式の階段など、ローマのカンピドリオ広場の奥なる元老院の建物をヒントとしたであろうことを思わせた。ただし、その屋上の欄干に立つ八つの彫像と、中央にそびえる鐘楼はない。設計図を見た皇帝が、西洋楼といえども屋根はすべてシナふうに琉璃瓦《るりがわら》をもっておおうべしと命じたからである。

左右から南につき出た回廊の先端には、八角二層の奏楽堂をもうけた。左右の奏楽

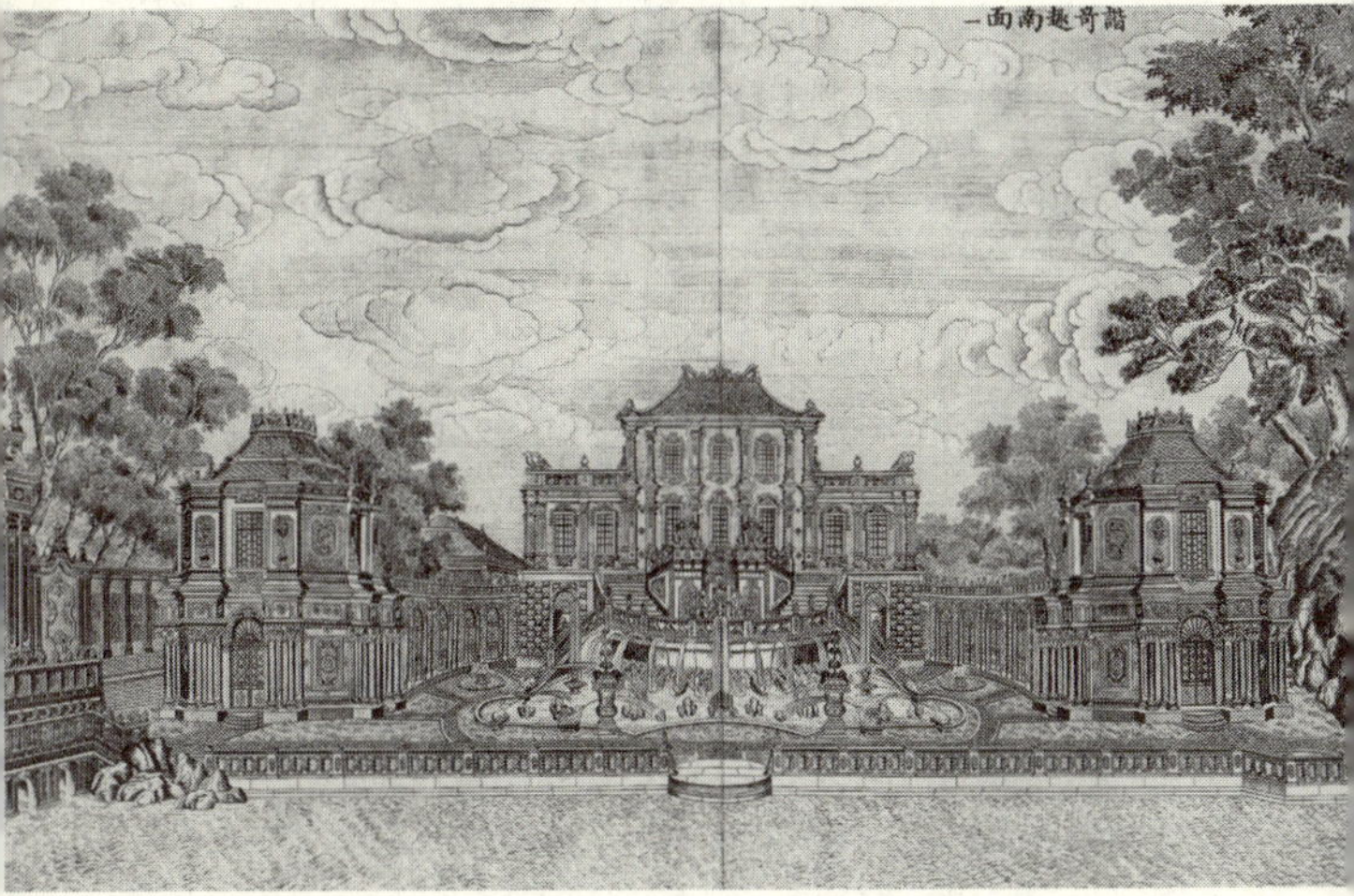
諧奇趣南面一

堂の南面と中央の階段の両脇のあわせて四ヵ所に壁龕《ニッシュ》をうがったが、西洋なら当然そこに嵌めるべき神像はなく、巨大な壺が置かれた。ニッシュの上部は、西洋建築のそれとおなじく、あこや貝を模したものだった。

カンピドリオ広場の、中央の鋪地《ペイヴメント》のデザインが思いだされる。ミケランジェロによる楕円と十二芒星がひと筆書きになっているそのみごとなデザインを、カスティリオーネはらくらくと諳《そら》んじることができたが、ここ諧奇趣の南側の広場では、ブノア設計になる噴泉池が占めた。

広大な円明園に点在する無数の湖沼や、それらを縫うように網の目状に張りめぐらされた運河に水を供給するのは、西の玉泉《ぎょくせん》山に発する北長《ほくちょう》河が生んだ昆明《こんめい》湖と、南の万泉《ばんせん》荘なる村に湧き出る泉に発する万泉河である。昆明湖の水は円明園西端の城壁ぞいに北流してから、園の西北隅で暗渠《あんきょ》をへていったん紫碧山房《しへきさんぼう》の池となり、やがて園の北部を独立して東流する運河を形成する。そして、園の東北隅で例の方壺勝境《ほうこしょうきょう》の北の池となってから、一孔閘《いっこうこう》と呼ばれる水門をへてランボーの西端に達する。

ブノアは、まずこの西端に蓄水《ちくすい》楼を建てた。たんなる貯水槽にすぎないが、外側を西洋楼ふうの二層の建物とした。諧奇趣の南北にもうけた噴水の水は、この蓄水楼から供給される。水を下から上へ噴きあげる装置は、アレッサンドロ・フランチーニ彫版によるフランス庭園のなかの噴水構造図をも参考にしたが、自動人形《オートマトン》の製作にも長じたジル・テボーの協力をも得たので、さほどむずかしいものではなかった。

　西洋楼の設計は、もっぱらカスティリオーネとアッティレがあたった。北京をふくむシナ北方には、石造建築はない。紫禁城のあの壮麗なる建築群も、すべて木造であり、柱頂石や柱や欄干や階段に石がつかわれることはあっても、石を積みあげる西洋ふうの建築はなかった。そこで皇帝は、石造建築の多い福建《ふくけん》から、石工《いしく》と石材とをいそぎとり寄せた。カスティリオーネらのデザインによる、石柱などの精緻をきわめた彫刻は、北京とその周辺の石工を総動員してやらせた。

　かくて、皇帝の思いつきからわずか数ヵ月にして、長春園ランボーの西端に、第一の西洋楼たる諧奇趣が出現したのである。

*

　諧奇趣のまっすぐ北では、迷宮がほぼ完成しかけていた。イグナティウス・ジッヒエルバルトが設計した、その完全に左右対称の迷宮は、西洋庭園におけるそれが花卉《かき》を刈りこんでつくりあげているのとはちがい、男の肩ほどの高さの塀を張りめぐらし、中央のあずまやにいたるという、ごく単純なものだった。もっとも、その塀も、煉瓦を積み、さらに模様を刻した手のこんだ磚刻《せんこく》のものだった。

そのしあげ工事の監督があったため、買売街には来ていなかったジッヒェルバルトが、カスティリオーネたちのすがたをみとめるなり、とんできた。かれのあたまや肩にも、雪がはらはらと降りかかった。

「たいへんだ。第一殿下が刀をふりまわしてあばれていたのだ」

かれのいう第一殿下とは、皇一子永璜のことにほかならない。買売街の雑踏のなかで、だれかを刺殺しそのまま立ち去ったが、なんと、この迷宮に来ていたのだ。ジッヒェルバルトが指さすほうを見ると、迷宮の中央の一段と高いあずまやのなかに、さきほどの服装のままの永璜が、前後左右を屈強な男たちに押さえられ、なにやら叫んでいるのだった。そのこえはよくききとれなかったが、ジッヒェルバルトは三人にささやいた。

「買売街の人ごみのなかで、やくざに扮した宦官が皇子にけんかを吹っかけたんだそうだ。それも、例によって買売街での芝居なんだがね。皇子と気づかず、念の入った芝居をしちゃったわけだ」

「それを本気で怒った皇子が、相手を刺したというわけですな」

と、ブノアがいった。するとアッティレ、

「買売街は無礼講なのだから、皇子といえども、売られたけんかは買うふりをすればよかったのだ」

「興奮した皇子は、ここにやってきて、迷路のなかでいきなり、人夫をふたりも殺した……」

とジッヒェルバルトが口疾《くちど》にいった。カスティリオーネは思わず、

「おお」

と、ひくく叫んで十字を切った。

「さいわい、皇子を追ってきたダハルトゥや衛兵たちが、ああやってとり押さえたが……」

「いま、なんといっているんです？」

と、ブノアがたずねた。ジッヒェルバルトは、中央のあずまやを見すえたまま、

「西洋人の耶蘇《イエズス》会士どもを殺してやる……」

人夫たちは、迷宮の南門のかげにかたまってふるえていた。やがて、衛兵の一隊がかけつけ、捕縛した皇子を轎《かご》に押し込めたち去った。あわれな人夫ふたりの死体もかたづけられた。

西洋人のイエズス会士どもを殺してやる――永璜のこのことばは、皇帝のこころの

奥のかたすみに、じっとひそんでいる本音と一致するものかもしれなかった。なるほど、永璜は皇一子とはいえ、帝位を嗣ぐべき品格も教養も人望もない愚物である。父帝とはくらぶべくもない。それでも、宮廷画師としての西洋人イエズス会士たちを寵愛している皇帝が、こころのどこか一点において、かれらにいおうようのない殺意をいだいているのはたしかであろう。

あらゆる無理難題を押しつけ、もし応えられなければ、口実をもうけて死を賜う——これが大権というものだ。ところが、カスティリオーネたちは、あらゆる無理難題をやりぬいてきた。噴水もつくった。西洋楼も建てた。それでも帝は、最近になって、もっと噴水をつくれ、それも、時刻《とき》を知らせる噴水をつくれ、といいはじめていた。

この果てしない循環が、かれらのいのちを保ってきた。しかるに、暗愚な皇子は、父帝のこころのかたすみを、あからさまに暴きだしてみせたのだった。

ところで、迷宮について知らない皇帝は、これをつくれとはいわなかった。しかしジッヒェルバルトは、帝が知らないものこそ、さきどりしてつくり、帝をよろこばせるのがいいと主張した。

完成まぢかのこの迷宮を、帝はまだ見ていない。見て、じっさいにあるいたときに帝が感じるであろうことをも、粗暴な皇一子が口ばしったのではないだろうか——。

カスティリオーネは、しかし、だまっていた。

「北京のまちに網の目のように張りめぐらされた胡同《フートン》こそ、迷路だね。つまり、北京こそ迷宮といえるわけだ」

アッティレがいった。胡同とは、小路ないし横丁のことで、モンゴルの元朝が大都《だいと》(北京)を支配していたころからつかわれたことばで、モンゴル語起源であろうといわれる。

「そうだな。南堂から紫禁城に行くのも、ごちゃごちゃした胡同を通りぬけるのに、どれほど迷ったことか」

と、カスティリオーネはいったが、そのじつ、まちなかをあるくときに必ずついている宦官が迷ったのだった。宣武《せんぶ》門内の南堂から皇城西南の西華《せいか》門にいたるには、いくとおりもの近道があったが、袋小路になっていてひき返さなければならないことがよくあった。

「皇帝は北京を支配しているけれど、この巨大な都市を知らんのです。迷宮は都市のひな形ですな」

ジッヒェルバルトがいうと、ブノアが、

「キルヒャー師の『バベルの塔』に見える古代エジプトの迷宮のように、中央には絶対に到達不可能という迷宮にすればよかったですね」

ドイツ生まれのイエズス会士アタナシウス・キルヒャーが、一六三五年にイタリアに来てから一六八〇年にローマで世を去るまで、あらわした書物は二十冊を超える。磁気学・医学・天文学・光学・数学・地質学・音響学、そして古代エジプト学・古代ローマ学・シナ学などなど。このとほうもない科学者司祭の著作の多くは、海外に布教に出るイエズス会士たちがきそってたずさえるところとなった。カスティリオーネも『シナ図説』はもとより、古代からのローマ地誌である『ラティウム』や『ノアの方舟』をもってきたが、ブノアたちも『光と影の大いなる術』『普遍音楽』『新音響学』『地下世界』『バベルの塔』を、旅嚢に入れてきたのである。

『バベルの塔』には、バビロンの架空庭園やら、エジプト王ハムがマレオティス湖畔につくったという迷宮やらの図が、キルヒャーの想像によって描かれているのだが、十二の方形迷宮にかこまれた中心の方形迷宮は、たしかに文字どおりの迷宮であって、入口と中心とは、絶対にめぐりあうことのない迷路でへだてられているのだった。

「そんな迷宮をつくったら、皇帝の怒りを買うばかりだ」

と、カスティリオーネがいったとき、皇子を捕縛し去った衛兵たちとはまたべつの、より多数の騎馬兵の一団がやってきた。かれらは、四人の宣教師たちには眼もくれず、まだ迷宮南門のそばでうろうろしている人夫たち二十数人を、つぎつぎとしばりあげ、石材運搬用の馬車に積みこんだ。隊長らしき男が、馬にまたがったまま西洋人のそばにゆったりと来た。そして、カスティリオーネを見おろし、

「人夫たちは、あした、べつのをよこす」

といい放った。

「その人夫たちをどうなさるおつもりか。なにも罪のないものたちだ」

と、いましがたまで人夫たちとはたらいていたジッヒエルバルトが、気色《けしき》ばんだ。

カスティリオーネが、かれの袖をつよく引いた。

「洋人《ヤンレン》には関係のないことだ。よいか。あしたからは、新しい人夫をつかうように」

いいざま、隊長は馬の尻に鞭をあてた。

あっというまに、長春園のランボーに静寂がおとずれた。

＊

四人は無言で、迷宮のなかにはいりこんだ。磚刻《せんこく》の塀がせまい迷路の両側につづき、背の高いかれらの胸から上をあらわにしていた。塀の上につもった雪のせいで、迷路はかえってくっきりとし、中央のあずまやにいたる径路《みち》が判然とした。

人夫たちがつかっていた鑿《のみ》や槌《つち》が散乱し、石の屑が雪とまぎれた。血痕がまだ、あ

ちこちについていた。倉卒と血だまりをぬぐい去ったあともあった。いずれ、雪がなにもかも消してくれることだろう。

「あの人夫たちはどうなるのでしょう」

ブノアが、重い口をひらいた。わかりきった質問だった。皇一子の思わざる愚行、いや凶行の目撃者となった人夫たちは、虫けらのように消されるだけである。

永璜が「殺してやる」と口ばしった西洋人イエズス会士たちは殺されず、たまたまその近くにいた人夫ふたりが殺され、それを目撃していた多くの人夫たちも殺される。そのいっさいをみつめていたカスティリオーネほかは、しかし、殺されはしない。皇帝の意のままの庭ができるまでは……

迷宮中央のあずまやに立ち、南をながめた。壮麗な三層の諧奇趣が視界をさえぎっている。その北に掘られた噴泉池は、水路の凍結のため水を噴きあげてはいない。春になって水ぬるみ、南北ふたつの噴泉池から潺湲《せんかん》たる水を噴きあげたとき、皇帝にとっては夢のような別世界が生まれることだろう。

「買売街こそは、迷宮だな」

と、カスティリオーネがつぶやいた。するとアッティレ、

「離宮のなかにつくられた一本こっきりの胡同《フートン》ですよ。一直線で袋小路もない。あれ

は、まちなかのほんもののフートンとは、似ても似つかない」

「ほんもののフートンには、そこに生きている人びとのにおいがありますよ。買売街には、それがない。芝居の書き割りのようなものじゃないですか」

と、ブノアがあずまやの欄干から身を乗りだすようなそぶりをしながらいった。諧奇趣の噴泉池に水を供給するために建てた蓄水楼のほうをしきりにながめている。そこに流れこむ水路も凍結しているらしかった。

「いや」

と、カスティリオーネはつよくくびをふった。

「この国では、建物より、人間が迷宮をつくっているのだ。買売街のあの雑踏を見たまえ。掏児《すり》も、捕吏も、みな宦官が演じているものだと安心している。しかし、まことの人殺しもあったじゃないか。その犯人はこの迷宮にやってきて、またもや人を殺した。買売街のあの雑踏迷宮が、皇子を狂気にみちびいたのだ」

「買売街はともかく」

と、アッティレがさむそうな口調でいった。

「円明園の全体が、迷宮になっている。うねうねと入り組んだ水路と湖沼。四十景とやらのややこしい名称。——それにひきかえ、わたしたちに西洋楼を建てよと命じたこのランボーは……」

するとジッヒェルバルトがひきとった。

「だから、こんな迷宮でもつくるほかなかったのだよ」

「しーっ。だれかがいます」

と、ブノアが小ごえでいった。

「あのあたりで、人影がうごきました」

かれが指さす方角にも、黒い磚刻の塀がかさなって見えるばかりである。しかし、つもった雪がわずかにはらわれ、塀の上端の黒があらわれているところがある。さっきまでは、なかったのだ。

ジッヒェルバルトがあずまやをおり、そちらに小ばしりにはしった。知りつくしている迷路を駆けぬけ、袋小路に逃げこみ身うごきできなくなっている年わかい人夫を見つけた。さきほどの騎馬兵たちが捕えそこなったのだった。

おびえるその若ものを、ジッヒェルバルトは手をとって連れてきた。

「安心しなさい。わたしたちは、おまえをひきわたしたりはしない」

カスティリオーネも、アッティレも、ブノアも、あずまやからおりて迷路のなかに立った。あわれな若ものは、ふるえながらひざまずき叩頭した。辮髪がほどけ、汚いぼろの上着に婆娑《ばさ》たる影を落とした。

はたして、この若ものをまもりきれるだろうか。如意館に連れかえるわけにはいかない。冬の日は、まもなく暮れるだろう。迷宮南門まで連れていき、夜になるのを待たせてから、長春園のこのランボーを、ひたすら東へはしらせよう。さいわい、そちらにはまだなにも建っていない。ランボー東端の城壁も、七孔閘《しちこうこう》と呼ばれる水門のところからもぐって越えることができるだろう。

——そのようにおしえこみ、暮れかかる南門で若ものと別れた。別れぎわに、カステイリオーネは、うずくまっている若もののひたいにかるく指をふれ、祝福をあたえた。

円明園東端と長春園西端との境をなす長い直線の道を、四人は黙々と南にむかってあるいた。

西にひろがる福海の中央に浮かぶ蓬島瑶台《ほうとうようだい》に、ポツンとあかりがともった。いつのまにか、雪はやんでいた。冷気がいっそうきびしくなった。

と、戞然《かつぜん》たるひづめの音がちかづき、さきの騎馬隊のひとりが、すれちがうカステイリオーネたちには一瞥もくれぬまま、この直線の道を北へ駆けぬけていった。

第六章　天上の桃

乾隆《けんりゅう》十五年、一七五〇年の陰暦三月、皇一子永璜《えいこう》がにわかに薨《こう》じたとき、皇帝がとくに発した諭《ゆ》に人びとはおどろいた。その諭の大要はつぎのようである。

――永璜は皇子たちの長としてすごし、弱冠《じゃっかん》（二十歳）をすぎてからは皇孫をもうけ撫育《ぶいく》してきた。しかるにいま、病いにより薨じた。朕《ちん》のこころ悲痛にたえない。よろしく成人の礼をもって葬礼をとりおこなうべし。また親王の位を追封《ついほう》せしめよ。病いが長びいたときは皇城外に移し殯殮《かりもがり》に便ならしめるのが内廷の通例であるが、こじれた病いに急変あり、とおくに移すのは朕もしのびなかった。そこで、ただちに皇子の居所の別室にて葬儀をとりおこなわしめよ。また、親王の位は、皇長孫たる綿徳《めんとく》をして襲爵せしめよ。朕は今年、悲哀に遭遇すること多く、こころを癒《いや》すいとまもないのだ。……

　はじめからおわりまで、これは、へんな諭であった。

　そもそも、買売街《マイマイジエ》および長春園迷宮――これはのちに万花陣《ばんかじん》と命名された――での刃傷ざたがあったあと、永璜は当然のことながら秘密裡に監禁されたけれども、そのほぼ二ヵ月後に、皇后が旅さきの山東省《さんとう》徳州《とくしゅう》の船上にてにわかに崩ずるという大事がおこったのである。皇帝はそのとき、皇太后を奉じ、皇后以下をしたがえ山東の泰山《たいざん》にいたり、岱嶽廟《たいがくびょう》を祀ったあと、各地を視察していた。それまでなにごともなく帝の巡幸にしたがっていた皇后がにわかに崩じたことについては、のちにさまざまなうわさがとびかった。

　ともあれ、北京にもどってからの皇后の葬儀において、皇一子として当然のこと参列しなければならぬ永璜は、監禁を解かれ加わったものの、もろもろの宗室《そうしつ》や大官のいならぶなかで、かなりの無礼がめだった。皇子としての喪服《そうふく》は規定どおり身につけていたものの、ひどく乱れていたこと、礼のしかたが粗暴そのものであったことなど。

皇帝の怒りははげしかった。きびしい叱責はもとよりだが、皇一子の師傅《しふ》や随従《ダハルトゥ》など、ことごとく厳罰に処せられた。さきの凶行については、私的なものとしてひそかに監禁すればそれで足りたが、皇后の葬儀における非礼は放置するわけにいかなかったからである。ふたたび監禁された永璜について、二年後の死にいたるまで、そのすがたを見たものはだれもいなかった。

乾隆十三年三月に旅さきの船上で急死した皇后は富察《ふさつ》氏。孝賢《こうけん》皇后とおくり名された。のち、嫻《かん》貴妃那拉《なら》氏を皇貴妃に立て、十五年に皇后に冊立したが、三十年にこれも巡幸さきで発狂したことについては、すでに述べたとおりである。

さて、孝賢皇后には二子があった。皇二子の永璉《えいれん》と皇七子永琮《えいそう》である。あまたある皇子たちのなかでも、皇后所生の嫡子《ちゃくし》がもっともたっとばれる。帝も、即位とともに九歳だった永璉を皇嗣とひそかにさだめ、そのむねしるした密詔を、紫禁城内廷の乾《けん》清《せい》宮正面にかかげられた順治《じゅんち》帝筆「正大光明」の扁額《へんがく》のうしろに置いた。これを秘密建儲《けんちょ》の制という。

この制度は、雍正《ようせい》帝のときにはじまった。康熙帝が二十四人の皇子をもうけながら皇太子えらびに難航し、皇四子胤禛《いんしん》が遺詔によって即位し雍正帝となったものの、その遺詔に疑惑ありとして兄弟のあいだにあらそいが生じたことも、すでに述べた。これにこりた雍正帝が、意中の皇子の名をしるした紙片を入れた箱を密封し、「正大光明」額のうしろに置くという方法を思いついたのである。乾隆帝の即位は、これによって難なくおこなわれた。

　乾隆帝も、そこで即位後まもなく皇后所生の皇二子永璉の名をしるしたのである。ところが、永璉は、皇帝が皇嗣とさだめたその乾隆三年の十月に九歳で薨じた。ついで皇后が皇子をもうけたのは、乾隆十一年四月である。皇七子永琮。しかし、この永琮も、十二年十二月末にわずか二歳で痘瘡《とうそう》により急死した。十三年の元宵節《げんしょう》とそれにつづく数日間にひらかれた円明園買売街《マイマイジエ》は、この赤んぼ皇子のための盛大な葬儀の諸行事をはさんでいたのである。重い儀式はおおむねすんでいた。しかし、皇一子永璜は、その買売街にて宦官を殺し、さらには迷宮の工事現場で人夫たちをも殺した。

　そして、そのわずか二ヵ月後の皇后の死……

　乾隆十五年三月の皇一子永璜の死について発せられた帝の諭には、おかしな点がまだあった。

「朕は今年、悲哀に遭遇すること多く」とあるが、その年の三月までにそのほかの皇子や公主《むすめ》の死はない。要するに、十二年末の永琮の死、十三年三月の皇后の死、そしてこれらの事件をつなぐ永璜の非行と監禁と死のいっさいを、帝は「今年の悲哀」とあらわしたのであろう。

それにしても、まがりなりにも皇一子たる永璜が、二十三歳になっても無爵位であったのはふしぎである。赤んぼの永琮が皇太子に準ずる葬礼をもって送られたのであれば、すでに二十歳をこえていた皇一子に親王位がおくられていてしかるべきであろう。非行のゆえに帝がためらったのはよしとしても、こんどは逆に、永璜の死後に追封された親王位を、皇孫の綿徳がそのままおそうのは、清朝の襲爵制度にもとるのである。

清朝の宗室制度では、親王・郡王・貝勒《ばいろく》・貝子《ばいし》・鎮国《ちんこく》公・輔《ほ》国《こく》公・鎮国将軍・輔国将軍・奉国《ほうこく》将軍・奉恩《ほうおん》将軍の十等の爵位がある。罪により剝奪されることはあるが、原則として世襲であり、親王の子は郡王に、郡王の子は貝勒に、といったぐあいにひとつずつ降格して嗣ぐことになっている（ただし「八鉄帽子王《はってつぼうりおう》」と呼ばれるいくつかの親王家では、その功績や家格により、末代までの親王襲爵がゆるされた）。しかるに、永璜のおさな子である綿徳は、父の死後に追封された親王位をおそうにあたっては、郡王でなければならないのに、そのまま親王に封ぜられるという。まことに異例なことであった。

これらのことといっさいについて、カスティリオーネたちも耳にはしていたが、いずれにせよ皇帝の家庭内の私事なのである。かるがるしく感想をいい交わすこともはばかられた。とはいえ、内外にその粗暴なふるまいが知れわたってしまった永璜の死にあたり、帝がかくもわざとらしい諭をくだしたことに疑問をいだいた。

もしかすると、孝賢皇后の葬礼の直後に永璜はしかるべく処分されていたのではないか。そして、二年という歳月をへて、病死ということで公表したのではあるまいか。わが子の死さえ自由にできるのが、皇帝というものだ。……

＊

そんな年の十月末のある日、つかいのものが来て、いそぎ南堂にもどってほしいとのことだった。さいわい帝は冊立したばかりの新皇后をしたがえ、例によって皇太后を奉じつつ、祖宗の諸陵を参拝したあと、河南の嵩山《すうざん》を祀り、開封《かいほう》に駐蹕《ちゅうひつ》しているというときだった。

皇帝不在でも、命ぜられて描かねばならない絵の筆をやすめるときはなく、おまけに、長春園のあの切れっぱしに建てた西洋楼諧奇趣《かいきしゅ》の内部の壁画、そしてさらに建てるべき西洋楼《ランボー》の設計および建設工事など、かれらは文字どおり寝るひまもなくはたらきつづけていたのである。

海甸《ハイティエン》の住まいから円明園内如意館《によい》までの「出勤」には、驢馬《ろば》に乗るのをゆるされるようになっていた。如意館から長春園ランボーまでの往復も、驢馬なしでは時間がかかりすぎる。

そこでその日も、カスティリオーネは驢馬に乗り、宣武《せんぶ》門内の南堂にむかった。もちろん、監視役の宦官もいっしょである。海甸のすぐ西の六郎《ろくろう》荘という村の畑にはすでになにもなく、霜枯れの芒《のぎ》が風で音をたてていた。

南堂につくと、若い司祭の案内で一室に通された。そこは、窓のない暗いへやで、わずかに一本の蠟燭が中央を照らしているのみである。そのまるいあかりのなかに、見知らぬ若ものが座していた。

カスティリオーネのすがたをみとめるなり、その若ものはあわててゆかにひざまずき叩頭の礼をした。それから、

「だんなさま!」

と、ひくく叫んだ。

やがて見あげたそのかおにも、まったくおぼえはない。すると若ものは、カスティリオーネにすがりつかんばかりにいった。

「だんなさま、あのとき、いのちを救っていただいた人夫でございます」

あのとき、いのちを救った人夫——おお、そうか、二年まえ万花陣迷宮での皇一子永璜の凶行を目撃した人夫たちはすべて連れ去られたが、ひとりだけ迷路の袋小路に逃げこんだのがいた。日が暮れるのを待って東へ逃げれば助かるだろうとおしえて別れたが、あとでひとり足りないと知った禁軍騎馬兵が捕えにいくのにすれちがったものだ……

しかし、なるほど、このかおであったと、カスティリオーネも思いだした。

「そうか。二年まえの、あのときの——。そうか、うまく逃げおおせたか」

「はい、おっしゃるとおり、東へはしりました。騎馬兵が追いかけてきましたが、うまく木かげにひそんでやりすごしました。城壁の水門をくぐりぬけ、氷の上をあるいて逃げることができたのです」

「そうか、逃げおおせたか……」

カスティリオーネは、あらためて若もののかおをまじまじとみつめた。

「はい。神父さまのおかげです。あのとき、神の祝福をあたえてくださったからです」

イエズス会助修士カスティリオーネのからだに、よろこびの戦慄がはしった。シナに来てから三十五年というもの、宮廷画師としてひたすら皇帝の意のままに絵ばかり描いてきた。この国の人びとにキリストの教えをひろめるのがもっとも聖なる目的であったのに、つねに皇帝のかたわらにあっては不可能だった。しかし、思わざる時と場所《ところ》において、それをやっていたのだ。とはいえ、そのことをついぞ自覚しなかった自分を恥じなければならない……

若ものの名は葉四《しょうし》といった。葉《しょう》家の四男（正しくは男系いとこをふくめた排行《はいこう》の四番目）といった意味で、ほかに名はあるけれども人みなこう呼んでいるという。福建《ふくけん》は泉州《せんしゅう》の出身で、石工《いしく》をしていたため三年まえに徴用され北京に連れてこられた。長春園の例のランボーにおいて石づくりの西洋楼の建築にあたっていたが、そのとき、カスティリオーネのかおをなんども見ていたという。

葉四はまた、こうもいった。泉州からそう遠くない晋江《しんこう》県の海岸の石切場《いしきりば》で石材の切りだしをしていたとき、福州から船で迫害をのがれてきたイタリア人宣教師をかくまったことがある。葉四が石工として徴用され、北京に行くことになったころ、その宣教師はふたたび船で杭州にむかった。別れぎわに、北京に行って、もし首尾よく郎世寧《ラン・シーニン》師にめぐりあうことができたなら、ラン師より洗礼を授けてもらうように、といわれた、とのことであった。

「だれだ、その宣教師とは？」

と、思わず口疾《くちど》にたずねると、葉四、

「タン・ファンツィー師です」

タン・ファンツィー？　その閩《びん》語シナ名なら、おそらく談方済《タンファンチー》こと、トリスターノ・ディ・アッティミスだろう。一七四七年にドミニコ会サンス司教が捕えられ斬首されたのを皮切りに、福建ではおびただしい数のドミニコ会・イエズス会の宣教師たちが逮捕され処刑された。アッティミスも、一七四八年に蘇州で斬首されたときいた。

おなじイタリア人だが、一七四四年に福建に来たというイエズス会士アッティミスには会ったことはない。しかし、かれのほうでは、カスティリオーネの名を知っていたのである。

「そうか。殉教されたアッティミスにおまえは会ったのだな」

と、思わずカスティリオーネは十字を切った。

「しかしな、葉四とやら。わたしは神父ではない。助修士なので、授洗の資格はないのだ。だが、ここ南堂には司祭がなんにんかいる。洗礼を受けることには問題はないが、それにしても、あれからどうやって逃げたあげく南堂にたどりついたものか、話してごらん」

かおはほとんど赤銅いろで、着ているものもつぎだらけであったが、眼のいろに力があった。下賤のもののかおだちではない。しかし、福建の出身とあって、話すことばに閩語のそれらしいひどいなまりがあるのに、カスティリオーネは閉口した。諧趣を建てたとき、福建から連れてきた石工たちを指揮するのに、閩語という大きな壁があったことは、かれもよく知っていたのだが――。

葉四の語るところによれば――

長春園ランボーの東端の水門から脱出してひたすら東へ逃げたが、名も知らぬ村の農家の小屋にひそむうち、たまたま元宵節の前後にどさまわりする雑技団の一行にまぎれこむことができた。芸はないが、高いところにのぼるのは平気という、石造建築の現場ではたらいていた石工としての経験が買われたのである。

その雑技団は、北京の城内にはいり、さかり場を転々としながら芸を見せた。夜の演目が多かった。葉四は、天にむかってほうり投げるとピンと直立するふしぎな縄をするするとのぼり、雲のなかにいったん消えてから、上から桃の実をふたつほど落とすという芸をしていた。二本の巨大な槐《えんじゅ》の樹のあいだにめだたぬようにわたした縄に、下から投げた縄をひっかけ、それをのぼりきったところで、横に張った縄をわたるのだが、そこを下の観客たちから見られぬようにするのが、この幻術のみせどころだった。

宣武門のちかくで芸をしたとき、葉四はかねてイタリア人宣教師タン・ファンツィーからきかされていた南堂があるのを知った。ここにかけこめば、ラン・シーニン師に会えるはずだ、ラン師なら、自分に洗礼を授けてくれるにちがいないと、葉四は思った。つまりかれは、キリストの教えに接するきっかけとなったアッティミスにより、また長春園での西洋楼の建設により、それぞれ耳と眼から、カスティリオーネを識っていたのである。

葉四にたいする授洗は、南堂の司祭によりとどこおりなくおこなわれた。読み書きのできぬ十六歳の若ものながら、キリスト教の教義の要諦をじつによく心得ていたからである。殉教したアッティミスのたましいが、この貧しいシナの若ものに清らかに復活したのだと、カスティリオーネは思った。

＊

その夜も、宣武門内の武烈《ぶれつ》橋のちかくで葉四の雑技団の芸があるという。海甸にはかえらず南堂にとまることにしたカスティリオーネは、夜のおつとめをおえると、例によって市中をあるくときの監視役の宦官をともなって、武烈橋にでかけた。秋風がつめたい。

口から火を吐く「吐火」や、刀を呑みこむ「呑刀」など、ありふれた芸がすむと、葉四による「偸桃《とうとう》」の芸である。まず、葉四がたかく縄を投げた。投げたさきは雲がかかっているかのようにかすみ、よくは見えないが、縄の先端がどこかにひっかかったとみえ、ピンと直立した。それをのぼろうとしたとき、人の輪の最前列に立っていたカスティリオーネに気づいて、葉四はサルのように隈《くま》どりしたかおのなかでちらと白い歯を見せた。やがてするするとのぼり、雲に見たてた怪しげなガス体のなかに消えると、ほどなくして桃の実の大きいのがふたつ、落ちてきた。下にいた雑技団のかしらふうの幻術師が、それを受けとり、みずみずしい桃の実を見物人に見せてあるく。するうちに、縄がばらばらに千切れて落ちてきた。葉四はどうやって地上にもどってくるのだろうか。見あげても黒洞々《こくとうとう》たる夜空がひろがるばかりだ。

人の輪もシーンとしずまりかえり、天空を見あげている。幻術師が声をかけた。

「おーい、どうした？」

返事がない。見物人のだれかが叫んだ。

「縄を投げてやれ」

「そうだ、投げてやれ」

と、野次馬の声があがった。

そこへ、ドーン！　となにか落ちてきた。血みどろの葉四のあたまである。つづいて、手や足や胴体がばらばらに、血まみれになって落ちてくる。

「おーっ！」

と、恐怖のこえとともに人の輪がぐいとひろがった。カスティリオーネも、ふるえながらあとずさりする。

老いた幻術師が、しゃがみこみながら、

「おう、かわいそうに。天界で桃を偸《ぬす》んだばっかりに、ばらばらに斬られてしもうて……」

と、涙ながらに血まみれのあたまやら胴体やら手足やらを袋のなかにしまいこんだ。それからやおら立ちあがり、

「これなる若ものを埋葬してやらねばなりませんわい。みなの衆、ご慈悲をもって、埋葬のための金子《きんす》をめぐんでくだされ」

と、ぺこぺこあたまをさげた。たちまち、人の輪のなかから小銭がとんできた。それを拾いあつめると、ばかにならぬ額になったとみえ、重くなった財布をジャラジャ

ラ振ってみせた。

と、にわかに天から縄がぶらさがってきて、その縄づたいに葉四がするすると地上におりてきたのである。やんやの喝采を浴びて、「偸桃」の芸はおわった。

それでおわりかと思ったら、ふしぎな衣服を身につけた美しい女が出てきた。青竹を三本植えた水槽の横に立つ。女がしなやかに礼をしてから、なにやら口上を述べたが、なにをいっているのやら、さっぱりわからない。すると、老いた幻術師がそれを訳した。

「これなる女は、すぐる日、福建の海岸に攻めきたった倭寇《わこう》の子孫。つまり、日本人でございまする。演じまするは水の芸。日本語で水芸《みずげい》と申すもの。では、とくとご覧《ろう》ぜよ」

「み・ず・げ・い」

というたどたどしいさざめきが、人の輪のそこかしこでおこった。

日本人——ちょうど二百年まえに日本にわたった聖フランシスコ・ザビエルの書簡にしるされた日本人のことが、カスティリオーネのあたまにうかんだ。名誉心が強烈である、貧乏を恥辱とは思っていない、などという記述がとくに印象にのこっていた。

さて、目のまえの日本人の女は、なにやらうたいながら、からだをくねらせて踊りはじめた。袖の長いたもとをやさしく腕に巻きつけたり、扇子をかざしたりしている。そのながし目が、カスティリオーネにそそがれていることは、かれも気がついていた。

するうちに、水槽に植えてある三本の青竹の葉のさきから、いっせいに糸のように細い水が噴きだし、水のすだれそっくりになった。水のしぶきは、観衆の輪のほうにも散ってくる。人みなみな、

「ハーオ！」

と叫んだとき、女のもつ扇子の一本一本の骨のさきからも、水が美しい弧を描きつつ噴きだしたのだった。

＊

「噴水そっくりの大道芸も見た」

如意館《にょい》にもどったカスティリオーネは、仲間の宣教師たちに語った。二年半もまえに、万花陣でかくまった若ものが無事に逃げおおせたこと、雑技団にまぎれこんで「偸桃」と称する幻術の縄のぼりをしていること、南堂にやってきて洗礼を受けたことなども、もちろん話した。イグナティウス・ジッヒェルバルトのよろこびは、ひと

かたのものではなかった。

「からだがばらばらになって天から落ちてきて、それをくっつけて蘇生させるというおぞましい芸は、わたしもゴアで見たことがある」

と、ジル・テボーがいった。

「いずれ、からくりはあるのだろうが、いくら目をこらしてもわからなかった」

するとカスティリオーネ、

「葉四のは、あたまだの手足だのがつくりものだとすぐわかったが、落ちてきたときはぎょっとしたよ」

といってから、日本人と称する女の演じた水芸について説明したのである。青竹のおびただしい葉のさきからいっせいに水を噴きだしても、青竹を植えている水槽になみなみと張った水が、一滴も増減しないのがふしぎであった。

「それは、ふしぎでもなんでもありません。噴きだす水は、その水槽からではなくて、べつのところからきているんですよ。そのちかくに、川か運河があったでしょうが？」

と、ミシェル・ブノアがたずね、カスティリオーネがこたえた。

「武烈橋のそばだからね、運河が北から南へ流れている」

北京城の内城も外城も、また中央の紫禁城も、城壁の外周はぐるり濠《ほり》にかこまれている。濠と濠とをむすぶ運河が縦横にはりめぐらされていて、武烈橋がまたぐ運河も、南へまっすぐ流れ、宣武門のすぐ西の馴象所《しゅんぞう》のかたわらから外城へくぐりぬける。

「運河の水を汲みあげるのは、たいしたことではないにせよ、あれだけたくさんの竹の葉や扇子の骨の先端から、糸のように繊細な水をいっせいに噴きださせるのは、やはりたいへんなことだろう。細いパイプを縦横に張りめぐらしているのだろうが」

とカスティリオーネがいうと、ブノアはうなずいた。

「噴水の原理ですよ。それも一番かんたんな――」

「そういえば」と、カスティリオーネがことばをついだ。「わたしといっしょに葉四や日本人の大道芸を見物した宦官の高玉《こうぎょく》がいっていた。来年は皇太后の六旬万寿節《ろくじゅんばんじゅ》を盛大に祝うことになっているが、民間の大道芸をもお目にかけるならわしがあるので、この連中を招くようにしたい、とね」

六旬万寿節とは、いうまでもなく六十歳還暦の祝典である。こういうときに下賤の芸人どもを宮廷内に入れることは、ふつうはできない。八旗《はっき》と呼ばれる貴族の子弟のなかで、ひまつぶしに見よう見まねでおぼえた雑技団の芸を披露する通称「清門《チンメン》」と呼ばれる連中が、皇帝や皇太后らのまえでおこなうのである。しかし、「清門」ではない、ほんものの下賤の芸人どもの芸をも、たまたま通りかかったのを見るというかたちで、皇帝たちが見ることもできた。高玉は、どうやら葉四たちの雑技団のことを、なんとか上聞《じょうぶん》に達するように画策するらしい。

「雑技団のことはともかく、われわれとしては、皇帝の命令どおり、時刻《とき》を知らせる噴水をつくらねばならんのだ。皇太后の六旬節までに」

と、テボーがいった。すると、ジッヒェルバルトがいそぎ口をはさんだ。

「それよりも、その葉四とやらいう少年が洗礼を受けたということを、もっと考えなければならん。葉四を介して、その雑技団のみなが改宗するようにしたいものだ。わたしもあした、南堂のあたりで雑技団をさがしてみよう。あの少年は、わたしをよく識っていることだし」

そのとおりだった。葉四は、ジッヒェルバルトが設計し監督していた万花陣迷宮ではたらき、皇一子永璜の事件にまきこまれたのだから。

「それは危険だ」とカスティリオーネがいった。「わたしが呼ばれて南堂に行ったとき、ついてきた高玉は、なかでわたしが葉四に会ったのを知らない。葉四が洗礼を受けたのも知らない。わたしは、おもてむき、高玉といっしょに、葉四の芸を見ただけなのだ」

そこで、一同は沈黙した。

ブノアはふたたび、テーブルの上にひろげた設計図の下絵にかおをさらした。線を雑然と書き散らしただけの、とても判読できない下絵であったが、すぐ横に置かれた大判の書物に描かれた絵を模しているふうだった。

「なんだ、その絵は？」

と、カスティリオーネが老眼鏡の柄《え》をもってかおをちかづけると、ユダヤの秘密教儀カバラに見える秘教的な「セフィロトの樹」に似た樹木の絵があった。ブノアがふりむいて、

「キルヒャー師のおつくりになったイエズス会世界時間表ですよ」

なるほど、アタナシウス・キルヒャーの『光と影の大いなる術』（一六四六）もまた、イエズス会士たちがシナに船載してきた書物であったが、その第一ページには、世界じゅうに散っていったイエズス会士たちのいま住んでいる土地の時間が、季節により、ローマのそれとどれほどちがうかをひと目でわかるようにした早見表が載っていた。世界の全体は樹木であらわされ、中央のまっすぐの幹がローマである。そのたもとに、聖イグナティウス・デ・ロヨラが聖書を手にひざまずいている。その樹は枝

葉を四方にのばし、それぞれの枝葉に、たとえばいまシナのなん時ならローマではなん時と、はっきり示されるようになっていた。

その四隅には、例によって、ヨーロッパ・アジア・アフリカ・アメリカを示すかこみがあり、イエズス会の紋章とともに、「日出《いで》て没するまで主《しゅ》の名は称《たた》えられてあれ」ということばが、それぞれの土地の言語と文字で書かれている。ただし、シナのところには、かろうじて「日晷《にっき》月晷《げっき》」と読める漢字四文字があり、これなら、「日光の影、月光の影」ないしは「日時計、月時計」ということでしかない。晷《き》とは、日時計の柱、つまりグノーモンのことなのである。

見ようによっては、ローマのサンティニャーツィオ聖堂の天井にアンドレーア・ポッツォが描いた、あの聖イグナティウス・デ・ロヨラの昇天の図と、ほとんどおなじなのであった。

「この樹木の図を、なんとか噴水で表現できないものかと考えているのですがね」

と、ブノアは鵝ペンのさきで下絵をつついた。すると、西洋楼諧奇趣《かいきしゅ》のすぐ西を南北に走る城壁にうがたれた水門上部のデザインをしていたジャン・ドニ・アッティレが、自分のテーブルから立ってきて、

「それは、おもしろい。いまわたしが描いている水門の上の装飾にも時計をつかう

が、なに、これはありふれた機械時計さ。フラスカーティのピッコローミニ荘の、アポロの壁龕《ニッシュ》のデザインをそっくり借りたけれどね」

ローマの東南にある小さなまちフラスカーティには、カスティリオーネもティーヴォリを訪れてのかえるさ、イエズス会タンブリーニ総長のおともで寄ったことがあるが、ピッコローミニ荘のそんなところまではおぼえていない。

「それにしても、日時計と噴水をむすびつけるのは矛盾している」と、テボーがいった。「日時計があらわすのは、神の時間だ。しかし、噴水という機械仕掛けは、神の時間を破壊した人間の時間しかあらわせないじゃないか」

「それはそのとおりだが……」

と、カスティリオーネはくびをふりながら自分のテーブルにもどった。そのテーブルでは、皇帝に命じられて描いている《白猿図《はくえんず》》のしあげにかかっていた。純白のテナガザルが愛くるしい眼をこちらにむけ樹下に座しているこの絵は、黒いテナガザルしか見たことのないカスティリオーネが、先達の写生画にヒントを得て想像で描いたものだった。シナ人が白猿伝説が大好きであること、カスティリオーネもよく知っていたが、南方から献じられたテナガザルにも、これほどまっ白な種《しゅ》はありえず、かれはそれとは知らず、海南《かいなん》島産のクロテテナガザルの白子《アルビノ》を描いていたのである。

カスティリオーネがはたらくべきテーブルはもうひとつあり、それは、かれらのひろい工房のまんなかを占めるほぼ一トワーズ（約二メートル）四方もあるものだった。そこでは、新たに建てるべき西洋楼の外景デザインをこまごま描きこむ作業が進行中で、げんにジッヒェルバルトが、柱頭の複雑な装飾の原画を、ほとんど息を殺しながら描いていた。

＊

突然、如意館の外できなれたかん高いこえがひびいた。

「主上《しゅじょう》のおなりーっ！」

嵩山《すうざん》を祀り、開封《かいほう》から洛陽《らくよう》へと幸し、十一月なかばに北京にかえるはずの皇帝が、十一月にはいったばかりでもどってきたのである。京師《みやこ》をまもる大官たちも、帝のにわかの還京にあわてふためいたが、西洋人たちにはまったく知らされていなかった。

あとで知ったことだが、この年、皇帝が河南を巡幸していた九月から十月にかけて、全国で災害が多発した。福建での水害、雲南《うんなん》での地震、そして浙江《せっこう》・江蘇《こうそ》・山西《さんせい》で水害があいついだ。そのため租税を免じるなどのことは巡幸さきで決裁したけれども、じつは新疆《しんきょう》のジュンガル部のうごきがふたたび不穏になってきたのである。さらに、西蔵《チベット》に送った駐蔵《ちゅうぞう》大臣も斬首されるという大事もおこった。それでも、還京してことをてきぱきとかたづけるや、皇帝はやはり如意館に歩をむけたくなったらしい。

いそぎ皇帝専用の椅子を置くと、西洋人たちはひざまずき叩頭して帝を迎えた。

「陛下には、つつがなくご還京にて、まことにおめでとうございます」

と、最年長のカスティリオーネが祝意を言上した。

「うむ」

と、三十九歳の皇帝は、満足げに足下の西洋人たちを見まわした。円明園内でももっとも質素な、そして工房のこととてもっともごたごたしている如意館は、そもそも帝が足をはこぶべきところではなかった。しかし、西洋人画師たちのしごとぶりを親しく見るのがなにより好きな帝は、多忙な政務のあいまを縫って、きょうもやってきたのである。

いったん座に腰をおろした帝は、すぐに立ちあがって、中央のあの大きなテーブルにひろげられた西洋楼の外景デザインの図に見入った。

「なかなかすすんでいるようだな」

上機嫌な帝のつぶやきに、カスティリオーネは、

「御意《ぎょい》」

とだけこたえた。

「ところで友仁《ゆうじん》。時刻《とき》を知らせる噴水の設計はどうか」

蔣《しょう》友仁ことブノアは、緊張して身をかたくした。

「はっ」

とこたえてから、ややあって、

「こればかりは、なかなかの難問でございます。西洋にも、ついぞそのようなものはございませんでした」

「うむ」

と、うなずきながら、帝はブノアのテーブルの上の設計図下絵が、まだかたちをなしていないのを見てとった。それから、その横にひろげてあるキルヒャーの『光と影の大いなる術』の第一ページにあるイエズス会世界時間表に視線を移した。

「これは、なんだ」

帝のこえが、とがめるような調子ではなく、好奇心から発しているとわかったので、ブノアには口をはさませないよう、カスティリオーネは、いそぎ立ちあがって帝のちかくに寄った。

「それは、西洋の珍しいかたちの日時計でございます」

「なるほど、ひどく拙《つたな》い漢字で、『日晷《にっき》月晷《げつき》』と書いてあるの」

と、帝はうれしそうにいった。

「日晷と噴水の組みあわせを考えているのか、友仁？」

ブノアが平伏しつつ、

「御意」

とだけいったので、カスティリオーネはほっとした。しかし、キルヒャーの描いたこのイエズス会世界時間表が、まことの日時計ではないこと、そしてこの時間表の構図が、サンティニャーツィオ聖堂の天井にポッツォが描いたあの絵の構図と、基本的にはまったくおなじであることに、帝が気づいたらどうしようかというおそれは消えなかった。

それは、しかし、なかった。帝が興味をもったのは、ローマをあらわす中心の亭々たる幹である。その幹を指でなぞりながら、帝はカスティリオーネのほうをふりかえった。

「そうだ——そちは高玉といっしょに、おもしろい大道芸を見たそうだな」

皇帝は笑みをたたえている。そこで、

「はっ」

といいながらあたまを下げると、帝は、

「少年がするすると天上まで縄をのぼっていき、めでたい桃を落とすというではないか。明年の聖母陛下の六旬節には、ぜひともお目にかけたい。下賤のものどもではあるが、その雑技団をさがしておくべく申しつけた」

「はっ」

カスティリオーネとしては、なんともいいようがない。皇一子永璜《えいこう》の凶行の目撃者である葉四《しようし》が、皇太后六旬節のために、天上の桃を採りに縄をのぼる……

帝は、さらにいった。

「青竹の葉さきやら、扇子のさきやらから噴水を出す日本人の女もいたそうだな」

「はっ」

「たかが大道芸人の幻術でも、噴水を出せるのだ。明年までに、そちたちが時刻《とき》を知らせる噴水をつくれぬはずはあるまい？」

帝のことばが、にわかに強《きつ》くなった。

「はっ」

と、カスティリオーネがいうと、ブノアも、

「はっ」

と、ひくくいった。すると、帝はそのきつい調子のまま、

「明年は、皇三子も結婚するであろう。世寧よ、その祝いのために絵を描いてやってくれ。もちろん、聖母陛下六旬節のための絵も、おさおさ怠りあるまいな？」

「はっ」

とこたえてから、皇三子永璋《えいしょう》の結婚の祝いとしてなにを描くべきか、にわかにこころがさわいだ。永璋はことし十六歳。ふつうなら十五歳で結婚しなければならぬところ、孝賢《こうけん》皇后の喪《も》や皇一子のかりそめの喪やらで、おくれにおくれている。そういえば、あの縄芸人の葉四も十六歳だといっていた。

皇太后のためには、瑞獣《ずいじゅう》である鹿を描くことになっている。六旬の六《リウ》の文語音「六《ルー》」と「鹿《ルー》」を掛け、さらに「禄《ルー》」にも通わせようというのだ。では、皇三子のためには？　皇帝がいった。

「皇三子のためには……そうだな、交阯《ヴェトナム》から献上された珍獣果然《かぜん》が桃を採っているところはどうか」

「はっ」

とあたまを下げつつ、カスティリオーネは、きいたこともない果然という名にとまどった。

「その珍獣を見たくば、南苑《なんえん》に行くがよい」

といってから、帝はカスティリオーネの描きかけの《白猿図》をちらと見た。

「世寧、珍獣の絵がつづくな。はっはっは！」

皇帝は、哄笑をのこして如意館を去った。

皇太后六旬節のためには、葉四が縄をのぼり、天上の桃を採る。そして、皇三子永璋の結婚のためには、果然が桃を採る。……

第七章　猿臂《えんぴ》の骨笛

南苑《なんえん》は珍獣の宝庫だった。

北京城南端の永定門《えいていい》から南へまっすぐ約一〇キロ。元《げん》の時代からいとなまれている離宮のひとつであるが、むしろ皇帝の狩猟場であるといってもよい。主として鷹狩りはここでおこなわれた。

康熙《こうき》帝の時代からは、皇帝による閲兵場にもなった。それだけに、ひろさは円明園の比ではなく、周囲約六〇キロの城壁に九ヵ所の門があるという規模である。もちろん皇帝用の宮殿はいくつも建っているけれども、狩猟場であり閲兵場でもあることから、広大ながらんとした空間が圧倒的に占めていた。

人工湖が三つあった。西湖と東湖と南海子《ナンハイツ》である。海子《ハイツ》とは湖のことであるから南湖と呼べばよさそうなものであるが、城内の皇城すなわち紫禁城のすぐ西の西苑《せいえん》に巨大な太液池《たいえきち》があり、北海・中海・南海と三つにくびれているところから、南苑のを南海子と呼んだ。のち、南海子は南苑そのものの別称ともなった。

南苑には禽獣を飼育する養牲処《ようせい》があった。鹿や虎など狩猟用の動物ばかりでなく、孔雀や鸚鵡や鼉《のろ》など、愛玩用ないし観賞用の珍種などをもあつめていた。犬や猫など后妃たちのペットは、城内の東華門《とうか》ちかくにあった養狗処《ようく》などで飼われていた。

養牲処につくと、朝命であることがつたわっていたため、カスティリオーネはすぐに果然《かぜん》の檻《おり》に連れていかれた。まえに写生したことのある黒っぽいテナガザルの檻のすぐそばであった。もっとも、かれは先達の写生画を参考にしながら、それを想像によって純白のテナガザルすなわち白猿《はくえん》にしたてたのであるが。その黒いテナガザルは、しかし、すでにいなかった。猿猴《さる》なら高い木にのぼりたいであろうに、ひくい木しかなかったため死んでしまったのだろうと、かれは思った。

果然――それは、なんとふしぎな動物であったろう！　顔は、狐とも狸とも猫とも見えるが、まんまるい眼を金いろにかがやかせている。眼のまわりと鼻づらは黒く、ひたいと頬から耳にかけては白い。頭頂部や胴や四肢は褐色を帯びた灰いろといってよかろう。

もっとも奇怪なのは、その尾である。あたまから尻までの長さとほぼおなじ長さで、かつ太い。しかも、まっ白とまっ黒の縞《しま》模様になっているので、白い尾に黒い輪をいくつも嵌めているかに見える。

この珍獣は、カスティリオーネのすがたをみとめると、そのふさふさと長く太い尾を前肢にこすりつけてから、やおら尻からあたまの上にまでかざした。そして、いかにも重いだろうに、その尾を、高く波うたせた。

とたんに、異臭がカスティリオーネの鼻をついた。警戒か威嚇の体勢なのであろう。そうしておいてから、重そうな尻をふって、檻の奥に生えているひくい樹木まではしり、よじのぼった。その木には、十一月のこととて、葉もなく、もちろん果実もない。しかし枝の股にたくわえておいたらしいなにかの果実を両手でかかえ、いそがしげに食らいはじめた。

かお見しりの養牲処の役人が、カスティリオーネにちかづいてきていった。

「まったく奇妙な動物でございますなあ。ちかごろ、交阯《こうし》より献上されたものだそうですが。広東《カントン》の総督がおもちになりました」

「そうか」

交阯とは、いまのヴェトナム北部である。

「ならば、これから冬の北京は寒かろう」

と、カスティリオーネはいった。果然は、そのくるくるした目玉をこちらにむけて、しきりに果物をかじっている。白黒の縞模様の太い尾は、だらりと垂れていた。

「あれでも、猿猴《さる》の仲間なんだそうでございますよ。とても、そうは見えませんがねえ」

と、役人がいった。カスティリオーネは、写生のしたくをしながら、

「ほう、サルかね。果然というのは、そういう意味があるのかね」

役人もくびをかしげた。

「よくは存じませんが、古い本に、交阯には白いからだに黒い斑《ぶち》の珍獣がいて、果然とも仙猴とも呼ばれているとか、書かれているんだそうでございます」

「ふーん、仙猴ねえ。ならば、仙果の桃を採ってもおかしくはないわけだ」

いいながらカスティリオーネは、はやくも写生をはじめた。ほかの役人たちもあつまってきて、鵝ペンをはしらせる純粋に西洋ふうのスケッチに、好奇のまなざしをむけた。カスティリオーネについてきた高玉ほかふたりの宦官も、まことの果然と紙上の果然とを、いそがしく見くらべていた。

寓屬生交阯自
呼名果然獸同
難還共小淺大
居前柳異王孫
惡鄭齋君子賢
不因皮適禍林
零命寧捐
御題交阯果然詩

この写生をもとに、のちにカスティリオーネが皇三子永璋《えいしょう》の結婚を祝って描きあげた《交阯《こうし》果然《かぜん》図》を見ると、この果然とは、あきらかにLemur catta（学名。「化け猫」の意。和名ワオキツネザル）である。この種に特徴的な皮脂腺からの分泌物を出す前肢の黒い瘢痕まで、正確に描いているからである。マダガスカル島のみに産するこの珍種が、いかなる経緯で北京にまでもたらされたのかは、まったく不明である。ヨーロッパ人がこのワオキツネザルをはじめて見たのも十八世紀で、カスティリオーネとほぼ同時代のカルル・フォン・リンネやジョルジュ・ビュフォンなどは見ていた。しかし、かれら博物学者とても、この動物をサルの一種とは思っていなかった。

もちろん、そんなこととはつゆ知らぬカスティリオーネは、写生しながら、このふしぎな動物が、なるほど疑いもなくサルの一種であると、確信しはじめていた。なぜなら、その果然は、檻を越えてふいにとびこんだ雄鶏《おんどり》に目にもとまらぬ速さでとびかかり、その長い尾羽をつかまえ、雄鶏がギャーギャー叫ぶのをたのしんだからである。仙猴ではなさそうだが……。

＊

果然の写生をおえると、南海子《ナンハイツ》のほとりの柳にかこまれたあずまやで、役人たちが午餐を供してくれた。品数《しなかず》は多くはなかったが、牛の肉片と、たくさんの大蒜《にんにく》とを炒めた料理が、初冬の湖畔に立ちつくし写生をつづけたからだをあたためた。

——ふと気づくと、まわりにいた役人たちも、つれの宦官たちもいなくなっていた。立ちあがって見まわしていると、役人たちが座していたあたりに剝啄《はくたく》たる音がする。ふりむくと、テーブルの上には小さなされこうべがひとつ、ちょこんとのっていた。

カスティリオーネはおどろいたが、午餐の相手がだれもいなくなったので、十字を切るなり、もとの席に落ちついた。箸で、まるのままの大蒜をつまみあげ、口に入れようとすると、されこうべが口をあけた。そこで、大蒜をされこうべの口に入れてやり、小さなこえで、

「辣《ラー》か（辛《から》いか）」

とたずねると、たまげたことに、されこうべがこたえたのだった。

「辣《ラー》」

ぞっとして、カスティリオーネは立ちあがった。されこうべは、なおも、

「ラー、ラー、ラー」

といいつづけていた。カスティリオーネは走った。南海子の湖畔にむかって走りつづけた。

「ラー、ラー、ラー」

というこえが、どこまでも追いかけてきた。……

轎《かご》に乗せられ、海甸《ハイティエン》の住まいにかえったカスティリオーネは、その夜から寝ついた。いく日も臥《ふせ》っているので、皇帝は太医院より医士二名をつかわした。その診断により、帝は見舞金として銀一百両と処方薬を賜った。さらに、快方にむかったカスティリオーネをなぐさめるために、宮廷楽士をつとめているドイツ人宣教師ヨゼフ・バールをつかわした。北京に来て十年あまりたっているというのに、諸儀式などでちらとかおを見ることはあっても、宮廷画師と宮廷楽士は、ついぞことばを交わしたことがなかった。

バールはフルート奏者で、ほかの西洋人楽士とともに管弦楽団を組んでいるほか、帝の命令により若い宦官たちにも西洋音楽を教えているとのことだった。

ところで、バールがたずさえてきたのは、木管楽器としてのフルートではなかった。皇帝はバールのために象牙で笛をつくらせたというが、それでもなかった。

「なにかの骨でつくらせたというのですが、なんの骨か、わたしにはわかりませんでした。しかし、すばらしい音《ね》いろです。まあ、おききくだされ」

バールは、その横笛で、教会音楽の一節を奏でた。細く、かん高く、なにかに空しく反響するような哀切な音に、カスティリオーネのみならず、海甸に住む西洋人画師たちはひとしく涙した。

奏しおえると、バールはいった。

「そうそう、この骨はユアンピーのものだとかいっていましたよ。カスティリオーネどののためには、これがよかろうとの帝のご指示があったのです」

「ユアンピー？　なんだろうな」

シナ語の達者なカスティリオーネにも、そんな名の動物はわからなかった。

さまざまな雑談を交わしてのかえるさ、バールがたのしそうにいった。

「年があけると、あなたがたがおつくりになった諧奇趣《かいきしゅ》の奏楽堂で、わたしどもがいろいろ演奏することになるでしょう」

諧奇趣南面の、あの噴水をかこむように左右対称に張りだしている回廊の先端には、八角二層の奏楽堂をもうけた。噴きあがる噴水《フォンターナ》、その上を流れる西洋音楽——カスティリオーネは目をつむった。どこかに、その甘美な記憶があった……

バールが去り、医士の処方どおりに宦官が調合した薬湯をのみ、カスティリオーネはベッドに横たわった。さきほどの笛の哀切なひびきが耳によみがえった。

とっさにベッドの上に身をおこした。突然、かれはベッドの上に身をおこ

「ユアンピー、ユアンピー」

とつぶやいているうちに、いつぞやのされこうべが、

「ラー、ラー、ラー」

といいながら追いかけてきたのを思いだした。突然、かれはベッドの上に身をおこした。

「ユアンピー――そうだ、猿臂《ユアンピー》だ。わたしが描いたあの猿《ジツボーネ》の長い臂《うで》だ」

南海子《ナンハイツ》の果然の檻のすぐそばの檻にいたはずの黒いテナガザルは、いなくなっていたではないか。とすると、「ラー、ラー、ラー」といいながらかれを追いかけてきた小さなされこうべは、あのテナガザルのものだったのか。いや、もしかすると、かれの描いた《白猿図》のなかから脱けだしたものだったのか。そして、バールが吹いたのは、その白猿の長い臂《うで》の骨笛だったのか。……

＊

年があけ、乾隆十六年、一七五一年になると、皇帝は、はなはだ忙しかった。

まず一月、皇太后を奉じての南巡の旅に出た。蘇州・杭州・南京などをゆったりとめぐり、五月に還京した。在位中に六次の南巡をおこなった皇帝の、これは第一次にあたる。

七月から八月にかけては、木蘭《もくらん》での鹿狩りと熱河《ジョホール》の避暑山荘へ、そしていったん還京ののち、父帝をまつる泰陵《たいりょう》参拝のため、北京西南の易《えき》県にでかけた。もちろん、皇太后を奉じてのことである。

なお、満洲族である清《しん》朝の諸帝は、満俗にしたがって火葬していたが、漢化がすすんだ康熙《こうき》帝の時代になると、宗室《そうしつ》の火葬を禁じた。乾隆帝はさらに、満洲族の民間における火葬をも禁じた。

さて、これら南巡やら熱河での避暑、陵墓参拝にあたっては、后妃たちはもとより、諸皇子や公主《むすめ》たちをもともなうのが当然の慣習である。しかし、この年、皇三子永璋《えいしょう》には随行の命がおりなかった。皇一子永璜《えいこう》および皇二子永璉《えいれん》ともに亡きいま、最年長の皇子としてしたがえるべきところ、結婚をひかえているからという理由で免ぜられたのである。

結婚をひかえているといっても、満洲語で福晋《フージン》と呼ばれる妃の選定にはじまる煩瑣な手つづきのいっさいは、帝の意を承けた内務府の大臣にゆだねられる。皇子その人がなすべきことは、師傅《しふ》についての読書、騎射などの武術訓練など、日ごろとそう渝《かわ》りようもなかった。

皇三子永璋、すでに十七歳。父帝不在の日が多い自由を得ていた。買売街《マイマイジエ》などではない、ほんもののまちなかに微行してあそぶ自由も得ていた。

そんな年の七月はじめ、ひそかに入信したふたりのシナ人青年がフランスに行き神学をまなびたいということで、北京を立った。ジャン・ドニ・アッティレやミシェル・ブノアやジル・テボーなどフランス人たちは、フランス系イエズス会の天主堂である北堂に行き、渡仏するシナ人青年たちのめんどうを見るため、二、三日ほど不在だった。イグナティウス・ジッヒェルバルトも、避暑山荘への随行を命じられて不在だった。

海甸《ハイティエン》の住まいには、カスティリオーネひとりがのこっていた。召使いの宦官二、三はいたけれども、なにやらの芝居を見たいというので出してやっていた。なんでも、夜っぴて演じる幽霊芝居らしかった。

深更、もうやすもうかと思っているところへ、おもて戸をほとほととたたく音がする。あけてみると、皇三子永璋がひとり、馬のたづなをもって立っている。随従《ダハルトゥ》もいない。

カスティリオーネはおどろいた。皇子を招じ入れるわけにはいかない。

「殿下……」

とつぶやき、略式の礼をすると、永璋は戸をぐいと押した。

「あいさつはいい。入れてくれ」

と、ひくくいうなり、馬のくつわをとって門のなかにはいってきた。門内の院子《ユアンツ》に生えている棗《なつめ》の木に馬をつなぐと、また、

「入れてくれ」

といった。

やむなく、カスティリオーネは皇子を室内に案内した。消そうとしていたあかりの灯心をかきたてると、皇子らしからぬ微服を暑さではだけた青年のすがたがそこにはあった。一瞬、冬の日の買売街と万花陣迷宮で凶行におよんだ皇一子永璜のことが思いだされた。永璜亡きあと、この皇三子も似た道をあるいているのだろうか。

「こんなところに、おしのびにせよ、お越しになるとは、とんでもないことでございます。すぐにもおひきとりくださいませ」

拱手《きょうしゅ》してふかくあたまを下げながらも、カスティリオーネは、皇子にたいする正式のあいさつのことばを欠き、退去をうながしていた。

「掛けさせてもらうよ」

永璋は、へやのなかにはいりこみ、中央の大きなテーブルのかたわらの椅子に、若ものらしく、どかんと腰をおろした。

「ここで待たせてもらう。あとで、ふたり来ることになっているんだ」

「ふたり、ですって？　どなたさまでございますか」

カスティリオーネは、またまたびっくりした。永璋は、にっこり笑った。その笑いがおに、おさなかった日のおもかげがのこっていた。

「世寧《せいねい》も識っているひとたちだよ」

といいながら、永璋はテーブルの上にひろげられた設計図の大きな紙面に、ちらと視線をくれた。かつての永璋なら、この種の彫版画を見たがって、父帝のゆるしを得たとて、師傅ともども如意館に二、三回やってきたものだった。

いまある設計図は、長春園の例の切れっぱし《ラン》《ポー》で工事をすすめている、時刻《とき》を知らせる噴水のそれだった。皇太后六旬節の十一月までにということで、ブノアが仕掛けとしてはやや単純な、しかし見かけは大仰なものを設計した。その背景となる西洋楼を、カスティリオーネが描いているところだったのである。

さいわい、永璋の結婚の祝いとしてカスティリオーネがしあげた《交阯果然図》は、皇帝のもとにとどけてある。帝は例によって、その余白に詩を書きこむにちがいない。

「わたくしも識っているおかたですと？　はて、どなたでございましょうか」

「いまにわかるよ」

ひさびさにまぢかで見る永璋のかおには、皇一子永璜のあの無頼のおもかげはなかった。美しくはあったが、ひよわで自堕落な頽廃の影がつきまとっていた。それでも、ただ一点、なにかをめざす情熱はもっているらしいことに、カスティリオーネは気づいていた。それは、しかし、九月ごろと予定されている結婚とは無縁であるらしいことも感じられた。

皇子をもてなすべき酒食《しゅし》のたぐいは、いっさいなかった。せめて紅茶でも、と立ちかけたとき、おもて戸に人の気配があった。

「ほら、来たよ」

と、永璋がうれしそうにいった。

戸をあけると、カスティリオーネは、

「あっ！」

と思わず、こえをあげた。あの大道芸人の葉四《しょうし》と、水芸《みずげい》を演じた日本人と称する女だったからである。

＊

皇子の結婚は、おおむねつつぎのようにおこなわれる。

まず、妃をさだめる指婚《しこん》、皇子が妃候補の両親にあいさつに行く拝女家《はいじょか》、婚約の贈りものを交わす下定礼《かていれい》、いよいよ輿《こし》入れ当日の迎娶《げいしゅ》、新郎新婦の床《とこ》入りにあたる合巹《ごうきん》礼《れい》、新郎新婦が皇帝はじめ皇太后や皇后を拝する拝親《はいしん》、九日めの里がえりにあたる帰《き》寧《ねい》など。さらに封爵されて独立し府邸をかまえる分府。——以上のそれぞれが、おそろしく繁雑な儀礼に終始していること、申すまでもない。

九月におこなわれた皇三子永璋の結婚も、おもてむきは、以上の手順を踏んでなされたようである。ただし、宗室や臣下をあつめてのめでたい大宴はなく、封爵のこともなかった。皇一子永璜の結婚のときもそうだった。

封爵されなかったが、罪を得て没収されたさる役人の質素なやしきを帝が買いあげ、あたえられた。南堂にちかい承恩寺胡同《しょうおんじフートン》で、例の馴象《じゅんぞう》所のすぐ西にあった。

海甸《ハイティエン》なるカスティリオーネの住まいにおいて、永璋が大道芸人の男女と会った目的がなんであったのか、カスティリオーネはいまだによくわからなかった。

しばしば微行して夜のまちをぶらついていた皇子が、たまたま見かけた葉四《しょうし》たちの幻術に魅せられ、いく度かかれらを追いかけているうちに、おなじ年ごろの気安さから、ことばを交わすようになったとは、あの夜、皇子の口からきいた。そして、双方にとって共通の知人としての西洋人カスティリオーネの名が話題にのぼり、その住まいにおいて会おうということになったらしい。

日本人と称する水芸の女に会いたいというのが、皇子のつよい希望だったようだ。つまり、永璋は、あの女に恋をしてしまったのである。

とはいえ、女は、ひとことも北京語を解さなかった。ほんのかたことの閩南語《びんなん》を、これまた閩南なまりの葉四を介してつたえるのみだった。皇子は、あきらかにあせっていた。カスティリオーネと葉四さえいなければ、ことばが通ぜずとも、抱こうとしたであろう。しかし、まぢかに女を見たことで、永璋はとりあえず満足し、かえっていった。葉四と女もかえっていった。

ところで、皇子は、葉四がすでに入信していることを知っているのだろうか。福建出身の大道芸人が西洋人宣教師、いや西洋人宮廷画師を識っているとは、ふしぎというもおろかである。話のどこかで、葉四の入信のことは出たにちがいない。それにしても、あの女をひと目なりとも見たいというだけなら、わざわざ海甸の西洋人の住まいを密会の場にしなくともよいではないか。まちにはいくらでも、そのようなところはあるのだから。

ここまで考えると、カスティリオーネは、皇子が芸人の男女ふたりとカスティリオーネの住まいで会ったのは、あの女とのつかのまの逢瀬をつくるためであったのもさることながら、むしろ、キリスト者としてのカスティリオーネに会うためではなかったか、と思うようになった。とすれば、日本人と称するあの女も、キリスト教徒でなければならない。……

それにしても、海甸の住まいにおいて、たまたまカスティリオーネがたったひとりでいた夜を、皇子が、あるいは葉四がえらべたのはなぜか、という謎はのこった。

＊

時刻《とき》を知らせる噴水が、十月に完成した。長春園ランボーの、きっかり中央である。細長いピラミッド形の塔を左右対称に立て、その塔のてっぺんから、また、それぞれの塔の下をぐるりとりまくたくさんの噴出口から、水が噴き出る。塔のてっぺんから噴きあがった水は、ピラミッドの四面に刻された横線にそって、あたかも段々滝《カスカータ》のように、下に流れ落ちるのだった。

このふたつのピラミッドの中央やや奥に、噴泉池がある。獅子のあたまをいただいた柱が屹立《きつりつ》し、その口が噴きだす水が、これまたカスカータのように落下するという趣向は、ピラミッドふたつとおなじだった。

池の中央に、みごとな角《つの》をもつ雄鹿が立ち、その左右に猟犬が五頭ずつ、鹿にむかっておそいかからんとしている。鹿の角からも、十頭の猟犬の口からも、水がピューッと噴き出る仕掛けになっているが、さて、これがブノア苦心の時計なのであった。一刻《いっこく》（いまの二時間）ずつでなく、西洋式に一時間ずつ、猟犬たちが鹿におそいかかり、福禄の「禄《ルー》」と同音の「鹿《ルー》」がそれに応えるというのである。皇太后の六旬を祝うのに、まことにふさわしい仕掛けといえた。

もっとも、ブノアによれば、猟犬と鹿という組みあわせは、フランスのヴェルサイユ宮殿内の「夜あけの噴水」にあるらしく、ブノアはそれを思いおこしつつ、木蘭《もくらん》での皇帝の鹿狩りをうまく組み入れたのだった。

この噴泉池の地下には、ぜんまい時計をうごかす巨大な歯車装置をもうけ、それはテボーが難なくやってのけたが、大量の水を必要とする噴水装置への転換は、ブノアがもっとも苦労したところだった。

大量の水は、長春園ランボーの西の端《はし》に、ブノアがまず建てた蓄水楼《ちくすい》からでは足りなかった。蓄水楼の水は、諧奇趣《かいきしゅ》の南北ふたつの噴水でぎりぎりだった。そこで、この新しい三つの噴水のため、そのすぐ西に、蓄水楼の約三倍もの貯水タンクをつくった。その巨大な水がめの外装は、これまた西洋楼ふうに装ったが、その建物は、やがてそのさらに西に建てるであろう豪華な西洋楼と連結させ、全体としてひとつの巨大な西洋楼に見えるようにすることになっている。その西洋楼の西面にも、時刻《とき》を知らせる噴水をつくれと、皇帝は命じていた。

ピラミッドふたつと鹿・猟犬の組みあわせという、なかなかに規模の大きいこの新しい噴水は、皇帝によって、すでに大水法《だいすいほう》と名づけられていた。しかし、噴水だけでは十全ではない。その北に、背景としてふさわしい西洋ふうの石龕《せきがん》を建てるべきこと、それをもふくめて大水法と称するというのが、過多な装飾を好む帝のつよい意向であった。

カスティリオーネは、その西洋ふう石龕を設計し、工事を監督した。直線的な諧奇趣にたいし、大水法の石龕は曲線を多用した。そのための不安定感をのぞくべく、すそをひろげて威圧感を出したので、完成した石龕は、どこぞのキリスト教会の正面のようにも見えた。ただ十字架がないだけの……

＊

皇太后六旬節は、十一月に盛儀がとりおこなわれることになっているが、十月のうちからそのさきがけともいうべき行事ははじまっていた。大水法が完成したことで、皇太后を奉じての皇帝および后妃たちへの最初のおひろめも、十月なかばにおこなわれることになった。

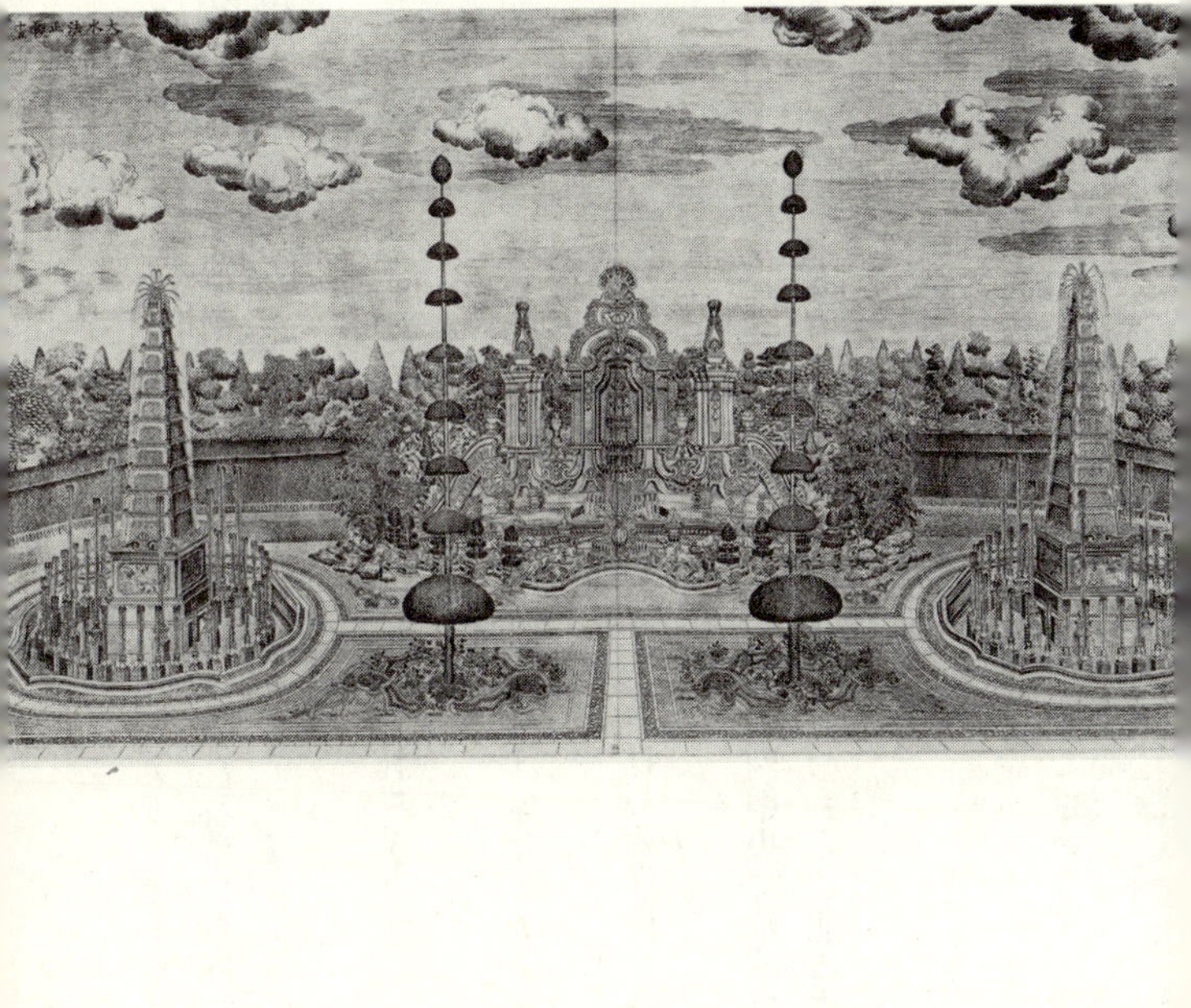
大水法正面

その最初のおひろめを二、三日のちにひかえたある日、カスティリオーネは皇帝からの招きによって、円明園内の皇帝聴政の場、勤政親賢殿《きんせいしんけん》内の富春楼《ふしゅん》に参内した。大水法の完成で上機嫌の皇帝は、ひざまずいて叩頭するカスティリオーネに席をあたえた。

「大水法をながめるためには、その南に観水法の場所が要《い》るであろうな」

「はっ」

そのことなら、帝がすでにいっていたことだ。カスティリオーネは、おどろかなかった。

「ところで」と、帝がいった。「大水法の北にも、諧奇趣に負けぬ西洋楼を建ててほしい」

大水法は、すでに述べたように、長春園の例のランボーの東西中央に位置する。南北の幅わずか一〇〇メートルほどの北寄りにつくったため、そのさらに北に大規模な西洋楼を建てる余地はない。

「はっ」

と、あたまをさげ、口ごもりつつ、

「おそれながら、陛下。大水法のすぐ北は長春園北端の城壁でございます。建物を建てるだけの空《あ》きはございません」

「はっはっは、世寧」

と皇帝は、たからかに笑った。

「空きがない、だと？　城壁なんぞ、こわせばよいではないか。こわして出張《でば》りをつくり、城壁も環濠《かんごう》も、ちと迂回させればよいではないか」

「御意《ぎょい》」

とカスティリオーネは、ふるえるこえでこたえた。方形を重んじるのがシナ人の観念だと知っていたので、皇帝がいともやすやすとその斉整《せいせい》をくずし、みにくい出張りをつくってまで、そこに西洋楼を建てさせようとしていることに、かれはぞっとした。

「その西洋楼を、遠瀛《えんえい》観と名づけようと、朕《ちん》は思う。瀛とは、海のことであるから、はるかなる海を観望するところという意味になる。はるかなる海とはどこか、世寧、わかるか」

若き日に越えてきた途方もない大海原が、カスティリオーネのあたまをかすめた。

あの海のにおい、海のうねり……

一瞬、くらくらとしたカスティリオーネは、ことばを発するよりまえに、目をつむった。

「そちが越えてきた、はるか南海だ。しかし、長春園にこれから漫々とたたえられる湖沼でもある。よいか、世寧。その遠瀛観ができれば、朕はそこからまっすぐ南に、大水法と観水法を見すえ、さらにそのまっすぐ南の湖をへだてて、長春園中央の淳化《じゅんか》軒《けん》まで見はるかすことができるのだ」

皇帝のことばが、カスティリオーネのあたまの上をよぎっていく。

西洋楼と西洋式噴水をそなえた西洋式の庭は、シナ式の巨大な庭のなかに、すっぽりとじこめられる。とはいえ、そんなことは、はじめからわかりきっていたではないか？

「御意」

と、かろうじて言上したカスティリオーネに冷ややかな視線をくれてから、帝はかたわらの副総管太監《たいかん》（侍従職の宦官）にかるく手で合図を送った。すると、そのかげに侍立していた年わかい宦官が、一巻の画軸をささげて帝のすぐ左の壁にさらりと掛けた。

カスティリオーネが皇三子永璋の結婚を祝って描いた《交阯《こうし》果然《かぜん》図》だった。七月のはじめには帝のもとにとどけたのであるから、九月の皇子婚儀にさいしては、すでに下賜されたものと思っていたが、なんと、まだ帝のもとにあったのだった。

カスティリオーネの不審がおを見てとって、帝はいった。

「この絵に題すべき詩がなかなかできなくての、皇子の婚儀の祝いにはまにあわなかった。やっとできたので、そちにも見せたい」

「はっ」

といいながら、カスティリオーネはひさびさに自画の絵をながめた。

右側にけわしい崖がそそり立ち、岩のすきまから太い桃樹の幹が左にむかって伸びている。カスティリオーネは、その枝さきに、花と果実をたっぷりと描いた。花が満開のときに、桃の実がたわわに生《な》るということがあるだろうか？　でも、かれは、果然なるふしぎなけものとの取りあわせにおいて、そう描いた。ところで、この果然は、仙果たる桃の実にはまったく関心がないように見える。南苑《なんえん》の役人は仙猴といったが、はたしてそうであろうか、という疑問が、桃の実に背をむけた果然となったのである。

左上、余白だったところに、漢字が五、六十ほど書きこまれている。読める字もいくつかはあるが、カスティリオーネは、シナ人の詩はまったく解さない。しかし、その字が見なれた皇帝の手ではなく、カスティリオーネにかわって漢字で「臣郎世寧《ろうせいねい》恭書」と款《サイン》を書いた于敏中《うびんちゆう》のものであることは、かれとてもわかる。

「果然というのはな、世寧、猿猴《えんこう》のなかでも古来の珍種である。そこらにありふれた猴子《さる》どもは、キャッキャッとさわがしく、行儀もわるい。徳のある王が世を去ると、その子や孫たちを監督することあたわず、ゆえに王孫《おうそん》とは、山林を枯らす猴子《さる》どものの別称となった。

しかるに、交阯に産する果然は、深山にあって孤高を持《じ》している。惜しむらくは、その毛皮がいかにもふさふさと褥《しとね》にふさわしいがために乱獲され、かくも珍種となってしまったのだ。

──と、おおむねこんなことを、朕はこの詩で詠《よ》んだのだ」

「ははっ」

と、カスティリオーネは平伏した。帝がみずから、自作の詩を西洋人に解説するなど、ありえぬことである。そもそも、この皇帝、詩《ポエーマ》をつくること、はなはだしく多いとは、カスティリオーネもきいたことがある。四十歳という年齢で、すでに二万首はつくったそうだが、はたして、そんな詩人《ポエータ》がいるものだろうか……

それよりも、しかし、かれは帝がいった王孫ということばが気にかかった。皇帝がいうことである。このことばは、当然のこと、皇子や皇孫とむすびついているだろう。それがどうして、果然という珍獣とかかわりがあるのか——カスティリオーネは、わけがわからぬまま退下《たいげ》した。

＊

如意館にもどるや、カスティリオーネは、すぐに驢馬を駆って長春園ランボーの大水法にいそいだ。最初のおひろめをひかえての噴水の試運転が、ブノアたちによって朝からおこなわれている。はたして、正確に時刻《とき》を知らせるものかどうか——。

「ほとんど狂いなく、うごいていますよ」

と、ブノアがあかるいこえでいった。すでに初冬だというのに、ブノアもテボーも、びしょぬれになっている。地下に内蔵した歯車装置をくりかえし点検したからである。もっとも、かれらにつきそう宦官たちが、大きな火鉢に炭《すみ》をおこし、煖《だん》をとるようにはしていた。

かれらは、懐中時計を手にしながら噴水の出るのを待っていた。

「もうすぐ正午だ」

と、ジッヒェルバルトがいった。来たばかりのカスティリオーネが、

「うむ」

と応じたが、みなは沈黙していた。

天は、抜けるように青く、この季節にはめずらしく風はなかった。すっかり葉の落ちた槐《えんじゅ》の大木のこずえだけが、かすかに揺れている。

と、シューッという、帛《きぬ》を裂くような音がきこえた。眼をこらすと、大水法の中央に立つ雄鹿の角のさきが、水を細い糸のように繰りだしはじめた。それがきっかけとなって、雄鹿をねらう十頭の猟犬が、いっせいに、ピューッと、水を雄鹿めがけて噴きかける。躍動する猟犬たちは、石像とは思えないほどいきいきとして、木蘭での、帝のまことの鹿狩りを思わせた。

カスティリオーネは、大道芸人のなかにいた、日本人の女の水芸を思いだした。猟犬の口から水を噴きだす趣向はめずらしくはないが、鹿の角のさきから水が出るというのは、竹の葉さきや扇子の骨さきからも水を出す、あの水芸に似ていた。

やがて、ザーッという、驟雨《しゅうう》のひびきがおこった。

「正午だ。うまくいった」

と、ブノアとテボーが同時にフランス語でいった。雄鹿の奥にそそり立つ柱のてっぺんの獅子と、噴泉池の左右のピラミッドのいただきとから、いきおいよく大量の水が噴きだし、カスカータを落下した。正確には、これが時刻《とき》を告げているのだが、そのさきがけとしての猟犬の鹿狩りも、時報のまえぶれの繊細な水のたわむれとして、まことに効果的といえた。

「みごとだ」

と、カスティリオーネが安堵のこえを発し、一同うなずいた。とお巻きにしていた宦官たちのあいだからも、さんざめきに似た賞讃のこえがあがっているらしかった。ふと気づくと、もっとおい木立ちのかげにも、人夫たちがむらがっていて、ことの成否を見まもっているようだった。

はげしい驟雨に似た噴水は、数分でやんだ。一時間ごとの水の饗宴である。ほっとして、一同あつまったところで、カスティリオーネは時報噴水の成功を祝ってから、ついさきほど皇帝から命じられたばかりの、遠瀛観《えんえい》プランについて話しはじめた。

ところが、ほどなくして、またもや雄鹿の角《つの》さきから水がシューッとひそやかに噴きだされ、つづいて猟犬たちも鹿めがけて水を噴出した。

「おや、一時間ごとの時報じゃなかったのかね」

と、カスティリオーネがたずねた。するとブノアがいった。

「鹿と犬だけは、十五分ごとに水を噴きだすというように変えたのです」

「一時間ごとに大水法すべてがうごき、五分か六分うごいて、あとは沈黙というのでは、ちょっと間《ま》があきすぎますしね」

と、テボーがつけくわえた。もっともなことだった。

カスティリオーネがさきほどの話をつづけようとしたとき、鹿の角と猟犬の口からのひそやかな噴水の音《ね》を縫うように、どこやらから、細く、かん高い、しかし哀切な、骨笛による教会音楽の一節がきこえてきた。宮廷楽士ヨゼフ・バールが吹いているにちがいなかった。

第八章　リスボンからの津波

皇帝から更香《こうこう》が下賜された。海甸《ハイティイエン》の夜である。

「シナ人は、焚《た》く香《インチエンソ》も香辛料《スペツィエ》も、ともに香《シアン》といっているな」

と、ジュゼッペ・カスティリオーネがいった。かれのテーブルの上に、正方形の銅の箱が置いてある。その蓋《ふた》にあたる銅板に、迷路のような切れこみがあった。

「この箱のなかに、香《インチエンソ》がびっしりはいっている。蓋をして、迷路の文様の一端に火をつけると――」

といいながら、カスティリオーネは、かたわらでともっていた蠟燭をかたむけた。くびをのばして、その迷路の文様をみつめていたイグナティウス・ジッヒェルバルトが、

「なるほど、迷路の文様にそって、香がゆっくり燃えていくわけだ」

ジル・テボーが、かおをやや上むきにして目をつむった。

「うん、よいにおいだ」

といってから、香が燃えすすむさまに視線をそそいだ。

「そうか、燃えすすむ時間は一定だから、これはつまり、香時計ということか……」

「そのとおり」と、カスティリオーネは椅子の背にもたれながら、「更《こう》とは、日が沈んでからの夜の時間の単位だ。もともとは、一定の長さの線香を燃やして、宮廷の夜警番の交替につかっていたそうだが、こういう複雑な迷路の文様をいくとおりもつくっておくと、季節によって夜の時間の長さが変化しても、ちゃんと対応できるわけだ」

「からくりというものは、単純であればあるほど美しいのです。この香時計も、じつに美しいではありませんか」

と、ミシェル・ブノアがいった。すると、ジャン・ドニ・アッティレが、

「神のみこころにそっているからだよ。香はしずかに燃えすすむ。砂時計の砂も、さらさらとしずかに落ちていく。神の時間は、そのように、自然に、しずかに流れていくのだ」

香の煙とかおりが、ゆらゆらとただよった。そのかおりにこころをうばわれたかの

ように、一同は沈黙した。ややあって、テボーが、

「その神の時間を破壊したのが、われわれキリスト者ということだろう」

というと、ジッヒェルバルトが色をなした。

「それは、どういうことだ」

テボー、

「だって、そうだろう？　わたしがいま、シナの皇帝のために毎日つくりつづけている機械時計は、もとはといえば、修道院で生まれたものだ。神への奉仕のためのきびしい戒律は、自然に流れる時間に身をゆだねることをゆるさなかった。機械が刻む人工の時間が、いわば絶対時間のようになってしまったのじゃないか」

ブノアがうなずいた。

「だから、砂時計が生まれたんですよ。死を憶え《メメーント・モリ》――このことばにぴったりするものは、砂時計をおいてありません」

すると、アッティレがとおくを見る目つきで、

「わたしはむかし、アヴィニョンの修道院にいるとき、ドイツ人のハンス・ホルバインという男の版画を見たことがある。《死の舞踏《ダンス・マカーブル》》という連作ものだったが、どれも骸骨と砂時計が主役だったような気がする。二百年以上もむかしのドイツ人の作品だ

がね、版画なので、ヨーロッパでひろく流行したらしい」

カスティリオーネは、ハンス・ホルバインという画家は知らなかったが、骸骨が砂時計を手に、若さにあふれる女の背後に近づくのを描いた絵は見たことがある。いつぞやの南苑での午餐が思いだされた。大蒜《にんにく》をかじり「ラー、ラー、ラー」といって、かれを追いかけてきたさされこうべ……


突然、かれらの住まいの戸をはげしくたたく音がした。

「わたしです。南堂から来ました」

といっているポルトガル語のこえにおぼえがある。ブノアがすぐに立って、戸をあけた。マヌエル・デ・モトスだった。外科医と薬剤師の資格をもって数年まえに北京に来た、まだ若い助修士である。

室内にただようかぐわしい香時計のにおいに、デ・モトスは気づき、香煙のたなびくそのみなもとにちらと眼をやったが、一同にかるくあいさつするなり、まっすぐカスティリオーネのまえにやってきた。

「どうした。なにか急用か」

カスティリオーネは、デ・モトスが皇帝に呼ばれ、そこでなにか椿事《ちんじ》がおこったのかと、とっさに思った。皇帝は西洋人の医者をまるきり信用していなかったが、ほんのまれに、外科医を招くこともあったからである。

「はい。リスボアが大地震で壊滅したそうです」

思いもかけぬ報告に、宣教師たちはいっせいに、おどろきのこえをあげた。ポルトガルの首都リスボンのことを、ポルトガル語ではリスボアという。ポルトガル系のみならず、フランス系も、スペイン系も、東方への布教に旅だつイエズス会士たちは、きまって、そのリスボアの港から船出した。

「いつのことだ、それは？」

と、カスティリオーネがたずねると、デ・モトスは、ふところから一通の書簡をさぐりだし、カスティリオーネにわたした。

「おととしの十一月一日、ちょうど万聖節の日だったそうです。この四月にマカオについたフランシスコ・ピントという若い神父が、北京のポルトガル系イエズス会への報告として書きおくってくれたものです」

カスティリオーネは、その書簡をほとんどひったくるように受けとるや、あわただしく目をはしらせた。その内容は、おおむねつぎのようである。

一七五五年十一月一日の朝、リスボンをはげしい地震がおそった。王宮や教会やオペラ劇場など多くの建物が倒壊した。のみならず、市の東から南へと流れるテージョ川が津波となって沿岸部を呑みこんだ。さらに、教会聖堂にともされていた蠟燭の火から火事が発生し、六日間にわたりまちをなめつくした。死者の数は、二万とも三万とも、あるいは五万ともいわれ、たしかなことはまだわからない。

さいわい、市の東部アルファマ地区は、地盤が強固だったとみえ、崩壊をまぬがれた。そのほか、原形をとどめている主な建造物はといえば、サン・ジョルジェ城、ジェロニモス修道院、ベレンの塔など。イエズス会のサン・ロケ教会は、ファサードが崩壊したものの、内部は奇蹟的にのこっている。

ところで、この壊滅的な被害をこうむったリスボンの復興にあたっているのは、セバスティアン・ジョゼ・カルヴァーリョ・イ・メロである。かれは、一七五〇年にジョアン五世の死を承けて即位したドン・ジョゼ一世に重用されている。政治の実権をにぎってからの改革、わけても地震後のリスボン復興に多大の力を発揮したが、カルヴァーリョ・イ・メロの思想は、はなはだ危険である。なぜなら、かれは、大航海時代がすぎさったあとのポルトガルの、政治的あるいは経済的後進性の原因を、われわれイエズス会にありと考えているらしく、ことあるごとに、イエズス会を弾圧しているからである。かれが政権にあるかぎり、とおからずイエズス会は追放されるであろう。……

＊

この衝撃的なニュースをめぐって語りあうのにつかれはてたあげく、海甸のイエズス会士たちは、夜ふけてようやく、寝《しん》についた。香時計も、その迷路のなかば以上を燃やしていた。へやのあかりを消すと、香時計のあかい火がポチリと見え、暗がりのなかを、香煙がひっそりとたちのぼった。

ベッドに横たわると、倒壊をまぬがれたというベレンの塔がまぶたに浮かんだ。スペインから流れてきたテージョ川は、リスボンのまちをかかえるところでにわかに太くなり、ほとんど湾のようになるが、ふたたびせまい水路となって大西洋にそそぐ。その大西洋への出口に、あたかも川に浮かんでいるかのように見えるベレンの塔は、十六世紀のはじめ、マヌエル一世によって建てられた出入りの船の監視塔であり、城《じょう》砦《さい》だった。そして、カスティリオーネにとっては、そのまぶたにのこる最後のヨーロッパ建築だったのである。もっとも、この五層の城砦は、かなりイスラムふうであったけれども。

もう四十年以上もまえのことだ。はたちそこそこのカスティリオーネがポルトガルにいたのは、数年にもおよぶ。その間《かん》の大半は、イエズス会の学院のあるコインブラですごし、その学院内の教会に、イエズス会第三代総長であった十六世紀スペインの聖者フランシスコ・デ・ボルハの生涯を描いた。アンドレーア・ポッツォにならい、遠近法を駆使しただまし絵を、若き日のかれは、二十ヵ月でしあげたものだった。

その絵の評判を耳にした王妃マリア・アナは、カスティリオーネに、おさない王女マリア・バルバラと王子ペドロの肖像を描いてほしいとたのんだ。一七一四年二月のことである。その年の四月にリスボンを出航するノートル・ダム・ド・レスペランス号に乗船し、ゴアにむかうことがきまったばかりのカスティリオーネにとっては、はなはだ気のせく王妃からの注文であったが、難なくやりおえ、船上の人となった。

西にいても、東にいても、王子や王女や皇子の絵ばかり描かせられる生涯だったと、カスティリオーネは思った。

まちのどこにいても、大西洋にあとひと息というテージョ川が見えるリスボンの美しいながめが思いだされる。とくに、テージョ川にのぞむジェロニモス修道院のマヌエル様式の建築は、ポルトガルがもっとも富と力にあふれていた時代のものとて、美と力の均衡を持《じ》したその瑰麗《かいれい》なすがたは、たとえんかたもなかった。あれは、地震でもくずれなかったとか……

地震なら、カスティリオーネも、ここ北京で大きいのを二度も経験している。はじめは、来てまもない一七二〇年、康熙《こうき》五十九年。そのときは、さほどのこともなかったが、それからきっかり十年後の一七三〇年、雍正八年の大地震のときは、南堂も北堂も倒壊した。しかし、ヨーロッパで、それもイエズス会の世界布教の旅の起点となるリスボンで、かくも大きな地震がおこったことに、カスティリオーネは不吉な思いをいだいた。

その思いは、地震よりもむしろ、ポルトガルのいまの政治の実権をにぎっているというカルヴァーリョ・イ・メロなる男に発しているようだった。そういえば、四年まえの乾隆十八年、一七五三年にポルトガル国王の使者パチョコが入貢し、皇帝もこれを接見したときいた。いまにして思えば、その使者をつかわしたのがカルヴァーリョ・イ・メロということになろう。皇帝はその使者について、ひとことも宣教師たちにはいわなかった。

しかし、その年の八月、帝の命によってカスティリオーネが描いた鉢植えの草花の絵に、帝は、「西洋の貢使がたずさえてきた種子《たね》が、夏秋をへて、かくも花ひらいた」としるした。さらに帝は、この草花の英語名を、「僧息底斡《センシティブ》」と漢字音訳したうえで、「知時草」と名づけた。なぜ、知時草か。帝によれば、「手で撫《な》でると、たちまち眠るが、刻《とき》を踰《こ》えると起きる。眠りから起きるには、午前なら五分かかり、午後なら十分かかる」からだという。

カスティリオーネの描いた絵に皇帝が詩を題すること、しばしばあったが、その詩文について帝みずから画家に解説するのは、二、三年まえの《交阯果然図《こうしかぜん》》以来のことだった。しかし、知時草の種子をたずさえてきた「西洋の貢使」については、帝はなにもいわなかった。のちに宦官が耳うちしたところによれば、帝はその「西洋の貢使」を、円明園で盛大な宴をもうけ手あつくもてなしたという。

帝より下賜された香時計の赤い火が、闇のなかでゆっくりすすんでいる。機械時計がなにより好きな皇帝が、その機械時計をつくらせている西洋人宣教師たちに香時計を下賜した。そして、《海西知時草図》を描かせた。……

カスティリオーネは、ふと思いだした。その年の正月から四月まで、皇帝の第二次南巡に随行し、南京《ナンキン》のとある入江のほとりで出会った少年のことを——。少年は、猫の眼をじっとのぞきこみ、時間を正確に読みとったのだった。

＊

この年、すなわち乾隆二十二年、一七五七年、七月十九日、カスティリオーネは六十九歳になった。シナ式のかぞえかたなら、七十歳、古稀である。

皇帝は、カスティリオーネの古稀を祝って盛大な式典をおこなわしめた。ただし、その誕生日たる陽暦の七月十九日にではなく、陰暦の七月十九日に。

その日の朝まだき、カスティリオーネは、円明園の勤政親賢殿《きんせいしんけん》に伺候した。木蘭《もくらん》に行って不在中の皇帝にかわり、皇五子永琪《えいき》が、絹《きぬ》六疋・朝服ひとかさね・瑪瑙《めのう》頸飾一環、それに帝親筆の扁額《へんがく》などをカスティリオーネに下賜した。カスティリオーネは、これら下賜品を奉じて城内の南堂にむかったが、その行列たるや華美をきわめた。すなわち、二十四人から成る楽隊を先頭に、騎馬の役人四人がそれにつづく。下賜品をのせた華麗な轎《かご》を八人がかつぎ、勅使をつとめる役人が徒歩《かち》でそのうしろにつづき、カスティリオーネがそれとならんであるく。

行列は海甸《ハイティエン》をすぎて西直門《せいちょく》から城内にはいり、まっすぐ南下して南堂にむかったが、沿道には、おふれを受けていた民衆がいならび、歓呼して行列を迎えた。南堂にはイエズス会のみならず、在京のフランチェスコ会やドミニコ会の宣教師すべてがあいつどい、カスティリオーネの古稀を祝い、かつ皇帝の恩にたいし謝意を表した。

正直のところ、カスティリオーネもどぎもを抜かれた盛儀だったが、もう六年もまえになる皇太后の六旬万寿節の途方もない盛典をおぼえているだけに、シナ人の頌寿のやりかたには、いささか馴《な》れてはいたのだった。

そういえば、大道芸人の葉四《しょうし》の「偸桃《とうとう》」の芸と、日本人と称する女の水芸《みずげい》は、二十七人がかつぐ金輦《きんれん》に乗った皇太后が暢春園《ちょうしゅん》から皇城へもどる美々《びび》しい大行列の沿道で演じられた。もちろん、沿道にはあらかじめ仮設した舞台がずらりならび、めでたい音楽の演奏やら、さまざまな動物に扮した子供たちの芸など、皇太后の耳目をたのしませる仕掛けが絶えまなくつづいていた。

一般の庶民が沿道にならび皇太后の金輦を迎えることはゆるされなかったが、全国からえらばれた百歳の老人百人を跪坐させ、祝いの金子《きんす》を下賜するなどのことはした。

仮設の舞台のなかには、主としてテボーが設計しつくらせた、手のこんだからくり人形もあった。その年、北京に来たばかりのフランス人イエズス会士ジャン＝ジョゼフ＝マリ・アミオは、そのからくり人形について、こう書いている。

この劇場は水辺に建てられているという仮定のもとに造られてありました。前面は海、もっと正確に言えばひとつの池を表わし、その真中には噴水が立ち、その水がまた滝になって落ちているのでした。一枚のガラスの鏡が池を表わし、ある大変上手な職人が吹いて造ったガラスの細糸はとても細く、噴水を非常にうまく模していましたので、ちょっと離れるとだまされるほどでした。（略）一羽の鵞鳥と二羽の家鴨とが水の真中で喜々としてたわむれていました。二羽の家鴨はくちばしで泥水のなかを探し、鵞鳥の方は現在の時間をくちばしで示しておりました。一切は機械のなかにあるひとつの時計が動かすバネによって動くのでした。やはりかくしてあって、文字板の塔になっているひとつの磁石のあとを大部分が鉄でつくってある鵞鳥が追う仕掛けでした。時を知らせる時刻が来ると、手に銘文をもった像が劇場の奥にあった部屋から出て来て、うやうやしく自分の銘文を見せました。ついで六人の他の像が各自自分の鉢で、音楽が要求した時に、音楽が要求する回数だけ、自分に指定された符を叩きながら、合奏しました。それが終わると、銘文をもった男は静々と戻り、つぎの時間が来るまで姿を現わしませんでした。（一七五二年十月二十日づけアラール師あて書簡。矢沢利彦編訳『イエズス会士中国書簡集』３乾隆編、東洋文庫による）

このような、完璧につくられた「にぎやかな」沿道に、葉四たち大道芸人もいたのである。葉四がするすると縄をのぼり、天上から落とした桃は、うやうやしく皇太后のもとにとどけられたが、もちろん、それを皇太后が食することはなかった。

縄がばらばらに千切れて落ち、ついで、あたまや胴や手足がばらばらに落ち、やがて天から垂れてきた縄づたいに葉四が地上にもどるという、いささか慶事にはふさわしくない芸も、皇太后の眼からはとおいということで、そのままおこなわれた。沿道の群衆に扮した役人や宦官たちのやんやの喝采も、慶事には必要だった。

カスティリオーネの古稀祝賀の夜、南堂には在京の西洋人宣教師のみならず、シナ人の信者もたくさんあつまっていた。福建や江蘇においてキリスト教弾圧のあらしが吹きまくっていたいっぽうで、北京ではこの南堂や東堂あるいは北堂など、イエズス会の教会堂のかこいのなかは、きわめて自由だった。シナ人信者たちは、シナ語で讃美歌をうたい、司祭のシナ語の説教をきき、告解した。ふたたびアミオの書簡によれば――

一七五〇年九月三十日から一七五一年十月十九日までの間に、われわれは北京で五千二百人に聖体を拝受させ、九十二人の成人に洗礼を施し、信者たちの子供三十名と、大部分が病人で、棄てられたか、それともまさに死に瀕している二、四二三名にのぼる非信者たちの子供に洗礼を与えました。(略)ところでこれはわがフランス・ミッションによってなされたものだけについて言っているのです。ポルトガル司祭たちが北京にもっているふたつの住院《メゾン》はそれぞれわれわれとは比較にならないほど多数の信者をもっていることですから、これらの司祭もわれわれよりもはるかに多くの収穫をあげているわけです。（前掲一七五二年十月二十日づけアラール師あて書簡）

勅使たちもかえったあとの盛大なミサもおわり、祝宴とはいえないような質素なものながら、西域ジュンガル部に産するいささか甘すぎる赤葡萄酒のグラスを手にした人びとでごったがえしていた。そういえば、皇帝はその前年、すでにジュンガル部を平定していた。

そんななか、デ・モトス助修士が近づいてきて、カスティリオーネに耳うちした。

「見知らぬシナ人の青年が、内々であなたにお会いしたいといっています。あちらの告解室で待たせてありますが――」

行ってみると、暗くせまい告解室に、皇三子永璋《えいしょう》が座していた。

結婚するという年の七月、海甸《ハイティエン》の住まいにふいにやってきて、大道芸人の葉四や日本人の女とおちあった、あのわけのわからぬ訪問を受けて以来、六年ぶりに見る皇子であった。

告解室のこととて、ふたりを仕切る板をはさんでくびから上だけでむきあうかたちになり、皇子にたいする礼もままならなかったが、すっかり青年の風貌になった皇子のひどいやつれように、カスティリオーネはまずおどろいた。

「おひさしゅうございます」

とだけいって、ことばが継げないでいると、乱れた口ひげに手をやってから、皇子はかすかに笑った。

「世寧。古稀の祝いだそうだね。おめでとう」

そういえば、その朝、円明園勤政親賢殿にて皇帝の名代として、カスティリオーネに祝いの品を下賜したのは、皇五子永琪だった。永琪もすでに十七歳、帝の名代をつとめられるものの、存命の皇子たちのなかでは最年長の皇三子永璋こそが名代となるべきではなかったろうか。永璋は、二十三歳になっているはずだと、カスティリオーネは、あたまのなかでかぞえた。

ふたりのあいだの仕切り板の上に手をついて、あたまをさげながら、

「おそれ多いおことば、ありがとうございます」

と、カスティリオーネはいった。少年の日の皇子の、さまざまなすがたが眼にうかんだ。正月、宮殿の庭に降った雪を積みあげ雪獅子をつくった皇子、イタリアの銅版画のなかからトリニタ・デイ・モンティ教会の鐘楼《カンパニーレ》に興味をもった皇子、円明園内

の洞天深処《どうてんしんしょ》なる住まいにもどるべく橋をわたっていった皇子……

　すると皇子は、こえをひそめ、口疾《くちど》にいった。

「世寧。わたしに洗礼を授けてほしい」

　おぼえず、カスティリオーネの全身に粟《あわ》が生じた。いつぞやの日の直感にあやまりがなかったよろこびなのか、皇子の身で入信することの危険を予感しての恐怖なのか、かれにもわからなかった。

「世寧。わたしは結婚したが、妃には一指も触れていない。わたしは、ほら、おぼえているだろう？　日本人のあの水芸の女だけを愛しているのだ。あの女は、信者なんだよ。わたしも、あの女とおなじ信仰をもちたいのだ」

　皇子のこの告白をきくには、なるほど、この告解室がふさわしかったといえよう。キリスト者とはいえ、しかし、カスティリオーネは、かれのもっとも根源的な使命である布教を、この皇子にたいしてだけは、なすべきではないと信じていた。かれは、長い年月、皇帝の意のままに絵を描き、西洋楼を設計するだけの宮廷画師になりきってしまったのだろうか。

「殿下、わたくしは神父ではございません。助修士なので、授洗の資格はもっていないのでございます」

「それは葉四にきいた。しかし、南堂にたくさんいる司祭のだれかを紹介してほしい。そして、世寧が立ちあって洗礼を授けてほしい」

と、皇子はいった。

「女のためだけに信仰の道にはいろうというのであれば、どの司祭であれ、うべなうことはないでしょう」

「そうではない。あの女と信仰のよろこびをわかちあいたいのだ。貧しくとも、わたしはあの女と、さまざまなよろこびをわかちあってきた。肉のよろこびも……」

といって、皇子はいいよどんだ。

「肉のよろこびを、信仰にすりかえてはいけません。殿下、どうか、おやしきにおひきとりください。今夜は人の眼も多うございます」

「わたしのやしきは、すぐちかくの承恩寺胡同《フートン》にある。いままでなん度も、ここに来ているんだよ。讃美歌《きょうこう》も、いくつかおぼえた。だれも、わたしのことは知らない」

「いけませぬ。向後けっして、ここにはおいであそばされぬよう、世寧、こころからおねがい申しあげます」

いいながら、カスティリオーネは、みずからのことばの、おもてと裏のはなはだしい乖離《かいり》にうちのめされていた。皇子を、そのおさない日から愛してきたカスティリオーネにとっては、こうするしか皇子をまもる手だてはなかったのである。

木蘭《もくらん》からもどった皇帝のもとに、古稀の盛大な祝典へのお礼を言上しに参内した。もちろん、下賜された朝服を着用しなければならない。カスティリオーネは、古稀をもって三品《さんぴん》に叙せられたので、藍いろの地に五本の爪のある蟒九頭《みずち》をぬいとりした蟒《もう》袍《ほう》を着、藍宝石《らんほうせき》の頂珠をつけた朝冠をかぶらなければならない。イエズス会士たちのあいだでは、助修士というひくい身分であったが、清宮《しん》においては、もっとも高位の西洋人となった。

ひととおりのやりとりのあと、富春楼《ふしゅん》から退下《たいげ》しようとするカスティリオーネに、皇帝はこえをかけた。

「朕《ちん》の名代としては皇三子がふさわしかろうと考えたが、結婚後は羸弱《るいじゃく》でな、ずっと臥《ふせ》っておる。そこで、皇五子を名代とした」

思わず、カスティリオーネのひたいから汗が吹きだした。

「おいたわしゅうございます」

と、かすかにいうと、帝は、

「福晋《フージン》（満洲語。妃のこと）もひとりだけだ。あの若さで、な。朕もなかなか皇孫にはめぐまれぬの。はっはっは」
といって、席をたった。

＊

長春園の例の切れっぱし《ランボー》では、西端の諧奇趣《かいきしゅ》のすぐ東に新たなる西洋楼方外《ほうがい》観が建ち、また、中央の大水法《だいすいほう》をはさんで、南北に遠瀛《えんえい》観と観水法《かんすいほう》が完成していた。遠瀛観のために、皇帝の命にしたがい、長春園北端の城壁はとりこわされ、奇妙な出張《でば》りとなった。

観水法は、南面する大水法と遠瀛観を、帝が北面してながめるための小さな施設であったが、玉座をかこむ五つの大理石パネルに刻された西洋中世ふうの浮彫を、帝はたいそう気にいった。

大水法の西につくられていた巨大な貯水タンクは、水がめであることをわからせないように、外装は完璧に西洋楼であった。魚たちを放った地上の巨大な養魚池でもあるこの水がめをのぞくことができるように、二層に見えるこの建物の屋上のふちにテラスをもうけ、東面のジグザグ階段からも上下できるようにした。この水がめ西洋楼を南からながめるなら、諧奇趣の正面の様式もそうであったが、よりいっそう、ローマのカンピドリオ広場のもっとも奥なる元老院に似ていた。

さて、この水がめ西洋楼は、その西に西面して建つ、豪華な西洋楼とすでに連結させてある。帝は、その全体を海晏堂《かいあん》と名づけた。海晏堂西面ファサードと、そのまえにもうける噴水時計をいかにつくりあげるべきか、カスティリオーネたちにとっての最後の難関がのこっていた。

　皇帝へのお礼言上をおえて数日後のある日、カスティリオーネたちは海晏堂西面にあつまった。乾隆二十二年、一七五七年の七月末である。陽暦なら、もう九月になっていた。しかし、残暑がまだきびしい。

「わたしの考えは、だいたいのところ、かたまった。二階中央のテラスから、左右対称にそれぞれ半円形の階段をおろす。その階段にかかえこまれるように、ニンフェーオ式の噴泉池をつくる」

と、カスティリオーネがいった。すると、ブノアが、

「なんですか、そのニンフェーオというのは?」

とたずねたので、その質問を予期していたカスティリオーネは、かかえていた古い銅版画や自分のスケッチなどを、そこに積みあげてあった石材の上にひろげた。風で飛びそうになるのを、ブノアやアッティレが手で押さえた。

「口で説明するより、絵を見たほうがわかりやすいだろう」

といって、カスティリオーネは二枚の銅版画を指さした。

「これは、ローマのジューリア荘にあるニンフェーオだ。同じものを、むこうとこっちとから描いたものだから、よくわかるだろう。教皇ジューリオ三世が避暑のためにお建てになった別荘《ヴィッラ》だから、十六世紀なかばのものだ。この原画はおそらく、ジョルジョ・ヴァザーリやヤーコポ・ダ・ヴィニョーラといっしょにこのヴィッラを設計した、バルトロメーオ・アンマナーティが描いたものだろう」

饒舌になったカスティリオーネのこえをききながら、かれらは図面をのぞきこんだ。

中庭におりる二階の開廊《ロッジャ》からの階段にかかえられるように、一階平面からさらに沈んだ空間がある。そこを流れる水のほとりに、水の精《ニンフ》が四人、柱となって洞窟《グロッタ》の上部をささえている。その反対側のにせグロッタには、巨大なあごや貝があって、ニンフがそのはだかのからだを横たえていた。どうやら、水はこのニンフたちのからだから噴きだしているらしい。

「そうか」

と、テボーが大きなこえを出した。

「ニンフェーオとは、フランス語でいう女の秘所《ニュンフ》とおなじことばだね」

するとブノアがそれを無視して、

「このニンフェーオには、どうやっておりるんですか。図を見ても、階段はないようですが」

カスティリオーネが、

「ロッジャからの階段のかげに地下通路への入口があってね、そこをくぐってニンフェーオに出るのだよ」

といってから、べつの銅版画を下からひっぱりだした。

「ジョヴァンニ・ヴェントゥリーニ彫版のビッキエローネの噴水の絵だ。わたしは見たことはないのだがね。ここにも、大きなあこや貝があるだろう？　これを、海晏堂のこの噴泉池につかうのだ」

するとアッティレが、

「なるほど、ここではニンフの像なんぞはつかえない。しかし、あこや貝はニンフが生まれる海のシンボルでもあるから、たしかに海晏堂にはふさわしいだろうな」

「それにしても」と、ジッヒェルバルトがいった。「階段のかげから下におり、地下通路をくぐらせるなんて、工事もたいへんなことになるのじゃないか？」

「そのとおり。ジューリア荘のニンフェーオそのままというわけにはいくまい。だから、二階テラスから左右におりる階段に、噴泉池をそっくりかかえこませるだけでいいだろう。いまのイタリアでも、ジューリア荘のニンフェーオのように、上がぽっかりあいた地下空間という手のこんだものは、すくないはずだ」

そこでカスティリオーネは、かれが大まかにデッサンした絵をとりだして、いままでの図の上にのせた。

左右にわかれる階段、そしてテラスのま下にでんと置かれた巨大なあこや貝――なるほど、テボーのいうように、それはいかにも、女体の秘所《ニンフ》にそっくりだった。しかし、童貞のかれらに、そのような官能の記憶があるだろうか。それでも、皇帝の庭には、これほどふさわしいものはないと、かれらは思った。

西側の諧奇趣のかげから、馬のいななきがきこえた。皇帝である。数人の騎馬兵をしたがえ、みずからも愛馬「如意驄《によいそう》」にまたがっている。カスティリオーネは、十年ちかくまえ、この馬を西洋ふうの技法で描いたことがある。

一同、ひざまずいて帝を迎えた。ひらりと馬からおりた帝は、上機嫌でいった。

「朕《ちん》によい考えが浮かんだのだ。噴水時計の設計のことだが――」

「ははっ」

と、ブノアが応じた。いつものように、時計の設計は、かれのしごとである。

「大水法の鹿と犬の噴水もみごとであったが、いささか雑駁《ざっぱく》の感は否めない」

どの点が、どう「雑駁」であるのか、帝にききただしたいと、カスティリオーネは思った。ブノアやテボーも、おなじ思いであろう。しかし、どのみち、そんなことはできるはずがなかった。

「大水法の噴水は、常時、水を噴いているようになおすがよい。そして、海晏堂の噴水には、十二支の動物たちを配し、それぞれの刻限にそれぞれの動物が水を噴きだすようにせよ。たとえば、子《ね》の刻には鼠《ねずみ》の口から、午《うま》の刻には馬の口から、というようにな」

「ははっ」

と、宣教師たちはわれ知らず、こえをそろえていた。

鹿と犬ならば、犬が十頭と数は多くとも、時計の仕掛けとしては二種類ですんだ。しかし、十二支の動物となると、そうはいかない。

「ところで、世寧」

「はっ」

「あの更香《こうこう》に火を点じてみたか」

「はい。わたくしども一同、火を点じ、拝見させていただきました」

「美しいものであったろう？　この種の香時計の起源は、仏教にあるのだ。仏教儀式で薫じる一本の線香でも時間をはかることはできるが、複雑な文様の線なりに香を薫じ、もって宇宙の時を知るというのは、古く『観自在菩薩《かんじざいぼさつ》大悲智印《だいひちいん》周遍法界《しゅうへんほっかい》利益衆生《りやくしゅじょう》薫真如法《くんしんにょほう》』という経典に書いてある。千年以上もむかしの経典だ」

「はっ」

と、あたまをさげたものの、カスティリオーネには、この長たらしい名の仏典のことは、わけがわからなかった。仏典はともかくとして、このところ帝は、みずからを仏《ほとけ》に擬し、仏ふうの装束をつけた肖像画を描かせることが多いのである。ごく最近も、シナ人宮廷画師たちがチベットのラマ教で用いる巨大な仏画《タンカ》を描いていたが、その中央に座すひときわ大きな仏のかおを、帝のそれに肖《に》せるべく、カスティリオーネが手を貸したことがある。チベットを制圧した皇帝は、その地の最高の支配者であるダライ・ラマをも超える存在としての自分を、チベット人に知らしめようとしているのだろうか。そのタンカは避暑山荘がある承徳の普寧《ふねい》寺におさめられたときいた。

近隣のラマ教にたいしてさえそうなら、キリスト教にたいし、帝がより屈辱的なことをするであろうことは想像できる。更香もそのひとつであったかと、カスティリオーネは慄然とした。

「十二支の動物たちには」

と、皇帝はいきなり話題をもどした。

「羅漢衣《らかんえ》を着用させよ」

「は？」

意味がよくわからず、平伏しながらわずかにあたまを傾けたカスティリオーネに、

「仏教の聖者である羅漢が着るころもだ。観鵬《かんほう》にたずねるがよい」

「はっ」

とこたえつつも、カスティリオーネは、帝の新しい仏教攻勢がいよいよはじまったと、感じないではいられなかった。

「ところで、さきの南巡からもどってまもなく、マカオからの使者にきいたことだが――」

帝がことばを切った。その南巡に随行したカスティリオーネはどきりとして、かおをあげた。

「おととしの十一月、リスボンが地震で壊滅的な被害を受けたそうだ。リスボンといえば、そちたちが東へ旅立ったまちであろう？」

宣教師たちは、いっせいにかおをあげて皇帝を仰ぎ見た。かれらのおどろきの表情は、たったいまリスボンの悲劇を知ったように、帝には見えたであろう。しかし、かれらは、帝が「南巡からもどってまもなく」、すなわち四月の末か五月のはじめに、はやくもリスボンの異変を知ったことにおどろいたのだ。かれらが知ったのは六月だった。四月にマカオに入港したフランシスコ・ピント神父の、北京のポルトガル系イエズス会あて報告が北京についたのが六月はじめ。それを、南堂のマヌエル・デ・モトス助修士がただちに海甸にもたらしたのである。

ピント神父が乗ってきた船には、カルヴァーリョ・イ・メロの密使もいたのかもしれない。その男が広東巡撫《じゅんぶ》に連絡し、それを公文書の早打ち駅伝に託して北京にとどけたのであろう。

「リスボンのまちを流れる大河が津波をおこしたのも、被害を大きくしたそうだな」

と、皇帝がいった。

「はっ」

と、かろうじてこたえるや、カスティリオーネの頰を、はらはらと涙がつたわった。リスボンの津波は、一年と十ヵ月をかけて、ここ北京にもおそいかかってきたのである。

第九章　エステ荘の水のたわむれ

あれから一年ちかくたつのに、皇三子永璋《えいしょう》の消息はきいていない。南堂のマヌエル・デ・モトス助修士にたずねても、あれきりすがたを見ないという。念のため、フランス系イエズス会の連中にそれとなくたずねても、やはり、北堂にも行っていないようだ。承恩寺胡同《しょうおんじフートン》のやしきで逼塞《ひっそく》しているのだろうか。そういえば、大道芸人の葉《しょう》四《し》や水芸《みずげい》の女のうわさも、絶えて耳にしていなかった。

ジュゼッペ・カスティリオーネは、ある日、南堂に行ったついでに、承恩寺胡同の皇子のやしきのまえまで散歩してみようと思いたった。おとずれるわけではない、ただ、やしきのまえを、それとなくあるくだけだ、と。

このごろでは、海甸《ハイティエン》から南堂への往復にも、宦官がついてこないことが多かった。南堂のそばの散策も、かなり自由といえば、いえる。

その日の午後も、カスティリオーネは、ひとりで南堂を出た。宣武《せんぶ》門を出入りする人の波を縫ってひろい通りをわたると、城壁ぞいの道を西にむかった。馴象《じゅんぞう》所の南をたどり象房《ぞうぼう》橋で、北京城内を南北につらぬく細い運河を越える。そこから細い胡同を二度ほどまがると、承恩寺胡同となる。

広大な敷地を擁する親王府（親王の居所）とはちがって、皇三子のやしきは、ふつうの民家とかわらぬかまえときいた。煉瓦の塀がえんえんとつづき、ところどころに、ぴたりとざした門があるだけの胡同は、たしかに迷路だ。ま夏のひるさがり、どこの家も午睡《ごすい》をしているのか、子どもたちのこえすらきこえない。

とざされた門の上に、家名をしるした門榜《もんぼう》を掛けているものもあるが、多くはなにも掛けていない。カスティリオーネは、文字を、ひとつひとつながめながら進んだ。行書体で読めないものも多いが、皇三子永璋にまつわる文字はないかと、さがした。とはいえ、永璋という名が、そのまま門榜に書かれるはずがないことも、かれは知っている。

承恩寺胡同は、半分は東西に直線であるが、あとは円弧を四半分にした曲線となる。人気《ひとけ》のない甃《いしだたみ》に、午後の高い陽《ひ》がそのまま落ちて、その照りかえしが老いた身を射た。円弧のかなたに、邸内の槐《えんじゅ》の古木が塀ごしにうっそうたる影を落としている。その影の下で汗をぬぐってやすみたいと、カスティリオーネは歩をはやめた。

するど、塀のなかのどこからか、かすかな、しかし、夏の陽光ときそうような、鋭い笛の音《ね》がきこえてきた。あの笛の音には、ききおぼえがある。——そうだ、宮廷楽士ヨゼフ・バールが吹く骨笛にちがいない。猿臂《えんぴ》の骨笛にちがいない。

思わず知らず、その塀がかこむやしきの門にはしり寄った。大門（表門）といっても、柱の煉瓦がくずれかかっているような、いかにも粗末なやしきであったが、とざされた扉に両手を置き、耳をそばだててみると、骨笛はたしかに、そのやしきの奥から、細い絹糸のようにつたわってくるのだった。

扉に手を置いたまま楣《まぐさ》の上を見あげると、小さな門額のなかに、漢字が三つ、黒地に銀いろの漆《うるし》で書いてある。見おぼえのある字なので、カスティリオーネにも読めた。

——果然堂
果然とは、ほかならぬ皇三子の結婚の祝いにと、皇帝に命じられて描いた、あの珍種のサルのことではあるまいか。その絵の余白に帝が書いた詩についても、帝がみずから解説をきかせたのだ。「深山にあって孤高を持《じ》している」サルである、と。

　このやしきが、皇三子永璋の住まいであること、もはや疑いはない。それにしても、バールが皇三子のやしきをおとずれて、骨笛を吹いているとは！　いや、あるいは、皇子その人が演奏しているのか？

　われ知らず、カスティリオーネは、からだが熱くなった。槐の枝が、かれの立っている大門の横にのびている。その影は、しかし、かれを蔽ってはいない。汗をしずめようとして、いっそう汗が全身をつたい、したたり落ちた。

　この思いは、いったいなんだろう。どう見ても薄倖な皇子との、近年のわずかな接触。洗礼を受けたいという皇子のたのみを拒否することによって、皇子をまもろうとしたのだが、もしかすると、宮廷楽士バールが、すでに授洗しているのだろうか。

　もちろん、それを嫉妬と呼ぶことはできない。しかし、ほとんど胸さわぎにも似た感情が湧きあがり、官能的な不安と化して、思わず銹びついた門環子《ノッカー》に手をやった。

　笛の音が、とまった。しかし、だれも出てこない。もう一度、つよくたたいた。

　おとずれるつもりはなかったのに、扉をたたいてしまったことを、カスティリオーネは後悔した。このまま立ち去ろうか、とも思った。かれはふと、七年ほどまえ、海甸の住まいにいきなりあらわれた皇三子のことを思いだした。皇子が西洋人宣教師の住まいをおとずれるなど、もってのほかである。だから、「すぐにもおひきとりください」と、くりかえし退去をうながしたのだ。また、昨年も、南堂にかれをたずねてきた皇子を、その受洗のねがいもききいれず、ほとんど追いかえしたのだ。

　ところがいまは、カスティリオーネが、皇子のやしきの門をたたいている。笛の音のせいだろうか。かれが描いた猿《ジツボーネ》の長い臂《うで》の骨が笛と化し、かれを招き寄せているのだろうか。

　扉のむこうに、人の気配があった。誰何《すいか》することなく錠《じょう》まえをはずす音がするのは、戸板のすきまから、カスティリオーネのかおをみとめたからであろう。このやしきの奴婢は、かれのかおを識っているのだろうか。

　ギーッと、古びた扉があいた。立っているのは、カスティリオーネの識らぬ、若い女だった。

「郎世寧《ろうせいねい》と申すものです。皇子さまにお目どおりをねがいたいのですが」

　と、かれがいうと、女は、なんのためらいもなく、だまってさきに立った。

　二門（第二の門）をくぐり、院子《ユアンツ》と呼ばれる中庭に出ると、このやしきのせまさが実感された。せまい院子の正面に見える正房と、左右の廂房と、あとは付属の建物《アツネツシ》としての耳房《じぼう》しかない、まことに、ごくふつうの役人のやしきだった。数ある親王府の宏壮なる邸第のいくつかを、カスティリオーネも、招じられて絵を描くためおとずれたことがある。たとえば、果親王府《かしんのう》——

乾隆帝《けんりゅう》即位の前年、カスティリオーネは、果親王允礼《いんれい》の肖像を描いた。康熙帝《こうき》の第十七子であるが、雍正帝《ようせい》の時代になって悲惨な運命にもてあそばれた多くの兄たちとちがい、雍正六年には親王に封ぜられた。

カスティリオーネが描いた《果親王允礼像》は、白い連銭文《れんぜんもん》のある灰いろの馬にまたがった略軍装の親王が、馬ともどもからだは斜めなのに、かおだけを正面にむけているもので、そのかおをのぞけば、ことごとく洋画の技法を駆使したものだった。

ともあれ、西直門《せいちょく》にちかい果親王府の贅をつくしたその庭に、カスティリオーネは眼をみはったものだ。太湖石《たいこ》を累々《るいるい》とかさねた仮山《かざん》、その上に立つ亭榭《ていしゃ》と、その下にうがたれた長い洞窟《グロッタ》、役者たちを招いて演じさせる湖畔の戯台、そして、いくつもの池塘《ちとう》に浮かぶ睡蓮や河骨《こうほね》のあいだを縫って遊弋《ゆうよく》する画舫《がぼう》——円明園をそっくり小さくした園林の粋が、そこにはあった。

果親王允礼は乾隆三年に三十九歳で薨《こう》じた。子がなかったので、乾隆帝のおとうとにあたる弘瞻《こうえん》が、果親王家を嗣いだ。

まだ封爵されていないとはいえ、現帝の皇子たる永璋が、ただの民家をやしきとしてあたえられていることに、カスティリオーネはおどろいた。これなら、海甸《ハイテイエン》のかれらの住まいのほうが、まだましかもしれない。

二門をくぐり、院子の甃《いしだたみ》の上でまばゆい太陽を仰いだカスティリオーネには見えなかったが、正房からは、かれのすがたがはっきりと見えたはずだった。

正房にいた皇三子が、

「世寧《せいねい》！」

と叫び、くらい庇《ひさし》の奥から出てきて、くずれかけたきざはしを二、三段、とびおりてきた。

拱手《きょうしゅ》してあたまをさげるカスティリオーネの腕をひっぱらんばかりにして、皇子は、かれを正房へと招じ入れた。

正房と呼ぶほどもない小さなへやのなかには、はたして、宮廷楽士ヨゼフ・バールがいた。かれは、いつぞや病いの床《とこ》に臥《ふせ》っていたカスティリオーネをなぐさめるべく、皇帝よりつかわされて海甸の住まいにやってきたときとおなじように、猿臂の骨笛を手にしていた。胡同《フートン》にもつたわってきたかすかな、しかし鋭い笛の音は、やはり、バールが奏していたものだったのである。

そこにいたのは、しかし、バールだけではなかった。大道芸人の葉四《しょうし》もいた。水芸を演じる日本人と称する女もいた。とはいえ、それは、おどろくべきことではないかもしれない。皇子がすでに、この女との肉のよろこびをカスティリオーネに告白していたからである。皇子は、「妃には一指も触れていない」といったが、「触れて」いようといまいと、皇帝の命によって、まがりなりにも結婚した妃はどうなったのか。

老いたカスティリオーネを見て、まず席をゆずろうとしたのは、バールである。葉四も、あわてて椅子から立ちあがった。カスティリオーネは、皇子が席にもどるのを待って、葉四のいた椅子に腰をおろした。正面の皇子のむかって左にならんでいるのは、例の女である。皇子と女は、ほとんど夫婦に見える。ふたりのまえに、黒いテーブル。バールが皇子のちかくに席をとっているので、テーブルをはさんでバールとむかいあうかたちで、カスティリオーネは座した。つまり、女は、かれのすぐ左手にいることになる。葉四は、ゆかに腰をおろした。

「世寧、よくたずねてくれた」

と皇子がいった。たずねる気はなかったが、笛の音につられて、つい門をたたいたのだといいたかったが、無言のまま、笑いだけを皇子にむけた。

「継晋《けいしん》、世寧も来たことだ。その笛で、あらためて吹いてほしい」

と、皇子がいった。継晋とは、ヨゼフ・バールのシナ名で、正しくは魏《ぎ》継晋《けいしん》という。

しかし、カスティリオーネは、手で空《くう》を制し、しずかにあたまを横にふった。さきほど胡同《フートン》で耳にしたしらべは、いかにもシナふうであったが、いまカスティリオーネを迎えてバールが奏するものは、教会音楽のほかのものであるはずがない。

「音楽は、けっこうです。ところで、継晋どのは、なにゆえに、殿下のおやしきにおられるのかな」

と、バールにむかい、シナ語でいった。海甸《ハイテイエン》の住まいに来たときには、ポルトガル語で話していたのを、かれは思いだした。

「信仰のはなしをするためです。殿下は、すでに洗礼を受けておられるのですよ」

カスティリオーネの胸を、ひやりと、氷のようなものがたたいた。それは、けっしてよろこびではなかった。キリスト者の身でありながら、皇子の受洗をよろこばないとは、なにごとであろうか。

「いつ？　どこで？」

おぼえず、かれは詰問の口調になった。

「去年だよ。北堂で受けた。身分をかくしたから、だれも知らない。世寧のまわりにいるフランス人たちも、まったく気づいていないだろう」

と、皇三子永璋がいった。そうだろう、ジル・テボーやミシェル・ブノアなど、北堂を本拠とするフランス系イエズス会士たちも、皇子の受洗という大事について、なにも知らない。それなのに、おなじく北堂に属していると称するドイツ人ヨゼフ・バールが皇子の信仰にかかわっているのはなぜか、という疑問はのこった。

そこへ、さきほど門をあけ、かれを院子《ユァンツ》まで案内した女が、茶菓をはこんできた。ほっそりとしたからだをつつんでいるのは、粗末なうすい木棉《もめん》の短衣と褲子《ズボン》である。下女の身でありながら纏足《てんそく》しているのが、そのあるきかたでわかった。

女は、茶碗を皇子とふたりの西洋人のまえに置いた。そして、ひとつの皿に盛った小さな緑いろの果実の蜜漬けを、テーブルの中央に置いた。葡萄のようにも見えるが、そうではないらしい。いつか広東《カントン》で食したことのある龍眼《りゅうがん》かもしれないと、カスティリオーネは思った。

突然、日本人と称する女が、テーブルの上に置いてあった玻璃杯《コップ》を左手にもった。水がなみなみとはいっている。その手を高くかざし、右手の扇をさっとひらいた。一同の眼がそそがれる。女は、カスティリオーネを注視している。高くかざした手の下で、絽《ろ》の袍子《パオツ》につつまれていた乳房が鬱然とせりだした。カスティリオーネは眼をそらし、たかだかとかかげられた玻璃杯を見あげた。

と、玻璃杯がいきなり宙に浮かび、右手からこれも浮かびあがった扇と交叉したかと思うと、それぞれが反対の手におさまったのである。水は、一滴もこぼれない。その芸を、女は一、二回、まずゆっくりやってみせ、やがてすこしずつはやく、ついには、玻璃杯も扇も女の掌中にとどまることなく、ただ弾《はじ》かれたように飛び交うのだった。

すぐ眼のまえで演じられる芸に、カスティリオーネは茫然と見入った。皇子の法悦の表情が、めまぐるしく交叉する玻璃杯と扇のかなたに見えた。

すると、シナ語で「ハーオ！」といっているようにもきこえる、ふしぎな叫びごえが緊張の場を裂き、女は、そのこえに乱されて玻璃杯をゆかに落とした。こなごなに砕け、水がこぼれた。女が、ふしぎな叫びごえのほうにむかって、なにか叫んだ。カスティリオーネも、そちらにくびをめぐらせると、さきほどの下女が、柱のかげに立って、眼をかがやかせているのだった。水芸の女が、もう一度なにか叫んだ。

「やめないか」

といってから、皇子はカスティリオーネにむかって、

「あの女は、耳がきこえない。口もきけないのだ」

といった。ほんとうだろうか、門をたたく音をきいて扉をあけてくれたではない

か、とカスティリオーネは思ったが、だまっていた。

カスティリオーネはのどの渇きをおぼえ、茶碗に手をのばした。すると、女は手にしていた扇を、さっとひろげた。さきほどの扇ではなかった。さきほどの扇は、ゆかに砕け散ったままの玻璃杯の破片の上に、ふわりとかぶさっていた。いまひろげたのは、紗《しゃ》に燕子花《かきつばた》をさらりと描いた、いかにも涼しげな絵がらである。このあっさりした画風が日本的ということなのだろうか、と一瞬、カスティリオーネは画師の眼にもどった。

そのときである、扇の骨の一本一本のさきから、シューッとかすかな音とともに、水のすだれが繰りだされたのは——。水のすだれは、小さな玉《ぎょく》の数珠《じゅず》となって、四方に散った。カスティリオーネのひたいにも、そのすだれは零《ふ》った。ヨゼフ・バールのひたいにも、その数珠が落ちかかり、院子のあかるさを映しながら、かれのかおを流れた。

バールは、テーブルの上の骨笛を手にした。カスティリオーネも、もはや制止しなかった。水のすだれを織るように、哀切な笛の音が流れ、承恩寺胡同《フートン》のほうへと消えた。

＊

「エステ荘に、噴水オルガンというのがあった」

と、カスティリオーネがつぶやいた。

如意館《によい》のなかは、まるで戦争だった。すでにできあがった西洋楼の壁画の下絵を描いているものもいれば、海晏堂《かいあん》の噴水時計の設計図を引いているものもいた。また、西洋楼とは無縁の、円明園内の例の四十景のうちのいくつかに掛けるべき画軸を描いているものもいた。

カスティリオーネのごときは、その年の七月だけでも、五点もの絹絵を描かなければならなかった。そのひとつ《孔雀開屏図《くじやくかいへい》》は、長さ三・二八メートル、幅二・八二メートルという大作で、二羽の雄がにらみあい、いっぽうが思いきり飾羽をひろげ、いっぽうがそれに、やや軽蔑的な一瞥を投げかけているといった図柄である。この二羽の孔雀を描いたのはカスティリオーネだが、背景としての満開の梅と牡丹、そして苔むす太湖石などは、方琮《ほうそう》と金廷標《きんていひょう》などシナ人宮廷画師が描いた。それにしても、矢つぎばやの皇帝の命令は已《や》むことがなく、いまも、《八駿図巻《はつしゅん》》の下絵を描きなおしているさいちゅうだった。はじめの下絵を帝に奉呈したところ、うち一頭の馬を正面にむけよとの指示があったからである。

その筆をとめて、ふとつぶやいたカスティリオーネのことばに、ミシェル・ブノアがかおをあげた。

「エステ荘の噴水オルガンといえば、フランスの噴水づくりの名人であったリュック・ルクレールが招かれてつくったものですね」

するとジャン・ドニ・アッティレが、これも画軸を描いていた絵筆をとめた。

「しかし、それを完成させたのは、ルクレールのおいのクロード・ヴナールだったはずだ」

「そうきいている」

と、カスティリオーネはうなずきながら、

「ヴナールは、ウィトルウィウスの『建築十書』も参考にしたそうだ。わたしにはよくわからんが、ウィトルウィウスに噴水オルガンのことが書いてあるのかね？」

「噴水オルガンではなく、水力オルガンのことは書いてあります。また、水時計についても述べています。天空の十二星座と日時計を組みあわせたものですがね」

とブノアがいうと、ジル・テボーが、

「そのような時計は、シナにもあったようだ。七百年もむかしのことらしいが——。いつだったか、皇帝から、その古い版画を見せられたが、高さ六トワーズ（一トワーズは約二メートル）はあろうという、巨大な水力天文時計塔だった」

するとアッティレが、

「噴水時計をつくるのはむずかしくないのだろう？　大水法《だいすいほう》では、鹿とその左右の十頭の犬の口から、十五分おきに水を噴きだす仕掛けを、成功させたじゃないか。もっとも、それも、のべつまくなしに水を出すように変えさせられたがね」

ブノアが立ちあがった。描きかけの設計図を手に、アッティレのそばに行った。

「大水法の仕掛けは、大本《おおもと》のところはひとつなんです。ただ、鹿と十頭の犬と、ふたつに分けてやる仕掛けを、大本の脱進機につないでやればよかったんです。しかし、海晏堂の噴水時計は、はなればなれに置かれた十二の動物の口から、二時間おきにひとつずつ順ぐりに水を噴出させなければならない。大水法の鹿や犬と、似ているように見えて、仕掛けの構造はまるきりちがいます」

腰かけたまま、カスティリオーネはブノアを見あげた。噴水づくりを命じられたときは、まだ三十二歳だったはずだが、あれから十年以上もたってしまった。ひたいに刻まれたしわ、頬にはしる影——噴水の奴隷となった歳月に、カスティリオーネは慄然とした。

イタリアでも、ポルトガルでも、まちのいたるところで噴きあげるありふれた噴水《フォンターナ》が、若いイエズス会士の布教のための時間を根こそぎうばったのだ。それでも、ブノアは、新しい噴水時計の構造に、ひたむきにうちこんでいる。そのブノアが、カスティリオーネのほうにあるいてきた。

「エステ荘の噴水オルガンのことをおっしゃいましたね」

と、かれはしずかにたずねた。カスティリオーネは、だまってうなずいた。すると、ブノアは、テーブルの上に山と積まれた資料のなかから、ジョヴァンニ・フランチェスコ・ヴェントゥリーニの彫版によるエステ荘の噴水オルガンの図をひっぱりだした。かつて、帝に見せたおびただしい西洋庭園図のなかの一葉である。

全体として、ほぼ正方形の巨大な構造物である。その中央に、教会祭壇の後陣に似た壁龕《ニッシュ》があり、その左右に二本ずつヘルメスの頭像柱がそそり立って、にせ迫持《アーチ》をささえる。その頭像柱のあいだには、それぞれ竪琴をもつアポロとオルフェウスの像が立っている。頭像柱の上にも、たくさんの神話的な神々が彫られていたが、下半身が蛇体の女神像柱が四本、最上段テラスをささえているのは、カスティリオーネの記憶にものこっていた。そのテラスの上には、左右からなめらかな曲線が中央をめざし、やがて内巻きの渦文となるスパンドレルすなわち三角小間《こま》があるが、その渦文にはさまれるかたちで、アレッサンドロ・デステ枢機卿の紋章と、その上で羽ばたく鷲が、遠目にもよく見えた。アレッサンドロは、このエステ荘をつくったイッポーリト・デステ枢機卿のおいである。なお、イッポーリトは、ルクレツィア・ボルジアの子であるから、教皇アレッサンドロ六世の孫にあたる。

　さて、噴水オルガンは、中央壁龕《ニッシュ》のなかにちんまりと置かれた、みごとに均衡のとれた小型の石亭《キオスコ》にしこまれていた。それは、ジャン・ロレンツォ・ベルニーニが設計したもので、見かけはいかにも質素であったが、壁龕の外側の過多な装飾との対比で、かえっていかにも荘重の感をあたえていた。

　カスティリオーネは、しかし、その噴水オルガンがいかなる仕掛けになっているのかを知らなかった。かれがティーヴォリなるエステ荘をおとずれたのは、イエズス会タンブリーニ総長のおともであったため、総長のためにとくに噴水オルガンはうごかされ、繊細な美しい曲をかなでていた。オルガンの音《ね》いろは、骨笛のそれとはひどく異なっているはずなのに、ヨゼフ・バールの吹く笛の音いろと、どこか似ていることに、カスティリオーネは気づいた。

　ヴェントゥリーニの版画に見入っているカスティリオーネをみつめながら、ブノアはいった。

「エステ荘の噴水オルガンは、名は噴水《フォンターナ》となっていますが、噴水がオルガンを演奏するわけではありません。つまり、水がいきおいよく地下の気密室に流れこむと、その圧力によってオルガンのパイプに空気が送りこまれます。それとはべつに、水の噴流が鉄の枠にとりつけられた銅の歯車とシリンダーをゆっくり回転させます。そのシリンダーには、オルガンの鍵盤の数とおなじ本数の糸が、ずらりならんでそれぞれ鍵盤とつながっているのですが、円筒状のシリンダーの曲面に接しているときは、鍵盤を引っぱらないようになっている。しかし、シリンダーの曲面には、メロディーによって異なる突起がついていて、シリンダーが回転すると、糸がその突起で曲面からもちあげられ、鍵盤を引っぱって、音を出させるという仕掛けになっているのです」

「それなら、キルヒャー師が『普遍音楽』のなかで描いている水力オルガンとおなじ構造だろうな」

と、アッティレがいった。アタナシウス・キルヒャーは、教皇インノチェンツォ十世の命により、ローマ市内の教皇の夏の離宮クィリナーレ宮殿の庭に、水力オルガンを設計したことがある。一六五〇年刊の『普遍音楽』に見える水力オルガンの図が、それにほぼちかいものであろうといわれている。

「紀元前一世紀のウィトルウィウスの水力オルガンのほうが、むしろ複雑な構造になっているよ。鍵盤をたたく仕掛けがちがうのだ。エステ荘のは、シリンダーに突起をつけて糸をひっぱるという単純なものになっていて、それが新しい仕掛けになっているのだ』

と、テボーがいった。カスティリオーネは、つかれてきて、目をつむった。

「すると、エステ荘のあの噴水オルガンは……」

「噴水そのものがオルガンを奏でているわけではありません」

と、ブノアがすかさずいった。

「水力オルガンを擁する巨大構造物のまえに、卵形の池があり、そこにいくつもの噴水がそそぎこんでいますね。だから、この噴水の涼しげな音と、水力オルガンのメロディーとが、美しい調和をなしているので、噴水オルガンといったのではありませんか？」

ブノアの指がヴェントゥリーニの版画の、いく条もの細い噴水をさしているのを、カスティリオーネはうす眼をあけて見た。そして、うなずいた。

「すると、この水力オルガンの原理は、噴水時計には応用できんのだね？」

アッティレがたずね、テボーがこたえた。

「ほんの一部はつかえますがね。いずれにせよ、十二の時刻《とき》を知らせるだけなら、脱進機はひとつで足ります。しかし、十二の動物彫像から、それぞれ一日に一回だけ水を噴出させるためには、十二の小型脱進機と、それに連動する噴水装置が要ることになるでしょうな」

カスティリオーネが眼をひらき、一同を見まわした。

「イタリアの古いことわざに、こんなのがあった――人間は時を測り、時は人間を測る、とな」

「シナでは、時を測るのは皇帝である」

と、アッティレがいった。いくぶん、笑いを帯びていた。すると、テボーが、

「いや、皇帝は、時を測っているのではない。時を測るからくりをたのしんでいるのだ」

といった。ブノアは、はやくもテーブルの上にかがみこみ、設計図の下絵に線を入れていた。皇帝の命令であろうとなかろうと、かれは、新しい噴水をつくるのに、こころをうばわれているのだ、とカスティリオーネは思った。

「ほら、いつぞやのわたしの病気のとき、海甸《ハイティエン》に来て笛を吹いてくれたドイツ人楽士ヨゼフ・バールのことだが、かれは北堂に属しているんだろう？」

と、カスティリオーネはさりげなくたずねた。北堂ときいて、フランス人宣教師たちは、いっせいにかおをあげた。

アッティレがくびをふりながら、

「いや、かれは北堂のものじゃない」

といった。

「南堂のひとだと思っていましたがね」

と、ブノアがいった。

「おかしいな」と、カスティリオーネはくびをかしげながら、「北堂でかれに洗礼を受けたという、シナ人の若ものがいるのだが……」

「アミオにしらべさせよう。すぐわかるはずだ」

といってから、テボーはたずねた。

「だれですか。その若ものとは？」

一瞬、カスティリオーネはひるんだ。皇三子永璋《えいしょう》といえば、だれもが知っている。蘇努《スヌ》の例に見られるように、宗室《そうしつ》の公子の受洗でさえ、一族の末端にいたるまで悲惨な運命にもてあそばれたのである。まして皇帝直系の皇子の入信となると、おなじイエズス会士なかまにさえ、軽々《けいけい》にいうのは、はばかられた。

「いや、名まえもよく知らぬ男なのだ」

といいつくろいつつ、ヨゼフ・バールなるドイツ人楽士にかすかな疑念をいだいた。北堂のものではないという。ポルトガル系の南堂や東堂にもいない。もしかすると、福建からのがれてきたドミニコ会士かもしれないし、十七世紀のはじめにパリで生まれたラザリスト会の修道士かもしれない。癩者《ラッザロ》や貧者の救済のために活動しているラザリスト会士たちは、まだ本格的な海外布教をはじめてはいないが、その日のために、わずかずつながら、各国にもぐりこませているらしいともきいた。とはいえ、かりにラザリスト会士だとしても、どうして皇三子とめぐりあうことができたのか。

カスティリオーネは、不吉なものを感じた。なんとしても、もう一度だけ、皇三子をたずねなければならない。皇子をたずねることの危険もさることながら、皇子のまわりをかこむ、あやしげな連中の正体をつきとめなければならない。それが、いまのカスティリオーネが皇子のためにできる、たったひとつのことではなかろうか。

皇子は、水芸の女と信仰のよろこびをわかちあいたいといったが、あの女がキリスト者であるはずがあろうか。水芸にのみ情熱をそそいでいるらしい女芸人。皇子を愛しているかどうかさえ、さだかでない女芸人……。

妃には一指も触れていないと、皇子はいったが、かりそめにも結婚した身でありながら、氏素姓《うじすじょう》もさだかでない女芸人を邸内にひっぱりこみ、あそびくらしているだけの日々のようだった。それが、入信したという皇子のまことのすがただとしたら、入信させたバールが平然とあそびの席につらなっていたのはなぜか——。疑問が、雲のように湧きあがった。

＊

それからまもなく、カスティリオーネはふたたび承恩寺胡同《フートン》をたずねた。秋がふかくなりはじめ、槐《えんじゅ》の古木は黄いろい葉を胡同の甃《いしだたみ》にふんだんに散らしていた。人のうごきは、このまえより多くなってはいるが、それでも、みやこの一角とは思えないほどしずかだった。骨笛の音は、ない。

「果然堂」という門額を目にすると、ためらうことなく門環子《ノッカー》をたたいた。胡同をあるく二、三のひとの気配を背後に感じたが、西洋人が皇子のやしきをおとずれることの危険をおそれることは、もはやなかった。ヨゼフ・バールが、より足しげくたずねているであろうことがわかったからである。

ききおぼえのあるギーッという音とともに、古びた扉があいた。立っているのは、カスティリオーネの識らぬ、若い宦官だった。

名を告げると、その宦官は、だまってさきに立った。二門をくぐり、院子《ユアンツ》に出ると、正房から、

「世寧！」

というこえがあり、皇三子永璋が、くずれかけたきざはしを二、三段、とぶようにおりてきたのも、まえとおなじである。

正房には、はたして、水芸の女がいた。葉四《しょうし》もいた。しかし、ヨゼフ・バールのすがたはない。そのテーブルに、やや小ぶりの時計がのっていた。如意館でテボーがつくっているのをいやというほど見た、皇帝ごのみのからくり時計の一種であった。

椅子をすすめられると、カスティリオーネは、われ知らず女のほうをぬすみ見た。皇子や葉四が、老いた西洋人にていねいな礼をささげているのに、その女は、時おりそのつめたい視線をカスティリオーネに流すだけだった。この女が信者なものかと、かれは思ったが、皇子のあかるいこえが、その場を救った。

「世寧の絵だよ。このあいだ皇爸爸《ホワンパーパ》……陛下から下賜されたのだ」

皇爸爸とは、うちうちの宮廷用語で、「おもうさま（父上）」にあたる。あわてて「陛下」といいかえたところに、皇子のおさなさがのこっていた。

皇子が指さしたのは、正房の奥のくらい壁である。そこに背をむけて腰かけてしまったので、身をよじってふりむくと、陽《ひ》のさしこまぬ奥の壁に、まぎれもなくかれが描いた《交阯《こうし》果然《かぜん》図》が掛かっているのが、ぼんやり見えた。しっぽの白と黒の縞《しま》模様だけが、くっきりと闇のなかに浮かんでいる。

「あかりを」

と皇子がいい、さきほどの若い宦官が、あかりに火を点じた。愛らしい眼、桃の花と果実の、あわい、はなやかな色彩が、正房のなかのくらさから抜けだした。

「陛下がこのやしきを果然堂と名づけてくださったわけが、やっとわかったよ」

「はい」

と、カスティリオーネはこたえたが、皇帝が皇三子に果然の絵を下賜したこと、そして、そのやしきを果然堂と名づけたことのまことの意図は、あいかわらず不明であった。それに、皇三子の結婚を祝って描いたこの絵が、つい最近になって下賜されたのも、ふしぎだった。皇三子の結婚は、もう七年もまえのことになる……

ところで、妃は、どこにいるのか。おそらくは、院子《ユアンツ》をはさんで東西に建っている廂房のどこかにいるのだろうけれども、どこかといっても、まことに小さいこのやしきでは、気配すらないのが妙であった。

そういえば、このまえの下女のすがたも見えない。耳がきこえない、口もきけないという、あわれな下女であったが、纏足《てんそく》していたことが、こころにひっかかった。

皇子は、画中の果然のいかにもふしぎなすがたについて、これはまことの写生かどうかをカスティリオーネにたずね、かれも、南苑における写生のことを語った。

それから、皇子はテーブルの上の時計をカスティリオーネにしめした。

「この時計も、世寧の絵といっしょに下賜されたのだ」

「なるほど、みごとなものでございますなあ」

と、おざなりのほめことばを、まずは皇子に返したものの、そのじつ、皇帝のおびただしい西洋からくり時計コレクションのなかでは、凡作にちかいものだった。一見してわかるのは、これが広東《カントン》の時計工場でシナ人がつくったものだということだ。

全体は、三層から成っている。第一層は、中央にキラキラひかりながら回転するであろう大輪の花があり、その左右には、橋のある風景が金メッキした銅板に透かし彫りされている。透かしのあいだから、ねじりのあるガラス棒がいく本も見えるが、うごかすと、このガラス棒が滝のような流水となる、水法の仕掛けなのである。

そのガラス棒は、第二層中央の小劇場をおさめた箱の左右からつづいているらしい。小劇場のなかには、仙桃をかかえた白猿《はくえん》が三匹、じっと開演を待っている。

そして第三層は、たかくそびえる塔のいただきを模していて、時計のまるい文字盤がくっきりと嵌まっていた。少年の日の皇子が、ローマなるトリニタ・デイ・モンティ教会の鐘楼《カンパニーレ》を古版画上に見つけ、「ほら、時計があるよ」といったのを、カスティリオーネは思いだした。そのとき、皇子は、「円明園のなかにも、こんな西洋式の鐘楼があればいいのになあ」といったが、成人して貧しいながら一家をかまえた皇子は、ようやく、そのミニアチュアを手に入れたのだった。長春園切れっぱし《ランボー》の遠瀛観《えんえい》には、じつのところ、ファサードの左右対称に、このトリニタ・デイ・モンティ教会のカンパニーレをそっくり模した鐘楼があった。カスティリオーネが皇三子のために設計したものだが、皇三子がそれをわが眼で見たことはなかった。

「うごかしてみようか」

と、皇子がいった。

すると、女がゆらゆらと立ちあがり、その時計をかかえた。

「もっとあかるいところに移すのだよ」

と、皇子がいった。なるほど、このテーブルの上で、皇子とカスティリオーネにむけて置かれたままなら、院子《ユアンツ》をむいて座しているかれらには、時計は逆光のなかに沈んでしまって見えない。女は、そのテーブルの横の、盆景か壺を置くための背のたかい方几《ほうき》の上に、時計をのせた。院子のあかるさが、時計の金いろに映えた。時計のうしろにまわった女は、鍵をさしこみ、ぜんまいを巻いた。その音が、にぶく重く、へやのなかにひびいた。

皇帝が、ぜんまいを巻く音をきらい、できるだけひくく小さくするよう命じていたのを、カスティリオーネは思いだした。ジル・テボーや、亡くなったヴァランタン・シャリエなど、時計つくりの名人たちは、その音をみごとに消していたのである。巻きおわって女が席にもどるや、玲瓏たる笛の音がきこえてきた。音楽箱をそなえた時計は、皇帝のコレクションのなかでは、もはや珍しくもなかったが、この笛が奏しているのは、あきらかに教会音楽であった。のみならず、それはヨゼフ・バールが吹く骨笛の、ほかのものではなかった。

第二層の小劇場のなかの、三匹の白猿たちがうごきはじめ、前方にすすみ、手にした仙桃をこちらにさしだした。

水法のガラス棒もまわりはじめた。第一層では、まさしく滝の落下であったが、それにつづいていると見えた第二層の水法は、下から上へ噴《ディ・ソット・イン・スー》きあげていた。さっきはくらくてよく見えなかったが、第二層のテラスには龍がひそんでいて、その口が上むきにガラス棒をくわえているのだった。

最上層の時計塔のまわりには、パインアップルをかたどった愛らしい盆景が左右に配されていたが、それが、龍の吐く水法の回転といっしょに、くるくるとまわった。

ふとカスティリオーネは、ヨゼフ・バールが侏儒《こびと》になって、第一層の箱のなかにかくれているのではないかという錯覚をおぼえた。エステ荘の噴水オルガンも、多くの人が、同じような錯覚をいだくということだった。つまり、中央壁龕《ニッシュ》に嵌めこまれたベルニーニ設計の石亭《キオスコ》のなかで、楽人がオルガンを演奏しているというのである。音楽と時計と、そして、それにたわむれる噴水……

なつかしさに駆られて、カスティリオーネは目をつむった。するうちに、ひたいに冷ややかなものを感じ、手を触れてみると、水滴が零《ふ》りかかっていた。目をあける。パインアップルの盆景がくるくるとまわり、その果実の先端から、きらきらと水が噴きだしていた。

エステ荘の水のたわむれが、承恩寺胡同《フートン》によみがえったのだろうか。

第十章　香妃の館

皇帝のうなじに、腫《は》れものができたという。外科医でもある南堂の助修士マヌエル・デ・モトスが、招かれて治療にあたったが、くびのうしろがまっ赤に腫れあがり、悪寒《おかん》と発熱、それに患部の激痛と、手を触れることもままならない。切開して膿《うみ》を出せば、たちどころによくなるのはわかっているものの、痛みがひどくてさわることもできない。やむなく、冷罨法《れいあんぽう》と痛みどめの漢方内服でその場をしのぐしかなかった。

さいわい、二、三日でひとりでに膿が出、腫れもひいた。それから数日やすみ、ようやく聴政の場に出られるようになった皇帝を、ジュゼッペ・カスティリオーネは、ほかの大官たちといっしょに見舞った。

ひさびさに見る帝のかおは、まだいくぶんやつれ、生気がなかった。くびには、白い繃帯が巻かれたままだった。カスティリオーネが見舞いのことばを言上すると、帝は、大きなこえで、

「癰《よう》が大きくなっての、痛くてたまらなかったぞ」

といった。

「おいたわしゅうございます」

と、あたまをさげると、帝はじっとカスティリオーネの眼を見すえてから、不機嫌なこえで、

「癰が大きくなったら、切開して膿を出さねばならないが、痛みがひどくてさわることもできなんだ」

と、いった。そのことはデ・モトスからもきいていたが、

「おいたわしゅうございます。しかし、さいわいにもご快癒あそばされ、まことにおめでとうございます」

と、あたまをさげた。帝は、

「うむ」

とだけいって眼をそらした。やむなく、カスティリオーネは、そのまま退下《たいげ》した。

＊

乾隆《けんりゅう》二十五年、一七六〇年、陰暦四月である。そのころ、宮廷内では、西域の回部《イスラム》から北京に連行され、西苑《せいえん》の瀛台《えいだい》にかこわれたひとりの若い女をめぐるうわさが、ささやかれていた。

その女の名は、わからない。姓は、和卓《ホジャ》氏といわれているが、そのじつ、ホジャとは、ペルシア語起源のウイグル語で「あるじ」「首領」といった意味なのである。

皇帝が天山山脈の北に拠《よ》るジュンガル部を平定したのは、乾隆二十一年のことだが、天山南路に拠った回部は、まだ不穏なうごきをつづけていた。

カシュガルのウイグル人回教徒《ムスリム》たちは、黒山派と白山派と呼ばれる二派に分かれて対立していたが、ジュンガル部が清《しん》軍に平定されたとき、あくまで清に抗戦しようという白山派は、和戦派の黒山派を剿殺《そうさつ》した。しかし、生きのこった黒山派の連中はジュンガルに逃げ、清の支配下にはいった。

白山派は、十七世紀末のアパク・ホジャが南疆《なんきょう》（現西域南道）を支配して以来、ヤルカンドやホータンを中心に勢力をたくわえていた。乾隆二十四年二月、清軍は南疆をいっせいに攻撃、七月には、ヤルカンドからカシュガルまで平定したが、アパク・

ホジャの子孫にあたる大ホジャのブラニットと、小ホジャのホジシャンの兄弟は清に反旗をひるがえして敗れ、パミールを越えバダクシャン（現アフガニスタン北部）に逃げのびた。

この兄弟の叛乱に異をとなえ、清軍への投降を主張したのは、おなじ白山派でも、アパク・ホジャのおとうとにあたるカラマト・ホジャの子孫たちである。かれらは、南疆平定に功ありということで、皇帝に拝謁するため北京に連行された。帝は、かれらを北京に住まわせ、家族たちをもつれてこさせた。つまり、虜囚としたのであるが、封爵をたまわるなど、おもてむきは破格の優遇をもってこれをむかえた。

いっぽう、バダクシャンまで落ちのびたホジャ兄弟を追撃した清軍の富徳《ふとく》将軍は、十月、ついに大ホジャのブラニットを生け擒《いど》りにし、小ホジャのホジシャンの首級をあげた。かくして、回部の支配下にあった南疆は、ことごとく平定され、広大な新疆の地すべてが清朝のもとに帰したのである。

十一月、皇帝は盛大な祝宴をもうけた。

さて、北京に住まわせられることになったカラマト・ホジャの子孫たちのなかに、十五歳ほどの美しいむすめがいた。とりあえず、貴人に列し、西苑の太液池《たいえきち》に浮かぶ瀛台《えいだい》の宝月楼《ほうげつ》に住まわせた。貴人というのは、後宮の妃嬪《ひひん》制度において、皇貴妃・貴妃・妃・嬪に次ぐランクである。容《よう》という姓もたまわったので、北京に来たばかりの彼女は、正式には容貴人と呼ばれることになる。

とはいえ、人びとはひそかに、彼女を香妃《こうひ》と呼んだ。からだから、えもいわれぬかぐわしいかおりがたちのぼるというのである。彼女のふるさとヤルカンドの沙漠に生える沙《さ》棗樹《そうじゅ》のかおりらしいというものもあったが、いっぽうでは、麝香《じゃこう》のかおりにちがいないというものもいた。どちらにしても、禁中の奥ふかくかこわれている皇帝の思いものの、からだのにおいについて、そうやすやすと秘密が洩れるはずもあるまいに、口さがない宦官たちからであろう、たちまち宮廷内にひろがったのだった。

また、容貴人というべきところ、香妃と、妃嬪のランクではふたつ上の妃をひそかな俗称としたについては、回部白山派のホジャの夫人ないし姫君であったための、一種の敬称にすぎないということらしかった。

一説には、バダクシャンまで逃げ首級をあげられた小ホジャのホジシャンの妻か、ともいわれたが、それは、はなしをおもしろくするためだけの臆説にすぎないようであった。

また一説には、カラマト・ホジャの孫であるアリ・ホジャを父とするともいわれたが、いずれにせよ、とおい西の沙漠のなかのホジャ一族の系図は、北京のものたちにとっては、どうでもよいことだったのである。

ちなみに、香妃こと容貴人は、乾隆二十七年に容嬪に列せられた。容妃に封ぜられたのは、乾隆三十三年十月のことである。以後、乾隆五十三年四月十九日のその死まで、彼女は、容妃でありつづけた。

容貴人が住まう瀛台は、皇城のすぐ西にとなりする西苑の太液池《たいえき》にあった。太液池は南北に細長く、三つにくびれている。のちに北海・中海・南海と呼ばれ、さらに北海公園と中南海に分けられるようになったのが、それである。

瀛台は、その南海に浮かぶ小島であった。皇城からは、その西南の西華門を出て、さらに西苑門に抜け、橋をわたる。小島ながら、すでにいくつも楼閣亭榭《ていしゃ》が建ちならんでいたこの瀛台が、投降して連行されてきた回部白山派のホジャ一族の住まいとなった。虜囚ではなく貢使としての厚遇をあたえていることを知らしめるために、皇帝は、しばしばここで宴をひらいた。そうしたときに帝が詠んだ詩の一句に、こんなのがある――

帰俘献馘識忠誠

貢使随来万里行

すなわち、投降して朕《ちん》のもとに帰《き》した俘虜たちが、首級から切りとった耳を献じてよこした。かれらとても、忠誠が何たるかを識《し》っているようだ。朝貢のための使者も、俘虜たちとともに、万里の道をやってきた、というのである。

虜囚たちをとじこめておくには、この小島は、まことに都合がよかった。逃げることがかなわなかったばかりでなく、皇城内の多くの眼から、かれらをへだてることができたからである。さるにても、異族の虜囚たちをとじこめているその場所で、かれらをなぐさめる宴をしばしばもうけるのは、やはり異とせねばなるまい。しかし、それも、皇帝のこころをうばったウイグルの女のせいだったのである。

＊

海晏堂《かいあんどう》の噴水時計が完成した。そのことは、長春園北端の切れっぱし《ランポー》に東西にならべられた西洋楼と、それに付属する噴水とを中心とする西洋庭園の完成を意味する。西洋版画のなかに描かれた噴水に興味をもった皇帝が、そのような噴水をつくれ、西洋ふうの建物と庭もつくれと、カスティリオーネに命じてから、じつに十三年の歳月がながれていた。

五月、カスティリオーネは参内し、皇帝にそのことを報告した。腫れものがひいたとき、祝いのことばを言上したカスティリオーネに、帝はなぜかひどく不機嫌であったが、海晏堂完成の知らせには、ことのほかよろこんだ。老いたカスティリオーネの労をいたわり、帝が皇太后を奉じて海晏堂に臨幸するであろう日を告げた。

帝は、平定したばかりの回部の経営にいそがしいようだった。かつてジュンガル部が支配していた天山北路の中心地であったウルムチやイリのあたらしい開拓のために、屯田兵村をつくらせたり、回部が跳梁していた天山南路や南疆をしっかり掌握するために、つぎつぎと人事を発令しなければならなかった。それに、シベリアへの進出をつづけていたロシアの軍勢が、ジュンガルの北部を侵して駐屯することも、すくなからずおこっていた。そんな多忙な政務のあいまを縫って、帝は積年の夢であった西洋式噴水庭園の完成をむかえようとしていたのである。

その日を告げ、ややあってから、皇帝は、かるく手をあげて、

「ちょっと待て」

といった。

「はっ」

カスティリオーネがあたまをさげ、帝のつぎなることばを待っていると、そこに、

しばしの時間がながれた。考えこんでいた帝は、

「それは、すこしく延期しよう」

といった。いままでの帝なら、一刻もはやく見たがったはずなのに、このためらいは、やはり多忙な政務のゆえなのであろうと思ったところへ、帝がいった。

「方外観《ほうがい》の内部を、回人《ムスリム》が住まうことができるように変えてほしい」

「はっ」

と、とりあえずこたえたが、いつもながらの帝の突然の命令には、とまどうばかりである。

「和卓氏《ホジャ》を、方外観に住まわせたいと思う。ついては、回人である和卓氏が礼拝などにつかえるようにしてやりたい。くわしくは、世傑《せいけつ》からつたえさせる」

世傑とは、皇帝側近の宦官である胡世傑のことだが、帝よりカスティリオーネたちへの命令は、帝じきじきのものであっても、つねに帝のかたわらにいる胡世傑が、それを文書にしてつたえることになっていた。いまも、円明園の勤政親賢殿《きんせいしんけん》なる帝のよこには、カスティリオーネとほぼおなじ年かさの胡世傑がいた。

「はっ」

と、カスティリオーネはこたえた。もとよりかれも、和卓氏なるものが、香妃こと

容貴人であることは知っている。西苑の瀛台《えいだい》にかくまわれていることも知っている。しかし、いつもながら、かれには、帝の私事についてそれ以上を知ろうという気はなかった。とはいえ、帝の逸楽のためにキリスト教徒たちがつくった西洋楼が、ムスリムの女の信仰と逸楽のための館となるとは、カスティリオーネにとって耐えがたいことにちがいなかった。

「ところで世寧」

と、帝はつづけた。

「和卓氏が方外観に移ったら、その肖像を描いてほしい。肖像といっても、朕《ちん》とふたり方外観のそとにて遊興しているところを、とおくから描くのだ」

「はっ」

とこたえて、カスティリオーネは帝の御前《ごぜん》から退《さが》った。

＊

工事の人夫たちも、ほとんどいなくなった。長春園北端のランボーは、夏の陽《ひ》を浴びて静寂につつまれている。

皇帝の臨御も、ひと月ほど延びたので、ミシェル・ブノアとジル・テボーが、海晏堂の噴水時計をさらに念入りに点検したいとて、朝から行っている。カスティリオーネは、午後になって如意館《にょい》を出た。

工事中とはちがい、ほとんど完成した長春園ランボーの西洋庭園は、その西の端からすべてを見はるかすことができないようになっていた。そもそも、東西に八〇〇メートル、南北に一〇〇メートルという細長いランボーに、西洋庭園をつくるということが、西洋人にとっては不可能なことだったのだ。西洋庭園とは、あらゆる方向に消失点をむすぶことができるように、つまり遠近法を自在に実現させるように設計しうるだけの、ひろい空間を必須のものとしているのではあるまいか。そこで、この細長いランボーを、磚刻《せんこく》の塀によって、いくつかのブロックに分けた。すると、あたかも北京皇城の巨大な空間が、南北軸を中心に東西に対称の四合院がいくつも入れ子構造になって形成されているように、ランボー内の各ブロックも、かこまれたその小さな空間が、それぞれの軸を中心に独立する。西洋楼を擁する西洋庭園とはいえ、シナの都市空間のように、このランボーは六つのブロックにまちまちに分断されていた。

円明園からこのランボーにはいるには、どうすればよいか。福海ぞいにその東を南北につらぬく道を北上し、西むきのやや小さめの門をくぐる。すると、そこは、ランボーの西端から北につきだしているあの万花陣《ばんかじん》迷宮である。

カスティリオーネは、驢馬にまたがったまま、迷宮の外壁ぞいに南の万花陣門にむかった。葉四《しょうし》が迷路のなかにひそみ、騎馬兵から逃げおおせた日のことが思いだされる。あのとき、からくも命びろいした葉四のために、皇三子永璋《えいしょう》のその後の人生も、すっかり変わってしまった。……

迷宮を背にして、万花陣門をくぐりぬける。ここが、東西に長い長春園ランボーの西の端である。そこでカスティリオーネは驢馬をおり、木につないだ。そして、その南の空間を見た。

「まるで、四合院式住宅の院子《ユアンツ》（中庭）だ」

と、かれは思った。

まんなかに、まるい噴泉池。その中央からまっすぐ噴水が噴きあがる。その円から東西南北に、かっちりとした直線の甃《いしだたみ》がのびる。南は、帝に命じられたその年のうちに竣工した諧奇趣《かいきしゅ》である。はじめて建てられたこの西洋楼の南と北に、噴水を待ちかねていた皇帝のためにつくったうちのひとつが、いまは、西洋ふう四合院の中心となっていた。そこから四方にのびた甃の道は、南の諧奇趣、北の万花陣門、東の養雀籠《ようじゃく》、そして西の蓄水楼《ちくすい》へと、それぞれむかう。

養雀籠《ろう》は、西から見ればシナふうの牌楼であるが、東から見ると、半円形の西洋式石龕《せきがん》建築となっている。東西みごとに調和を欠いた二種の構造物のあいだは、南北を金網でとじたすきまになっていて、そこに孔雀がつがいで飼われていた。そしてこの華麗なる鳥籠は、ランボーを東へとすすむための門ともなっていた。川をまたいで西洋ふうのあずまやをすぎる。そこで、門をくぐると、新しいべつの院子がひらけた。正面に海晏堂の堂々たる西面ファサードが見える。南北に長いこの二層の西洋楼の内部は、完璧なまでに西洋宮殿のそれを模したが、海晏堂の全体から見れば、Tの字の、上のよこ棒にあたる。したがって、南面して坐す皇帝の玉座は、よこ棒の北端にあった。Tの字のたて棒にあたる巨大な水がめ西洋楼は、それゆえカスティリオーネがいま立っている西からは見えない。しかし、十二支の動物たちを配した西面ファサードの噴泉池のほとりで、ブノアとテボーがうごきまわっているのは、とおくからもよく見えた。

海晏堂へいたる道の左手に、南むきの二層の建物がある。円弧をなす階段が、二階の東西のテラスから正面へゆったりとおりていた。これが、方外観である。

皇帝が、和卓《ホジャ》氏すなわち香妃こと容貴人の礼拝所にしたいから改装せよと命じたのが、この方外観である。はじめは、ここに住まわせるといったが、胡世傑のもたらした第二の命令によれば、住まわせるには方外観はいかにもせまい、住まいは遠瀛観《えんえい》とし、方外観はムスリムたる和卓氏の礼拝所とせよ、とのことだった。

帝の説明によれば、方外の方とは、四方形のことで、大地を四方形と考えた古代シナ人にとっては、シナの大地そのものをさしているという。したがって、方外とは、シナの大地の外にある異域であるとともに、世俗をとおくはなれた仙境でもあるという。

仏教にふかく帰依しはじめているらしい皇帝がムスリムの女に執するのは、カスティリオーネにとっては信じがたいことであったが、キリスト教の宣教師たちを宮廷に住まわせ、画師や楽士や工人として用いていることと、さしたる径庭はないのかもしれなかった。

それにしても、異教徒であるムスリムの礼拝所を、宮廷庭園内につくらせることと、同じく異教徒であるイエズス会士たちのそれはつくらせないこととの、はなはだしいちがいについては、やはりカスティリオーネの理解をはるかに超えていた。

ともあれ、方外観の外壁と内壁には、すでにアラビア文字による『コーラン』の一節が刻され、ムスリムの礼拝所にふさわしいものになっていた。あとは、遠瀛観を、香妃の住まいとしてつかえるように、いくばくかの内装工事がのこっているだけである。

方外観とむかいあって、五つの竹亭《ちくてい》がある。木材をいっさい用いず、斑竹だけで組みたてたシナふうのあずまや五つは、これも竹製の回廊でむすばれている。窓や柱には宝石や貝殻をちりばめた。夏の納涼のためだけにつくられたので、皇帝の臨御がないときは、風雨をふせぐ巨大な油布で覆うことにするはずだった。

海晏堂西面ファサードのバルコニーから弧をなしてくだる階段の両側には、水のための階段があった。その水は、バルコニーに置かれた石の獅子と海豚《いるか》の口から吐き出される。ウィトルウィウスの水力オルガンも、青銅の海豚が、オルガンの鍵盤に連動する棒をうごかす仕掛けになっていた。とはいえ、ここに置かれた海豚が、ウィトルウィウスのそれとおなじはたらきをしているのかどうかについては、カスティリオーネはわからなかった。

カスティリオーネがちかづくと、十二支の動物たちを配した噴泉池のほとりにいたブノアが、にっこり笑った。

「すべては、うまくいっています」

カスティリオーネはうなずいて、動物たちをのせる台座のうしろに立っているブノアの背後にまわった。台座の扉があいていて、それぞれに内蔵されている歯車が見えた。

皇帝の命令によって羅漢衣を着せられた青銅の動物たちは、カスティリオーネから見ると、いかにもこっけいだった。西洋の噴水につきものの、男あるいは女のはだかの彫像の美しさはここにはなく、あたまだけが動物の、奇妙な着衣の座像がならんでいるのである。

あこや貝だけは、みごとに西洋ふうであった。ジョヴァンニ・フランチェスコ・ヴェントゥリーニ彫版のビッキエローネの噴水の絵にある巨大なあこや貝が、そっくりそのまま、北京に再現したのだった。

テボーが、あこや貝のうしろにかがみこんでいる。あこや貝を支える岩山のなかが洞窟《グロッタ》になっていて、十二の動物たちの口から一刻おきに水を噴出させる仕掛けを統括する装置がはめこまれているのだった。大きな歯車がいくつもうごいているのだろう、扉をあけた洞窟のなかから、コチコチという音がきこえてきた。

＊

カスティリオーネは、海晏堂ファサードのバルコニーにいたる階段をゆっくりとのぼった。獅子と海豚《いるか》のあいだの重い鉄の装飾扉をひらくと、T字状の海晏堂のよこ棒部分、すなわち南北に長い玉座の間《ま》になっている二階である。その北の端《はじ》の玉屏を背にした玉座めがけて、そのへやの東西の長い壁にならぶ西洋ふうの大理石の柱が、遠近法のなだれを収斂させていた。ぴかぴかに磨きあげられたゆかには、天井の格間《ごうま》のひとつずつから突き出たダイヤカットの四角錐が、そっくりそのまま映っていた。その四角錐の意匠は、リスボンはアルファマにあるカサ・ドス・ビッコ、すなわち鳥のくちばしのようにとがったダイヤカットを前壁にもつ家をまねたものだった。

このへやも、カスティリオーネが設計したものだ。純粋に西洋ふうではあるけれども、列柱のあいだに立てるべき騎士たちの彫像はなかった。そのかわり、円明園護軍営に属する衛兵たちが数名、柱のかげに立ち、カスティリオーネのうごきに眼を光らせていた。最後の点検ということで、いまはまだ自由に出入りできるものの、やがてこの西洋ふう宮殿も、かれのものではなくなる。皇帝にも命令されていたことだが、かれは、この内部のようすを油絵で描くことになっていた。

このへやをよこぎり、東側の扉をあける。T字のたて棒、すなわち巨大な水がめ西洋楼の屋上に出る階段となる。このT字たて棒も、のっぺらぼうの西洋楼ではなく、棒の両端に、南北にすこしつきでた出張《でば》りがあり、たて棒の全体としては工の字状になっていた。そこで、工字楼とも呼ばれた。工字のよこ棒二本の屋上には、皇帝がやすむための小さな西洋ふうあずまやが、むかいあって建てられた。

屋上に出ると、陽ざしはつよいが、さわやかな風が、カスティリオーネの服のすそをひるがえした。あずまやをめぐると、とたんに、金属的な光がかれの眼を射た。巨大な水がめに満々とたたえられた水が煉瓦壁から滲《し》み出ないように、錫《すず》の板を、底と四壁にびっしり張ってあるからである。そこで人は、この水がめを錫海《しゃくかい》と呼んだ。こうまぶしくては、皇太后おなりのとき、おからだに障《さわ》りがあるだろうとの胡世傑の意見で、いずれ大量の藻を放ち、金魚などを泳がせることになっている。そうすれば、貯水や放水のための栓もかくれるであろう。

カスティリオーネは、水がめのふちにあたるテラスを、ゆっくりと東にむかった。まばゆい錫海から視線を避けて北を見ると、工字楼のすぐ北にふたつならんでいる小さな八角形の噴泉池がある。南にも、おなじくふたつある。噴水の仕掛けは単純だが、いずれにも銅製の猴子《さる》がいた。噴水が噴きだすと傘をさす「猴打傘《さるのかささし》」やら、噴水が樹に降りかかると、その樹に吊るされていた馬蜂《すずめばち》の巣から蜂が飛びたち、その巣にいたずらしようとしていた銅猴がびっくりするといった「蜂猴図《フォンホウ》」やら、凝った仕掛けがかくされていた。この「蜂猴図」噴水は、同音の「封侯《フォンホウ》」すなわち「侯に封ぜられる」に通じる縁起ものだとのことだったが、この児戯にひとしい語呂あわせの仕掛けは、児戯ならざるジル・テボーの入神の技だったのである。

海晏堂の東面ファサードの屋上テラスに立つ。工字楼の下のよこ棒である。磚刻《せんこく》の塀が、すぐ東側を南北にはしる。方外観と竹亭と海晏堂を擁するブロックがここでおわり、北から南へ遠瀛観・大水法・観水法とならぶ、つぎなるブロックの全貌が見はるかせた。

観水法とは、帝が遠瀛観および大水法をながめるための玉座である。玉座は、坐北朝南すなわち北側に坐して南を朝《む》くのを大原則とするが、ここでは、大水法の壮麗な噴水をながめるために、坐南朝北という異例の位置になっていた。

五層から成る漢白玉《かんはくぎょく》の基台の上に、やはり漢白玉の西洋ふうの玉座をもうけ、精緻な彫刻をほどこした。玉座のうしろには、半円をなす石屏が立っている。その石屏には、五枚の石のパネルが嵌めこまれた。どのパネルにも、西洋の騎士が身に帯びる甲《かっ》冑《ちゅう》が刻されていたが、盾や刀剣や斧やラッパや火砲なども、あしらわれていた。なかでも、中央のパネルの正面むきの甲冑の下には、太い火砲が二本、交叉したかたちで彫られていたが、ひとつまちがえると、ななめにたおれた十字架に見えないこともない。しかし、いかにも火砲らしく砲口をあからさまにしめしたので、皇帝はなにもいわなかった。

遠瀛観では、和卓《ホジャ》氏すなわち香妃こと容貴人の住まいに変えるための内装工事がすすめられているが、人のうごきは、ほとんど見られない。ただ、なにかをはこびこんだらしい空《から》の馬車が、大水法のかげにつながれていた。衛兵たちのすがたも二、三、そこかしこに見られた。

このブロックこそは、長春園ランボーの中心である。しかし、その東には、西洋楼はひとつも建っていない。ただ、このブロックのすぐ東に、円形の小山があるだけである。いただきの西洋ふうあずまやまで、螺旋の道路にみちびかれるが、これは皇帝が馬に乗ったままのぼるためのものだった。そこで、この小山は転馬《てんま》台と名づけられた。転馬台の東と西には、凱旋門に似た西洋ふう牌楼があり、そのふたつの牌楼をふくめて転馬台のブロックとなる。

そのさらに東は、皇帝の馬場だった。多少の植えこみはあるものの、がらんとひらけただけの馬場は、ランボー西側に集中する西洋楼の威容からすると、いかにも、ものさびしい。

植えこみといえば、どの西洋楼のまわりにも、装飾的な刈りこみ《トピアーリオ》をほどこした樹木がびっしりと植えられている。いずれも、イグナティウス・ジッヒェルバルトの設計である。しかし、転馬台の螺旋の道すじと、その東の馬場に植えられた樹々は、天然のままの枝ぶりをのばしていた。

いくつものブロックにこま切れにされたこのランボー西洋庭園は、庭園にあるべき統一的な軸線と遠近法とを、徹底的に欠いていた。

海晏堂東面ファサードの屋上から見える転馬台で、ランボーの東への視界はさまたげられている。皇帝があの馬場をつかうことはほとんどあるまい。ならばそこに、地の果てまでつらなる風景を置きたいと、カスティリオーネは思った。しかし、そんな無謀なことができるものだろうか？

＊

そのころ、南堂からいそぎの呼びだしがあった。リスボンから新しい知らせがとどいたというのである。

ポルトガル系イエズス会士のすべてがあつまって、異例にはやくとどいた一七五九年十月づけの手紙を読んでいた。それによれば——

一七五五年のリスボン大地震のあとしまつに功績のあったセバスティアン・ジョゼ・カルヴァーリョ・イ・メロは、宰相に任ぜられ、オエイラス伯爵の称号を賜った。ドン・ジョゼ一世の信任があついかれは、王権に批判的な貴族たちを、つぎつぎと血まつりにあげた。一七五八年には、国王暗殺の陰謀があったとして、首謀者のひとりアヴェイロ公爵が火刑に処せられた。千人以上が逮捕され、残忍なやりかたで殺された。イエズス会も、この陰謀に加担したとて、国外追放という断を受け、財産ことごとくを没収された。これはポルトガル本国のみならず、植民地ブラジルにおけるイエズス会についても、おなじである。……

このオエイラス伯爵ことカルヴァーリョ・イ・メロは、のちの一七七〇年に賜ったポンバル侯爵の名をもって後世に知られる。

ともあれ、イエズス会はポルトガルから追放されたのである。地震直後のありさまをしるしたさきの手紙にも、この男がことあるごとにイエズス会を弾圧していると書いてあったが、まさかここまで断行するとは、ひとりとして思わなかったであろう。

カスティリオーネは、ひくくうめいて目をつむった。かれが若い日、コインブラの学院内教会の壁に描いたイエズス会第三代総長フランシスコ・デ・ボルハの生涯も、その学院が没収されたからには、無事ではすむまい……

オエイラス伯爵のあらあらしい改革や、イエズス会にたいする弾圧は、これからもつづくであろうと思われる。かれは、ローマ教皇にもはたらきかけているというから、ポルトガルのみならず、やがてスペインにもフランスにも、イエズス会の追放や教皇令によるイエズス会の解散といった事態が、とおからずやってくるであろう。そのとき、シナのイエズス会士たちはどうなるのか。いや、皇帝はイエズス会士たちをどうするのか。

カスティリオーネは、七年ほどまえにポルトガル国王の使者パチョコがシナに入貢し、皇帝がこれを接見したことを思いだした。おそらくは、カルヴァーリョ・イ・メロがつかわしたものであろうが、皇帝は、その使者についてはひとこともいわなかった。その使者が献上した知時草を描くことによって、カスティリオーネは、そのことを察したのみである。皇帝は、ヨーロッパにおいてイエズス会がどうなろうと、宮廷にいるイエズス会士たちを、いままでどおりつかいつづけるであろう。

そう考えると、皇帝にとっての宗教とはなんであるのか、カスティリオーネにはわからなくなる。

満洲人であることをほとんどやめた皇帝は、シナ人固有の儒教を奉じ、さらに、インドからつたわった仏教を信じているらしい。西のムスリムの疆域を征服し、たくさんのホジャたちを殺しながら、ムスリムの妃のためには、壮麗な礼拝所をつくらせる。おびただしいキリスト教徒を殺害しながら、宮廷内では、それぞれ一芸あるキリスト教徒たちを思うがままにつかっている……

ムスリムといえば、ポルトガルも、またスペインも、かつてムスリムに支配されたことがあった。それも、八世紀のはじめからほぼ数百年にもわたって——。

北から南へと、ムスリムを追撃するキリスト教徒の長いたたかいは、国土回復運動《レコンキスタ》と呼ばれた。その過程で、キリスト教徒がムスリムと国境を接していた地方は、エストレマドゥラ（辺境）と称せられた。リスボンも、かつては方外《エストレマドゥラ》のまちだったのである。

＊

礼拝をすませた和卓《ホジャ》氏、すなわち香妃こと容貴人が、皇帝とともに方外観から出てきた。皇帝には宦官ふたり、香妃には侍女ひとりがしたがっている。方外観は、帝の指示どおり、香妃の礼拝所に生まれかわり、住まいとしての遠瀛《えんえい》観も、しかるべく内装をおえていた。

カスティリオーネは、方外観の南の竹亭のまえにたたずんで、帝と香妃をスケッチした。とおいので、香妃のかおはよく見えない。しかし、すらりと細いからだが、まるでヨーロッパの女のように見える。

陰暦七月はじめ、あらゆる噴水が音たてて、しぶきをあげていた。竹亭のすぐまえの噴水が、スケッチするカスティリオーネのくびすじにも、しずくを散らせた。

二、三枚のスケッチをすませると、かれは帝にむかって、ふかくあたまをさげた。それをしおに、帝と香妃はかげに待たせた輦《れん》に乗って、香妃の住まいである遠瀛観にむかうはずである。いくらもない距離ながら、残暑のなかを帝と寵妃があるくことはできない。それにしても、あのムスリムの女人は、帝の寵を受けているのだろうか？

すると、思いがけないことに、帝がひとりでカスティリオーネのほうにあるいてきた。香妃を画師の眼のまぢかにさらさぬためには、たしかに、帝があるいてくるしかなかった。ふかぶかと拱手《きょうしゅ》の礼をとったカスティリオーネに、帝は、かるく手をさしだした。スケッチを見せよ、というのである。

方外観の建物が、ほとんど画面いっぱいを占め、帝をはじめとする五人が小さく描かれている。帝は、満足げにうなずいた。

「うむ。いま、朕と和卓氏《ホジャ》はしばし立っておったが、画中では腰かけるのだ。そして、和卓氏には、西洋の服を着せてやれ」

「はっ」

とカスティリオーネは、あたまをさげながら帝の炯眼におどろいていた。いまの香妃は、あきらかにシナふうの貴婦人のすがたをしている。しかし、彼女は、シナよりはるかに西方の女人だった。

「方外観も、じっさいとはいくらかちがうように描くがよい」

と、帝がいったので、カスティリオーネは、うべなうのに、いくぶんかの躊躇《ためらい》をみせた。

「二階の東西から弧をなしてくだる階段を、直線にするなどといった……。たとえばのはなしだが」

帝が、たとえばといえば、そのとおりにせよということである。画中の方外観を、じっさいとはちがうように描くということは、いまはムスリムの礼拝堂と化しているこの西洋楼に、帝がなんらかの現場不在証明《アーリビ》をあたえようとしているのではなかろうか。そして、香妃に西洋ふうの服を着せることも……

カスティリオーネは、大きなこえで、

「御意《ぎょい》」

と、あたまをさげた。すると、帝がにやりと笑いながらいった。

「そんな大きなこえを出すな。朕の癰《よう》がまた大きくなるではないか」

帝はそのままたち去った。やがて、ふたりを乗せた輦《れん》は、海晏堂噴泉池の北をめぐり、香妃の館のほうへ消えていった。

第十一章　ハドリアヌスの池

乾隆《けんりゅう》二十五年、一七六〇年、陰暦七月の末、皇帝のうなじに、またしても腫《は》れものができたという。方外観のまえで、帝と和卓《ホジャ》氏すなわち香妃こと容《よう》貴人をスケッチしたとき、帝が「そんな大きなこえを出すな。朕《ちん》の癰《よう》がまた大きくなるではないか」といってから、いくばくもたっていない。くびのうしろがまっ赤に腫れあがり、悪寒と発熱、それに患部の激痛と、手を触れるのもままならないこと、四月のときとまったくおなじである。冷罨法《れいあんぽう》と痛みどめの漢方内服でその場をしのぐしかなかったのも、まったくおなじ。

このたびも、二、三日で膿《うみ》が出ておさまった。数日やすみ、ようやく聴政の場に出られるようになったとて、宮廷内も一同ほっとしたところへ、皇三子永璋《えいしょう》が病いをもって薨《こう》じたとの知らせがはいった。

承恩寺胡同《フートン》の果然堂《かぜん》には、あれから行っていないが、カスティリオーネは、人づてに、皇子が病いに臥《ふせ》っているときいた。九年ほどまえの皇子の結婚の前後から、皇子のただならぬやつれように気づいてはいたが、ドイツ人宮廷楽士ヨゼフ・バールによって受洗したこと、信者と称するあやしげな大道芸人たちとくらしていることなどを知ってからは、皇子をまもるすべがないと、カスティリオーネも思っていたのである。

皇子の死——現帝になってから、これで六人めである。まず、乾隆三年、皇二子永《えい》璉《れん》が九歳で薨じた。十二年、皇七子永琮《えいそう》がわずか二歳で薨じた。いずれも、さきの皇后所生の皇帝鍾愛《しょうあい》のおさなごだった。十五年の皇一子永璜《えいこう》の死、二十三歳。二十二年と二十五年三月には、それぞれ三歳の皇十三子と四歳の皇十四子の死があった。そして、この二十五年七月の皇三子永璋、二十六歳。

さきの皇子たちの葬儀には、カスティリオーネはじめ西洋人は参列していない。いかに厚遇を受けているとはいえ、画師・時計師など職人であり、かつ宣教師であるかれらに、そのような資格のあろうはずがなかった。

しかし、このたびの皇三子の葬儀については、カスティリオーネにだけ、参列をゆるすとのさたがおりた。三品《さんぴん》に叙せられていたのだから、当然のなりゆきといえば、いえた。

いったい、皇子の葬儀については、皇帝はかくべつのきまりをもうけていなかった。

皇二子永璉のときは、帝は、皇太子の礼をもって葬儀をおこないたいといった。皇太子に冊立してはいないが、すでに建儲《けんちょ》の密詔は乾清宮《けんせい》「正大光明」額のうしろに置いていると、まだ二十七歳だった皇帝は主張した。これにたいし、礼部《れいぶ》のなかで、宮廷内の婚儀や葬祭をつかさどる祠《し》祭司郎中《さいしろうちゅう》が、礼部尚書（礼部の大臣）をとおして異をとなえた。雍正六年に八歳でなくなった皇八子福恵《ふくけい》の葬儀の例にならうように、というのである。帝は、なかばしたがったが、梓宮《ひつぎ》を殯宮《ひんきゅう》（あらきのみや）に移すまえに、みずから祭文を読み、梓宮を見おくるなど、きわめて重い葬礼となった。まだみどりごだった皇七子永琮のときも、これに準じた。

すでに結婚していた皇一子永璜の葬儀は、その妃および皇孫の服喪《ふくそう》の規定が中心となる。髪を剪り首飾《アクセサリー》をはずし、百日の喪《も》に服し、素服（白絹の衣。喪服《もふく》）を二十七ヵ月のあいだ着用するなど。皇帝が政務を見るのをやすむ、いわゆる輟朝《てっちょう》については、礼部は三日間といったが、帝はそれを五日間にあらため、酒を注いで祭る奠醊《てんてつ》の儀も、帝みずからおこなった。

永璜の死にあたって、帝が発したふしぎな諭《ゆ》については、この皇一子の粗暴なふるまいのかずかずが知れわたっていただけに、人は多く疑惑をいだいたが、しかし、葬儀だけは、皇一子にふさわしい格をもってなされたのである。

皇三子永璋の葬儀は、郡王のそれに準じておこなうこととなった。帝の輟朝は二日間のみで、帝による奠醊などの祭礼もなかった。帝の一族および宗室《そうしつ》のものすべては、五日間の素服の着用を命じられるにとどまった。

カスティリオーネが皇三子の葬儀に参列することについて、フランス人宣教師たちは、こぞって反対した。

「皇子の葬儀に参列するということは、皇子のなきがらに別れを告げるだけではない、シナ人のいう天に礼拝することにもなるんです。皇帝一族の祖先に礼拝することにもなるんですぞ」

と、ジャン・ドニ・アッティレがいった。カスティリオーネは、くびをふった。

「皇帝にたいして叩頭の礼をするように、皇子のひつぎにたいして別れの礼をするだけだ。シナ人の天や、祖宗の位牌に礼をするわけではない」

かれはあやうく、皇三子が秘密のうちに入信していること、したがって、キリスト者がひとりでもその葬儀に参列するのはあたりまえのことだと、口に出しそうになった。しかし、イエズス会士かどうかもあやしいヨゼフ・バールによる授洗のことをいうのは、はばかられた。

シナにおいて、キリスト教信者がシナ古来の伝統的な典礼に参加することの是非は、明《みん》末のマッテーオ・リッチ以来、伝道のためシナに来ていた宣教師たちにとっての大問題であった。リッチは、シナ人信者たちがシナの典礼に参加するのを許容した。しかし、イエズス会のなかでもそれに反対するものがおり、加えてドミニコ会士もつよく反対した。そこで教皇の裁可を仰いだところ、一六四五年、インノチェンツォ十世は厳禁との教皇令を出した。一七一五年にも、クレメンテ十一世が、おなじく厳禁との教皇令を出した。このいわゆる典礼問題をめぐって、教皇特使がしばしばローマと北京を往復した。

「シナ人信者の場合ならともかく、イエズス会士であるあなたが、シナの皇帝一族の典礼に参列されるとは――。それでなくとも、ポルトガルでイエズス会が追放されたばかりなのです。教皇による全イエズス会の解散命令をはやめかねませんぞ」

と、イグナティウス・ジッヒエルバルトもいった。カスティリオーネは、ひくいこ

えで、

「これは、ほとんど皇帝の命令にひとしい。参列しなければ、われわれ全員に対して、またどのような仕打ちがあるともしれぬではないか」

するとブノアがうなずいた。

「おっしゃるとおりです。海晏堂の噴水もやっとできたところなのですから、皇帝のかくべつの配慮ということで、参列なさるべきでしょう」

「皇子に別れの礼をするだけのことだ」

と、カスティリオーネはつぶやくようにいった。

承恩寺胡同《フートン》の皇三子の小さなやしき果然堂に、カスティリオーネは素服で行った。礼部の役人たちがいっさいをとりしきり、皇子ゆかりのものたちがならんで、院子《ユアンツ》に安置された梓宮《ひつぎ》に礼をする。ただそれだけのことだった。梓宮のなかによこたわっている皇子のなきがらを拝することは、もちろんできない。

かれが二度、座したことのある正房には白い幕が張りめぐらされ、なかは見えない。かれが描いた《交阯《こうし》果然《かぜん》図》が、その奥の壁に掛かっているはずだった。

妃らしき女人は、どこにも見えない。日本人と称する水芸の女も、大道芸人の葉四《しょうし》も見えないが、それは、あたりまえのことだった。かれらは、どこへ行ったのか。皇子の臨終に、ヨゼフ・バールは祝福をさずけに来たのだろうか。

おさなかったときからの愛らしい皇子のすがたが、つぎつぎとカスティリオーネのあたまをよぎった。なかでも、正月の雪の庭で、ほかの皇子たちとたわむれ、雪獅子を熱心につくっていたすがたが、もっとも鮮明によみがえった。乾隆三年に描いた《歳朝図《さいちょうず》》、そして十一年ごろに描いた《上元図《じょうげんず》》。雪獅子をつくる皇三子の位置が、帝の命令により異なっている。……

皇三子の梓宮を拝する番がきた。十字をきらず、ひざまずいて、ふかぶかと礼をする。こころのなかで、キリスト者としての祈りのことばをとなえることさえ、かれは忘れていた。ただ、沛然《はいぜん》と涙が降った。

*

皇三子永璋のなきがらは、夭折した皇子たちが多くねむる黄花山《こうか》の園寝《えんしん》（皇妃・皇子の墓葬群）にほうむられた。熱河《ジヨホール》なる避暑山荘のはるか東南にあたる。

そのことを、カスティリオーネは、皇帝の口からしたしくきいた。八月から皇太后を奉じて避暑山荘におもむいた帝は、木蘭《もくらん》での鹿狩りに興じること二度、三度。例年なら九月末には還京するのに、その年は十月なかばになって、やっとみやこにもどってきた。

例のごとく、如意館《にょい》をおとずれた皇帝は、この夏ですっかり衰弱してしまったブノアに眼をとめて、

「やすめ。医士をつかわそう」

といった。

長春園切れっぱし《ランボー》の、おびただしい噴水製作のためについやした時間が、ブノアのからだをそこなっていたが、噴水庭園が完成するや、ほとんどやすむまもなく、地図の製作にかかっていたのである。

地図といえば、明《みん》末にマッテーオ・リッチが製作した世界地図《坤輿《こんよ》万国全図》が有名であるが、清代になると、シナ全土を三角測量によって実測した地図が生まれた。康熙五十七年、一七一八年の《皇輿《こうよ》全図》がそれである。

乾隆時代にはいり、西域のジュンガル部・回部の平定により、清朝の疆域がいっそう拡大するにつれて、あたらしい地図製作の必要にせまられた。平定と同時に、測量隊が西域に送りこまれ、つぎつぎと成果をもたらしたが、それによる《西域図志》の編纂と並行して、あらたなる世界地図をもつくろうとしていた。ロシア語にたんのうなフランス人イエズス会士アントワーヌ・ゴービルはロシア語文献の捜集や解読といった面で、この地図製作に参加していたが、まえの年に死んだ。天文学や地理学をお

さめたポルトガル人イエズス会士のジョゼ・デスピーニャは、測量のため、ほとんど新疆に行きっぱなしになっていた。それらの資料をもとに、ブノアが《皇輿全覧図》をつくっているのである。

皇帝のなぐさめのことばに、ブノアは平伏しつつ、

「おそれ多いおことば、かたじけなく存じます」

と、こたえたが、いかにもよわよわしいこえであった。そのくせ、テーブルにひろげた巨幅の地図原版にかおをちかづけ、こまごまと線を書き入れる作業に没頭しているときのブノアは、病いのけぶりさえ見せないのだった。

皇帝は、その地図にすこしだけあたまを伏せた。帝の立つところにちかく、たまたま新疆の地が描かれているのを見て、帝は満足げにかおをあげた。すべては、皇帝のものだった。

ついで帝は、カスティリオーネが描いている方外観のまえの、帝と和卓氏《ホジャ》すなわち香妃こと容貴人の図へと歩をはこんだ。絹地に描かれた方外観は美しかった。一階正面の扉とその左右の楕円の窓、二階バルコニーをまえにしての扉とその左右の矩形の窓。すべては、まことの方外観そのままである。そして二層にかさなる屋根や壁に嵌めこまれた方形の柱には、ポルトガルのマヌエル様式建築の特徴のひとつである帯状

の石の横桟《バツラ》が、上から下までいくつも平行して彫られているが、これはむしろ、海晏堂西面ファサードの一階の壁の付柱とおなじだった。方外観の付柱の横桟は、とおくからもそれとわかるほど太かったのである。

なによりちがうのは、二階バルコニーの東西からくだる階段である。方外観のそれはなだらかな円弧をなしてくだるのだが、絵のなかでは、V字を寝かせたような直線になっていた。もっとも、それまた皇帝の指示によるものだったが——。

ともあれ、方外観ならざる方外観のまえに、皇帝と香妃が腰かけている。帝のうしろに宦官ふたり、洋装の香妃のよこに侍女がひかえているところ、写生の日とおなじである。

カスティリオーネは、前景の樹木を描いているところだった。まことの方外観のまえの植えこみは、装飾的な刈りこみ《トピアーリオ》をほどこしたものが幾何学的にならんでいるのだが、絵のなかでは、天然のままの枝ぶりの樹が左右に生えていた。

帝は、その絵を一瞥するなり、

「うむ」

とだけいった。それから、ぱっとふりむき、すぐうしろにひかえているカスティリオーネに、

「これをもとに、和卓氏《ホジャ》の肖像を描くように」

といった。これをもとに？　スケッチも、はるか遠目によるものだった。絵のなかの和卓氏も、豆つぶのように小さい。そのかおにいたっては、消《に》ているかどうかもさだかではなく、針のさきのようにとがらせた筆尖でポチリと眼を入れただけなのである。皇帝のかおも、そうである。それでも、見なれている帝のかおは、その小さな点だけでも、みごとに消せた。まぢかに見たことのない女を、遠目だけの印象で描けるものかどうか……

するると、その不安を察したかのように、帝はつづけた。

「なに、案ずることはない。そちの思うがままに描けばよいのだ。服装も、むしろ異国ふうにすればおもしろかろう」

「はっ」

とこたえながら、思うがままに描いて帝の不興を買うこともあるだろうと、ぞっとした。たとえば、はだかの寝すがた、あるいは、十字架をくびに掛けた聖母のすがたなど。

突然、皇帝は、大きなこえを出した。

「朕は、天数《てんすう》を重んじている。天数とはな、ひと桁《けた》の陽数をすべて加えた数だ。一たす三たす五たす七たす九、すなわち二十五が天数である。ことしは、朕が即位して、まさに二十五年。長春園西洋楼がすべて完成したのもことし。西域をすべて平定し、その経営に着手したのもことし。そして、和卓氏《ホジャ》を得たのも、ことしである」

「御意《ぎょい》」

カスティリオーネも、ブノアも、そしてイグナティウス・ジッヒェルバルトも、ひとしくこえをそろえて、あたまをさげた。その年に、皇三子永璋は薨《こう》じたのだ、と思うと、皇子がいっそうあわれだった。

帝は、かまわずはなしをつづけた。

「国璽《こくじ》も二十五顆《か》つくって、交泰殿《こうたい》に安置してある。先帝たちのおつかいになった朝珠も、二十五層の宝匣《ほうこう》を端凝殿《たんぎょう》につくらせ、上から順次お収めした。朕は、清朝第六代の皇帝であるからして、朕の後嗣たちのぶんも、第二十五代までつくっておかなければならぬわけだ。

なぜ、二十五代か。とおいむかし、周は二十五代の王業をほこった。それにならおうというわけである」

「はっ」

宣教師たちは、いっせいに平伏した。

とはいえ、皇帝のことばは正しくなかった。殷《いん》の紂《ちゅう》王を滅ぼした周の武王からかぞえるなら、周は名目だけは三十七代つづいたが、周の栄光は前半の西周時代のみ、十二代でおわる。洛陽に遷都してからの東周になると、その滅亡までたしかに二十五代の王をかぞえるが、その時代は、むしろ春秋戦国時代と呼ばれる。帝がなにゆえに、そんな影のうすい王朝を範としたのかは不明だが、いずれにせよ、カスティリオーネたちには、どうでもよいことだった。

すると、皇帝がにこやかにいった。

「今月六日、皇十五子が生まれた。ことし生まれたことは、まことにめでたい」

「まことにおめでたいことと、臣等《しんら》一同、こころからお祝いもうしあげます」

正式のお祝い言上は、あらためてなすことになろうが、如意館でいきなり皇子誕生ときいて、カスティリオーネもあわてた。

「うむ」

と、こたえてから、帝は間髪を入れず、

「ついては世寧、あらためて《歳朝図《さいちょうず》》を描いてほしい。以前にそちが描いた《歳朝図》や《上元図》と似たものになろうが、いくばくかの改変はまぬがれまい。たとえば、朕は椅子に座し、生まれたばかりの皇十五子をいだくこと、存命している皇子すべてを描くべきこと、ただし、成人した皇子たちも童児のすがたで描くべきこと、といったふうにな」

「はっ」

と、カスティリオーネは平伏した。

成人した皇子は、三人いた。すなわち、皇四子永城《えいせい》、二十二歳。皇五子永琪《えいき》、二十歳。そして皇六子永瑢《えいよう》、十八歳。うち皇六子は、亡くなった皇三子永璋の同母弟にあたる。このまえの年、乾隆二十四年、後嗣のないまま薨じた慎《しん》郡王家を嗣いだ。慎郡王とは、康熙帝第二十一子の允禧《いんき》であったが、降格襲爵のきまりにより、永瑢は十七歳で貝勒《ばいろく》に封ぜられた。かれが住まうことになった慎貝勒《しんばいろく》府は、かつてカスティリオーネも肖像を描くために伺候したことのある允礼《いんれい》の果《か》親王府のすぐとなりにあった。

宏壮にして華美な庭園で知られる果親王府よりはやや小さいが、それでもひろびろとした江南ふうの庭園をもつ慎貝勒府には、皇帝が行幸したことさえあった。

皇三子とのあまりのちがいが、カスティリオーネを、またしても搏《う》った。そこへ、帝のこえがあった。

「それから、雪獅子は、描かずともよいぞ」

例によっての、皇帝のこまごました指示である。

「はっ」

と、カスティリオーネがこたえると、帝は、はやくも如意館を去ろうとしていた。宦官が扉をあけ、帝が、からだなかばを外に出しかけたところで、にわかに立ちどまり、ふりかえった。

「そうだ、世寧」

「はっ」

平伏して見送っていたカスティリオーネは、かおをあげた。

「長春園の転馬台《てんま》のことだが、あの東の馬場は、朕には無用である。かわりに、和卓《ホジャ》氏望郷のよすがとなるものをつくってくれ」

＊

「馬場は、長さ一〇〇トワーズ（一トワーズは約二メートル）以上はある。幅は五〇トワーズ。細長い土地だ。和卓《ホジャ》氏望郷のよすがとなるものだと？　沙漠でもつくるしかあるまい」

長春園北端切れっぱし《ランボー》の転馬台のいただきに立って、東のほうを見やっていたカスティリオーネは、思わずひとりごちた。

十一月、身をきるほどつめたい風が、カスティリオーネの鼻づらをよぎった。

転馬台の東西の牌楼は、あきらかに、ローマ市内にのこるフォロ・ロマーノの、セプティミウス・セウェルス帝と、コンスタンティウス一世の、ふたつの凱旋門を模したものだった。もちろん、これら凱旋門上部の彫刻や円形浮彫《メダリオーネ》などを、それとなくデザインからはずし、より装飾的な景泰藍《けいたいらん》のタイルの突起を煉瓦の上に貼りつけた門は、ぬけるような初冬の空のいろをそのまま映したかと思われた。カスティリオーネは、ポルトガル人がこのむアズレージョと呼ばれる青い化粧タイルを思いおこしつつ、景泰藍タイルをつかったのだった。

沙漠の地から来た女人のために、沙漠を再現する？　まさか――

いまは、のっぺらぼうの馬場になっている、この細長い土地の東の端《はじ》をながめやると、ランボーの牆壁が、かすむように立っているばかりである。西洋楼と噴水にあふれたランボー西半分の豪奢も、しかし、皇帝によって遠近法をうばわれたものであるとすれば、東の細長い土地には、うばわれた遠近法を復活させるしかないではないか。

とはいえ、細長い土地は、細長いというその一点によって、おのずから遠近をもっている。遠近法《プロスペッティイーヴァ》とは、遠近のない空間に、幻想の遠近をつくる、すなわち、空間をだますことだ。たとえば、サンティニャーツィオ聖堂にアンドレーア・ポッツォが描いた幻想のクーポラのように。あるいは、やはりポッツォが、ジェズー聖堂にとなりする聖イグナティウスの小礼拝堂《カッペッレッタ》につくっただまし絵の廊下のように。あるいはまた、カスティリオーネその人が、北京南堂に描いた壁画まがいの画軸のように。

カスティリオーネは、そこで、ゆくりなくも、その南堂の「壁画」を見にきた皇子たちのことを思いだした。まだ十三歳くらいだった皇三子永璋が、おさないおとうとふたりをつれてきたのだ。七歳ほどの皇五子永琪が、カスティリオーネの遠近法にだまされて、壁にあたまをぶっつけ、こぶをつくった……

皇三子の死が、にわかに悲しみをよみがえらせた。思えば、乾隆三年に、はじめの《歳朝図》を描いて以来、あまたある皇子たちのなかで永璋だけは、カスティリオーネのしずかなくらしに、絶えずさざ波をたてつづけてきたのだった。

あのさざ波の根源は、なんであったのか。

甘美な追憶、そして、いおうようのない、この喪失の思い——それをしずかにたどっていくと、ながいあいだこころのどこかにかくされていた、ひとつの真実につきあたるのだ。それを、わが胸からつかみだし、白日のもとにさらすのは、キリスト者としてはもとより、ひとりの男としても、たえがたい恥辱である。

しかし、いまこそあきらかになったことだが、カスティリオーネは、皇三子永璋の、玉《ぎょく》を刻んだような美貌にたましいをうばわれていたのだった。じっさい、永璋は、数ある皇子たちのなかでも、きわだって美しかった。だが、少年の日の永璋は、みずからにその認識はなかった。成人してからは、つねにやつれはてていた。やつれた皇子に会ったときのカスティリオーネは、いつも眼のまえの皇子のかおのかなたに、少年の日のかがやくばかりの美貌を収斂させていたのである。承恩寺胡同《フートン》のやしきをいきなりたずねるなど、たしなみにはずれたことを一度ならずやったことも、あきらかに官能にさそわれていたのだ。しかし、すべては、すぎ去った。

転馬台をおりる。このあたりにも、木かげに衛兵がちらほら立っていた。完成してしまえば、設計者といえども監視下におかれる。いまはしかし、馬場のつくりなおしということで、カスティリオーネには、このあたりをあるきまわる自由があった。

凱旋門もどきの東門の牌楼をくぐる。

すると、ひとりの衛兵がちかづいてきて、かれにこえをかけた。

「郎世寧《ろうせいねい》神父さま」

わたしは神父ではない、助修士なのだと、なん回か訂正したことのあるこえだった。しかし、まさか、と思ってふりむくと、まぎれもない葉四《しょうし》だった。鎖を編んだよろいをまとい、腰の黒革の撒袋《サーダイ》に矢をさし、弓を背負うという、衛兵の軍装に身をかためている。

あっけにとられたカスティリオーネは、小柄な相手を見おろしながら、

「葉四……」

と、つぶやくように応じ、かぶとにつつまれたそのかおをみつめた。大道芸人だった青年、いや、そのまえは、福建から徴用された石工《いしく》として、ここ長春園ランボーの西洋楼の工事現場ではたらいていた青年。

「皇子さまのおやしきでお会いして以来でございますな」

と、葉四がいった。カスティリオーネはうなずいたが、たずねたいことが山ほどあるのに、すぐにはこえが出なかった。ようやく、

「皇子お薨《かく》れのときのようすを知っているのか」

とたずねた。

「はい」

と、葉四は眼を伏せた。

「皇子さまは、みずからお果てあそばしたのです。筒子河《トンツホ》に身を投じられて……」

カスティリオーネは耳をうたがった。

「西華門のわきから……」

と、葉四はことばをついだ。

筒子河とは、南北にやや長い方形の紫禁城をかっちりとりかこむ護城河の俗称である。幅五二メートル、深さ六メートルのこの堀割《ほりわり》をこえて禁裏にはいるには、南の午《ご》門《もん》、東西それぞれの東華門・西華門、そして北の神武門しかなかった。

「なぜだ。なにがあったのだ。キリスト者にとっては、自殺は罪悪だぞ。おまえも知っていようが——」

おぼえず激したカスティリオーネは、こえをあらげた。老いた手が、葉四の肩をつかみ、鎖のよろいに触れた。

「しーっ。おこえがたかいですぞ。らんぼうなさっちゃ、いけません」

手は、はなした。しかし、カスティリオーネは、かすれたこえで叫んだ。

「なぜだ。なにがあったのだ?」

葉四は、カスティリオーネの腕をひっぱるようにして、牌楼のかげにともなった。ほかの衛兵のすがたは見えない。

「おどろいてはいけません。たいへんな惨劇があったのです」

と、葉四はこえをひそめた。

「なに? 葉四はこえをひそめた。」

「はい。おこったできごとだけ、てみじかにもうしあげます」

閩音《びん》なまりは、おなじだった。はなはだききとりにくいかれのことばが語ったのは、まさにおどろくべきことだった。

「皇子の福晋《フージン》が……妃が、日本人のあの女芸人を殺したのです。女が皇子の寝所《しんじょ》にいるときでした。そこで、皇子が妃を殺し、そのままやしきから逃走されました。わたしは、皇子を追いかけましたが、夜のこととて、見失いました。南堂に行かれたのだろうと、行ってみましたが、あくる朝、西華門ちかくの筒子河に浮かんでいるのを禁裏の衛兵に発見されたのです。これが、すべてです。さあ、わたしは行かなければなりません」

「おう……」

カスティリオーネは、血の気《け》がひくのを、はっきりと感じた。たおれそうになるのをこらえ、痰《たん》がからまったのどで、うめいた。

「妃が……を殺した……。皇子が……妃を、殺した……」

葉四はうなずいた。

「妃は、耳がきこえなかったのです。口もきけなかったのです。そのためにおこった悲劇です」

カスティリオーネは、怒りにかられた。

「うそだ。おまえが、あんな女芸人を皇子にひきあわせたからだ」

すると葉四は、うす笑いをうかべ、からだをはなした。

「女芸人といえども、彼女は入信していたのですよ。それに、日本人特有の水芸が、噴水を愛した皇子のこころをとらえたのです。ですから、皇子と愛しあうようになった。あなたのお気に入りの皇子も、そのゆえに、入信されたではありませんか」

「それは、信仰ではない」

と、カスティリオーネは、じっと葉四のかおを見おろした。かつての石工、かつての大道芸人、そしていまは、円明園護軍営の衛兵であるらしい。この男が、つねに、果然堂なる皇子のやしきにいたのはなぜか。

「わたしは行かなければなりません」

と、葉四は背をむけた。撒袋《サーダイ》にさした矢の矢羽《やばね》が、カスティリオーネの頬をなでた。

「待て」

葉四は、しかし、かおだけこちらにむけると、

「いまのはなし、かたく秘密をおまもりください。もちろん、陛下にも――」

と、口疾《くちど》にいうと、さっと牌楼をはなれた。「偸桃《とうとう》」の芸を演じるほどの身がるさである。足は、はやかった。

＊

カスティリオーネは、東ののっぺらぼうの馬場をながめた。おそるべきことが、皇三子永璋の身におこっていたのだ。皇帝にも秘密にせよということは、帝は果然堂における惨劇、および皇三子の入水自殺の事実を知っていないことを意味する。しかし、そんなことがあるだろうか——。

「Natura deficit, fortuna mutatur, deus omnia cernit.（自然は裏ぎり、運命はうつろい、神はすべてを高所よりながめたもう）」

と、カスティリオーネは、思わずつぶやいた。それから、寒風の吹きすさぶこののっぺらぼうの大地の隅で、皇三子のために祈った。

こののっぺらぼうの大地には、西洋楼は要らない。シナふうの仮《にせ》の山も、もちろん要らない。皇三子が、皇城をとりかこむきわだって幾何学的な堀割すなわち筒子河《トンツホ》でわがいのちを絶ったということなら、そうだ、ここには、筒子河にならった細長い方形の池をつくろう。和卓《ホジャ》氏すなわち香妃の望郷のよすがだって？　ムスリムの噴泉池も、たとえば、スペインのヘネラリーフェ庭園のそれは細長い方形ときいた。そうだ、ここには、皇子のための西洋ふうの池をつくろう。

ここに西洋ふうの池をつくろう——そう思ったのと、ハドリアヌス帝の別荘址《ヴィッラ》にのこる池を想起したのは、ほとんど同時だった。

カスティリオーネは、イエズス会タンブリーニ総長のおともで、ティーヴォリなるエステ荘をおとずれ、いく晩かそこの客人となったとき、さほどとおからぬヴィッラ・アドリアーナ、すなわちハドリアヌス帝の別荘にも足をのばした。

紀元二世紀の前半、ハドリアヌス帝が建てたこのヴィッラは、ヴィッラというより、ひとつのまちだった。王宮あり、アッカデーミアあり、劇場あり、病院あり、浴場ありという、この賢帝のまちは、しかし、おそらく数十年もたたずに見棄てられ、廃墟と化してしまった。十五世紀になってから、ハドリアヌス帝のヴィッラとわかり、発掘がつづけられているが、カスティリオーネがおとずれたときも、おびただしい煉瓦と大理石柱が散乱し、あるくのもままならなかったのである。

そんな廃墟のなかでも、かつては柱廊《ポルティコ》にかこまれていたらしい巨大な矩形の池ふたつ、それに「海の劇場」と呼ばれていたという円形劇場のなかの池などには、澄んだ水がなみなみと満ち、ローマからつづく紺碧の空のいろを呑みこんでいた。エステ荘のあのゆたかな噴水をささえるティーヴォリ周辺の川や滝が、廃墟と化したハドリアヌス帝のヴィッラの池にも、千数百年ものあいだ、つねに自然に水をそそぎつづけていた。ローマ帝国の水道は、生きていたのだった。

巨大な矩形の池のひとつは、カノープスの池と呼ばれていた。カノープスとは、エジプトはアレクサンドリアの東、ナイル・デルタの河口のまちの名であった。その地で、ハドリアヌス帝は、かれが寵愛してやまなかったギリシアの美少年アンティノウスを失った。アンティノウスは、二十歳だった。ナイルに身を投じ、わがいのちを絶ったのである。なぜか？　伝説は語る。ある巫女《みこ》の予言によれば、ハドリアヌス帝かアンティノウスのいずれかが、ほどなく死ぬであろうとのことだった。そこでアンティノウスは、かれのたぐいまれなる美貌を溺愛している皇帝のいのちを救うために、おのれの美しいからだをナイルに投じたのだ、と。

ハドリアヌス帝は、愛するものが消え去ったその地に、ひとつのまちをつくった。アンティノエポリス。そして、ティーヴォリのヴィッラに、愛するものを呑みこんだナイルの流れを、カノープスの池として再現した。池のほとりには、ナイルの象徴である鰐《コッコドリッロ》の像をも寝そべらせた。

そればかりではない、ハドリアヌス帝は、夜空の星にも、愛するものの名をあたえた。鷲座《アクイラ》がくわえてはこぶ美少年は、もとは、ゼウスの寵童ガニュメーデスだったが、帝はこれをアンティノウスの名にかえた。

カノープスの名も、天空にある。南のアルゴ座の巨星だ。シナ人がこれを寿星あるいは南極老人と呼び、篤く貴《たっと》んでいるとは、天文学にくわしいジョゼ・デスピーニャにきいた。年末から新年にかけてのほんのいっとき、南の空にひくく、ちらと見えるだけなので、この星を見たものは長生きできるというのである。しかし、北京では、ほとんど見ることはできない。

カスティリオーネは、リスボンからゴアへ、そしてマカオへの長い船旅において、ほとんど夜ごと、カノープスをあおいでいた。

そのカノープスの池！

ハドリアヌス帝がアンティノウスを失った悲しみと、カスティリオーネが皇三子永璋を失った悲しみとを、ひとつにすることはできない。そもそも、カスティリオーネが、皇三子を失うわけすらなかったではないか。あの皇子は、かれのものではなかった。

皇三子は、皇帝のものだったにちがいないが、帝はほとんど廃棄していた。

皇三子が、あの水芸の女のものだったと考えることは、カスティリオーネには耐えがたかった。しかし、かれも果然堂で見たではないか。あの女が皇子のそばに寄りそい、あわれな妃を下女として頤使《いし》していたのを——。

皇三子がまことのキリスト者なら、そのような不徳のふるまいはできないはずだ。皇子の入信には、どこかに詐術のにおいがあると、カスティリオーネは思った。ヨゼフ・バール――いつも猿臂《えんぴ》の骨笛を吹いていたあの楽士はなにものなのか。そしてまた、葉四《しようし》は？

謎が、謎を生む。カスティリオーネには解けぬ謎。そしてまた、解いてはならぬ謎……

ならば、カスティリオーネも謎をつくるしかないだろう。こののっぺらぼうの土地に、ハドリアヌス帝にならって細長い方形の池をつくる。その池には、長春園ランボーの諸所の噴水のために水を供給する環濠から、じかに水が流れこむ。池に見えて、じつは水がつねに流れている川である。それを「方河」と名づけても、皇帝に否やはあるまい。

ハドリアヌス帝は、たぐいまれなる美貌のアンティノウスのために、かれが身を投じたナイルをカノープスの池とした。カスティリオーネは、これも美貌の皇三子永璋のために、かれが身を投じた筒子河《トンツホ》を、方河としてここに掘る。ただし、妃と水芸の女と、そして信仰、この三者のあいだでやつれはてた皇三子のためではない。あるいはまた、帝にうとまれつづけた、あわれな皇子のためでもない。

「ほら、時計があるよ」

と眼をかがやかせ、ローマのトリニタ・デイ・モンティ教会の鐘楼《カンパニーレ》を指さしていた、十三歳のころの無垢なたましいのためである。

カノープスの池とほぼおなじ大きさの池を掘る。柱廊《ポルティコ》は、要らない。東西に長い矩形の池の南北のふちにびっしり、天然のかたちのトウヒを植える。ティーヴォリに多い糸杉《チプレッソ》に似ているからだ。そうすれば、視線はいやでも、池のさらに東へといざなわれるだろう。

池のさらに東は、せまい。二〇トワーズあるかなしかだ。しかし、そこには、はるか西方の異国のまちができるだろう。鐘楼《カンパニーレ》をいただく、そう、トリニタ・デイ・モンティ教会も、そのまちにはあるだろう。そのもっとかなたには、サン・ピエトロ大聖堂の巨大クーポラを、まるでまぼろしのように見せることもできるだろう。それを、和卓《ホジャ》氏こと香妃が、回教寺院《モスケーア》と見あやまったとて、もはや知ったことではない。

そのまちのかなたには、白い氷雪をいただいた山がつらなる。南疆のムスリムには忘れがたい天山《ティイエンシヤン》と、香妃の眼にはうつるだろうが、十三歳の無垢なたましいには、見たこともない異国の山だ。そして、カスティリオーネその人には、ふるさとミラーノの北にそびえるアルプスの山であってもいい。

これらのまちや山を、数枚の墻壁《パンネツロ》に描き、池の東にならべる。アンドレーア・ポッツォはだまし絵の廊下を描いたが、わたしは、数枚のパンネッロをならべただけで、二〇トワーズの地に一万リュー（一リューは約四キロ）もかなたの風景を再現してみせる、とカスティリオーネは思った。

長春園ランボーの東の端《はじ》は、こうして、西方の風景にあざむかれるだろう。皇帝によって遠近法《プロスペッティーヴァ》をうばわれたこのランボーの庭園は、わずか数枚のパンネッロによって、皇帝に復讐するのだ……

ふたたび、ハドリアヌス帝のヴィッラのなかの、カノープスの池をあたまに思いうかべる。柱廊《ポルティコ》のあいだには、ギリシアの神々の裸身像が立っていたが、多くは毀《こぼ》たれていた。アンティノウスのかがやくばかりの大理石像も、かつては立っていたにちがいないが、そのなごりは、どこにもなかった。

少年の日の皇三子永璋の裸身像を思いうかべることは、カスティリオーネにはできない。シナの地では、徹底してはだかの像を避けていた。はだかは、罪悪だった。海晏堂の噴水時計も、羅漢衣を着こんだ十二支の動物たちだったのである。それでも、皇三子のはだかのすがたは、なんとしてもパンネッロのどこかに描きこまなければならぬと、カスティリオーネは思った。そう思っただけで、かれの胸は早鐘を打った。

とはいえ、そんなことができるだろうか？

西洋楼があるとはいえ、西洋庭園の美しい規範をふみはずした長春園ランボーは、それをつくりおおせたカスティリオーネその人にとっても、みにくい混淆でしかなかったのだ。だからこそ、数枚のパンネッロによって、この池の東に遠近法《プロスペッティーヴァ》をとりもどさなければならないのである。

もはや、夕景だった。つめたい風が、いっそう日没をはやめる。落日の茜《あかね》いろが、風にあおられて、のっぺらぼうの大地を染めた。すると、まだ池にはなっていない大地が、さざ波のように赤く揺れているかに思われた。池のほとりには、やつれはてた皇三子永璋が立っている……

「自然は裏ぎり、運命はうつろい、神はすべてを高所よりながめたもう」

と、カスティリオーネは、またつぶやいた。

第十二章　枯骨の庭

皇帝から料理一卓が下賜されるとは、異例のことである。

ジュゼッペ・カスティリオーネも、シナふうにかぞえるなら七十九歳、北京の宮廷において絵を描きつづけ、その功績ははなはだ大なるものがあったのを嘉《よみ》する、というのが、帝のことばであったが、じつのところ、この数日、病いに臥《ふせ》っているカスティリオーネを案じ、見舞いとしてつかわされたものだった。

その料理一卓とは、糯米八宝鴨《ヌオミーバーバオヤー》・攤鶏蛋《タンチーダン》・蝦米白菜《シアミーバイツアイ》・素粉湯《スーフエンタン》、それに点心《ディエンシン》である。攤鶏蛋とは、うすく焼いた卵焼き、蝦米白菜とは、干したむき蝦《えび》と白菜のあえもの、素粉湯とは、はるさめ入りスープであるから、いずれも、老いた病人のためにはありふれたものであったが、糯米八宝鴨とは、皇帝お気に入りの、はなはだ凝《こ》った宮廷料理であった。

すなわち、鴨子《あひる》の骨と肉と内臓とを、皮をそこなわないようにそっくり取りのぞく。この手順がまた、たいそうやっかいだが、それはともかくとして、からっぽになったところへ、糯米《もちごめ》および竹の子・きのこ・鴨子の胃袋・鴨子の肉・蓮《はす》の実・銀杏《ぎんなん》・栗の、それぞれ賽《さい》の目切りにしたものを醬油で味つけし、詰めこむ。これを、八宝鴨《バーバオヤー》という。この八宝鴨を、取りのぞいた骨および豚骨・豚の脂身《あぶらみ》といっしょにぐつぐつ煮てから土鍋に入れ、さきの骨や脂身をもならべ、さらに葱のみじん切りや生姜《しょうが》のかたまりも加える。さきのスープに紹興酒や醬油・砂糖・塩を足し、煮たたせたものを土鍋にあけ、円盤状のもので八宝鴨を押しつけながら長時間とろ火で煮こみ、骨や脂身などを取りのぞく。そこへ竹の子・きのこ・青菜を加え、さらに煮こんでから葱や胡麻油を足してできあがるのである。

乾隆《けんりゅう》三十年の第四次南巡のみぎり、皇帝が蘇州にて食し気に入って以来、宮廷料理の一品となった。

それから一年余、いまは乾隆三十一年、一七六六年、陰暦五月なかばである。

半年まえには、時計師のジル・テボーが、フランス系イエズス会天主堂である北堂において死んだ。おなじくフランス系イエズス会士のミシェル・ブノアも、一七六〇年に《皇輿全覧図《こうよ》》を帝に献上してからは、長期にわたる長春園切れっぱし《ランボー》での噴水製作のつかれもたたってか、すっかり元気をなくしていたが、それは、一七六三年にフランスもまたイエズス会を追放したとの報をきいてから、いっそうひどくなっていた。かれは、テボーの死をきっかけに、海甸《ハイティエン》の住まいをひきはらい、北堂にうつってしまった。如意館《にょい》に「出勤」してくることも、もはやまれになった。

そこで、いま如意館にいるのは、カスティリオーネのほか、ジャン・ドニ・アッテイレとイグナティウス・ジッヒェルバルト、それにジャン・ダマセーヌだけである。ダマセーヌは、ローマ生まれのイタリア人であるから、正しくはジョヴァンニ・ダマシェーノ・サルスティといううらしかったが、なぜかフランスふうに名のっていた。アウグスティヌス会の画家として、一七六二年五月から如意館ではたらくよう皇帝に命じられた若ものである。

《準回両部平定得勝図》十六葉をフランスで銅版に彫らせるための原画の制作は、一七六五年五月から如意館ではじまっていたが、それには、カスティリオーネのほか、アッティレとジッヒェルバルト、およびこの若いダマセーヌがたずさわっていた。無口な男だった。

海甸の住まいにかえることができぬまま如意館に臥《ふせ》っていたカスティリオーネは、皇帝下賜の料理にすこしばかり箸をつけ、気力の回復を感じた。宦官の説明によって糯米八宝鴨の珍奇な調理法におどろき、食してみて、その美味に、またおどろいた。

アッティレたち三人にも、帝はぬかりなく料理一卓を下賜していた。かれらの宮廷画師としての待遇は、そうわるいものではない。毎日、羊肉・米・豆腐・豆芽《もやし》・青菜などの食料と、木炭・木柴などの燃料が支給されるほか、季節ごとに衣料もあたえられていた。もちろん、毎月の給料として、いくばくかの金子《きんす》も支給されていた。そもそも宣教師であるかれらにとって、その衣食住に不足のあろうはずはない。それでも、下賜の宮廷料理に、かれらは、いっとき舌つづみをうったのだった。

＊

テボーが死んでふた月あまりたってから、皇五子永琪《えいき》が薨《こう》じた。カスティリオーネ古稀の祝いにあたり、皇帝の名代として、さまざまな品を下賜した皇子である。のちお礼を言上しに参内したとき、帝はこういった。

「朕《ちん》の名代としては皇三子がふさわしかろうと考えたが、結婚後は羸弱《るいじゃく》でな、ずっと臥っておる。そこで、皇五子を名代とした」

そのじつ皇三子永璋《えいしょう》は、古稀の祝典の夜、ひそかに南堂にカスティリオーネをたずねてきて、洗礼を受けさせてほしいと懇願したのだった。そして、そののちの、承恩寺胡同《フートン》なる果然《かぜん》堂へのカスティリオーネの二度の訪問、そして、皇三子の死と、その真相……

薄倖な皇三子にくらべ、おなじく夭折とはいえ、皇五子永琪は、いかにもしあわせだった。死の数ヵ月まえには、親王に封じられた。もっとも、これは病床にあった皇五子への、帝の手あついはなむけであったろう。それにしても、おさないときから騎射に長じ、詩文を能《よ》くした皇五子を、帝がとくに鍾愛《しょうあい》していたのはたしかだった。

老いた身に、もはやおどろきはない。皇三子永璋の死の真相を知ったときから、カスティリオーネのこころは、凍りついたままだった。だが、彩管は、やすむことなくうごいていた。

乾隆二十五年、一七六〇年に長春園ランボーの西洋楼庭園が完成してからは、それまで西洋楼に時間をうばわれながらも帝の命ずるまま描きつづけていた絵筆が、いっそういそがしくなった。さまざまな鳥獣図や肖像画だけでも、ここ五年のあいだに、すくなくとも二十数幅、西洋楼のなかの壁や屏《ついたて》のための風景画も十数幅、あと小品にいたっては、かぞえきれぬほどであった。

肖像画も、皇帝のを一幅、皇太后のを一幅、さらに先帝たる雍正《ようせい》帝のも、安佑《あんゆう》宮にかかげられている肖像を模して描いている。

皇太后はことし七十五歳、カスティリオーネより四歳ほど年少とはいえ、昨年の第四次南巡やら、熱河《ジョホール》の避暑山荘へやら、皇帝が奉じてのあいつぐ旅に、おとろえを知らなかった。

それに反し、皇帝一族の若ものたちは、つぎつぎと夭折した。皇五子永琪の死によって、存命の成人皇子はわずか三人となった。しかし、皇四子永珹《えいせい》は、康熙《こうき》帝の皇十二子にあたる履《り》親王允祹《いんとう》が乾隆二十八年に薨じたとき、履親王家を嗣いでいたし、皇六子永瑢《えいよう》も、すでに乾隆二十四年、康熙帝の皇二十一子たる慎《しん》郡王允禧《いんき》の家統を嗣いでいた。皇八子永璇《えいせん》は、軽薄なうえに酒色に沈湎《ちんめん》しているとて、もともと人望がなかった。

のこるは皇十一子永瑆《えいせい》と皇十二子永璂《えいき》、ともに十五歳、それに七歳の皇十五子永琰《えいえん》のみ。このうち永璂は、第二の皇后那拉《なら》氏の子である。皇后所生の皇子となれば、それだけで皇太子たるにじゅうぶんであったが、昨年の第四次南巡のみぎり、皇后が杭州の行在《あんざい》において髪を剪《き》り、発狂したらしいのである。以来、この皇后の所在はわからない。

一説には、昨年五月、海晏《かいあん》堂なる十二支噴水時計の羊の像の台座から発見された白骨死体が、皇后那拉氏のものかとのうわさもあったが、発見者のブノアによれば、その白骨死体は男のもので、小柄な皇后のものでは断じてないとのことであった。

ともあれ、不吉なうわさがつきまとう皇后所生の永璂が皇嗣となるはずはなく、おなじ年齢の永瑆とはいちじるしく異なる境涯に落とされたらしかった。

さるにても、六年まえに薨じた皇三子永璋が、なにをもって皇帝にうとまれつづけたのかは、カスティリオーネにも依然として謎であった。粗暴であった皇一子永璜《えいこう》、軽薄無学な皇八子永璇、発狂したという母をもつ皇十二子永璂――いずれにも、帝にうとまれるに足る理由があった。しかるに、皇三子永璋にだけは、確たる理由はなかった。たっていうなら、数ある皇子たちのなかで随一、美しかったから、としか考えられない。とはいえ、皇帝たる父が、子の美貌に嫉妬するものだろうか？

皇帝のおとうと弘曕《こうえん》も、昨年三月に薨じていた。康熙帝の皇十七子允礼《いんれい》を祖とする果《か》親王家は、乾隆三年に子がないまま允礼が薨じたため、弘曕が嗣いだのである。カスティリオーネも、《果親王允礼像》を描くため、広大な果親王府をおとずれたことがあった。

襲爵にあたっての慣例により、弘曕は果郡王に封じられた。しかし、乾隆二十八年、罪により貝勒《ばいろく》に降格され、いっさいの公職を解かれた。

その年の五月五日深更、円明園内の九洲清晏《せいあん》と呼ばれる、皇帝のもっとも私的な空間において火災がおこった。じっさいはぼやの程度で、清暉閣《せいき》のまえの松九株を焼いただけにとどまったが、さっそく見舞いにかけつけた宗室諸王のなかで、弘瞻がもっともおそかった。のみならず、そんな場合であるにもかかわらず、歯を見せて談笑するなど、態度すこぶるよろしくなかった。その無礼をとりあえずの口実として罰せられたのだが、じっさいには、朝政に口出ししていたことをとがめられたのである。自邸にてひたすら謹慎しているうちに、病いを得て薨じた。死の床を見舞った帝は、叩頭してあやまるおとうとをゆるし、ふたたび郡王にもどしたが、ほどなくして逝った。

皇帝には、ふた月あまりあとに生まれた同年の異母弟がいた。和《か》親王弘昼《こうちゅう》である。これまた、兄帝の威をたのんで驕慢、さらにぜいたくずきであったが、弘瞻とともに罰せられた。

雍正帝は十人の皇子をもうけたが、皇五子弘曆《こうれき》、すなわち現帝のほかは、存命ののわずかに和親王弘昼のみとなったのである。

かくして、皇帝の骨肉で在世のものといえば、皇子六人、皇弟ひとりのみとなった。皇子のうちふたりは宗室中のべつの親王家を嗣ぎ、ふたりはまったくうとまれているから、まともに皇嗣たりうるのは、皇十一子永瑆と皇十五子永琰だけということになる。

皇帝の権力をかぎりなく維持することと、皇統をまもることとは、おなじ骨肉のあいだでさえ、いや、おなじ骨肉のあいだなればこそ、はなはだしく矛盾する。そのことに、ちかごろようやく、カスティリオーネは気づきはじめていた。

*

下賜の料理に効あったのか、それからまもなく、カスティリオーネは本復して海甸の住まいにもどった。

その夜、北堂からミシェル・ブノアとピエール＝マルシャル・シボーが、見舞いがてらたずねてきた。数年まえに北京に来た若いシボーは、つい一昨年のこと、一公子に洗礼を授けたという。康熙から雍正へのうつりかわりに、十三人の公子ほとんどが入信したかどで、悲惨な迫害を受けた蘇努《スヌ》とその一族とはまたべつの、宗室のある一族の若い公子というだけで、だれもその名は知らない。

昨年、海晏堂なる十二支噴水時計の羊の像の台座から白骨死体が出たあくる日、如意館をおとずれた皇帝は、いきなりこういった。

「ちかごろ、わが宗室の一公子が洗礼を受け、その兄弟も受けようとしているそうだ。むかしの蘇努一族の例もある」

帝は、その「一公子」に洗礼を授けた宣教師が、シボーであるのを知っていたにちがいなかった。しかし、シボーは、ちかごろ帝に重用されていた。長春園ランボー内の噴水は、すでにブノアによって完成していたが、小型の噴水をいくつか加えたり、紫禁城内の御花園《ぎょか》を整備したり、亡きジル・テボーのあとを承けて自動人形《オートマトン》をつくったり、いそがしくはたらいていた。

そのシボーが、海甸の住まいにはいってくるなり、見舞いのことばもそこそこに、カスティリオーネにいった。

「葉四《しようし》と名のる男をご存じですね？」

本復したとはいえ、老齢の身をいたわってソファに横たわっていたカスティリオーネは、掛けていた毛布をどけて、ゆっくりと上半身をおこした。

「もちろん識《し》っている」

と、こたえながら、長春園ランボーの東寄りの、あのころは転馬台《てんま》と呼んでいた人工の小山のふもとで、不意にこえをかけてきた葉四のかおを思いだした。なぜか、衛兵になっていた。あれは、皇三子永璋の死のあとだったから、もう六年まえのことになる。皇三子の死の真相をおしえてくれたのも、葉四だった。しかし、それきり会ったことはない……

するとジッヒェルバルトが、

「ああ、あの大道芸人だね。むかし、わたしが設計した万花陣迷宮《ばんかじん》でもはたらいていたことがある。南堂で洗礼を受けたとか、いっていたが――」

アッティレも、思いだしたのか、うなずいた。カスティリオーネは、かれらに、そののちの葉四《しょうし》についてはひとこともいっていなかった。いえば、皇三子永璋につながってしまうからである。そこで、カスティリオーネもうなずいて、たずねた。

「その葉四が、どうかしたのかね」

するとシボーは、ふところから封書をとりだした。

「葉四から、あなたにあてた手紙です」

受けとって、おもて書きを見ると、たしかに漢字で「郎世寧」の三字と、かれには読めぬ漢字が二字、いかにもつたない手でしるされている。いそぎ封をひらくと、カスティリオーネにも、ほかの宣教師たちにもまったく読めない満洲文字の、くねくねした線がつらなっていた。漢字もほとんど読めないが、それでも、読める字だけをひろえば、すこしは見当がつくかもしれないものを、満洲文字では手も足も出ない。

「アミオなら読めるでしょう。シナ語も、満洲語も、たんのうですから」

と、ブノアがいった。

「いや、いい」

と、カスティリオーネはつよくくびをふった。ほんとうに葉四の手紙なら、内容が皇三子永璋の死にわたるであろうことはあきらかだった。それを、アミオなりブノアなりに知られるわけにはいかない。

「わたしに、こころあたりがある。そのものに訳してもらうとしよう」

ほんとうは、こころあたりなどはなかった。それでも、かれはそういった。

「それより、葉四がきみに、わたしあての手紙を託したのはなぜか、いきさつをはなしてくれたまえ」

透《す》けるような碧《あお》の、シボーの眼が、じっとカスティリオーネをみつめた。

「わたしは、葉四なるものに会ったことはありません。葉四のゆくえは、一年ほどまえからわからないのだそうです。かれの縁者が、ちかごろこの手紙を見つけて、あなたにわたしてほしいと、わたしに託したのです」

「縁者というと、日本人と称するあの水芸の女かね。おなじ大道芸人なかまだったが」

と、アッティレがいった。ジッヒェルバルトもうなずいて、

「そうそう。扇子のさきから水を噴きださせていたね」

「ちがいます」

と、シボーはつよく断言した。

「男です。わたしが入信させた男です。だれとは、いえませんが」

カスティリオーネはふと、その男とは、二年ほどまえにシボーが授洗したという「一公子」ではないかと思った。しかし、たちどころに、あたまのなかで、それを否定した。もしそうなら、その縁者たる葉四もまた、宗室の「一公子」になってしまうからである。それにしても、石工《いしく》であり、大道芸人であった葉四が、皇三子永璋のやしきに出入りしていたこと、あるいは皇三子の死後、円明園護軍営の衛兵になっていたことなどの謎は、かえってそれで解けそうな気もする……

「ゆくえがわからんというが、葉四は大道芸人だからね。べつの土地にながれていったのじゃないかね」

とアッティレがいうと、ブノアも、

「わたしも、そういったのですがね――」

立ったままのシボーは、一同を見わたし、

「ちがいます。葉四は、兵隊になっていました。それも、円明園やら清漪《せいい》園やらの禁苑の衛兵でした。それが去年、静宜《せいぎ》園に行ったきり、ゆくえ知れずになったというのです」

みな、おどろきのこえをあげた。カスティリオーネは、だまっていた。おどろくべきことは、もうどこにもなかった。

するど、いままでだまっていたダマセーヌが、めずらしく口をひらいた。

「静宜園といえば、去年でしたか、虎が出没して、ひとが食われたというさわぎがあったとききました」

アウグスティヌス会のダマセーヌは、ふだんは海甸《ハイティエン》には寝とまりしていない。カスティリオーネたちとは、如意館でかおをあわすだけである。きょうは、しかし、ひさびさに海甸にかえるカスティリオーネを送ってきた。そのダマセーヌが、ある宦官からきいたはなしとは――

昨年の五月、静宜園に虎が出たというので、武装した兵が出動し、虎三頭を殺した。ひとの無残な白骨死体がのこっていたが、あたまはなかった。静宜園づきの宦官か、園丁かとさわがれたが、よくわからなかった。なぜなら、かれらはみな逃げてしまったからである。静宜園内の鹿の檻《おり》をしらべたところ、九頭すくなくなっていたが、はたして虎に食われたものなのか、逃げた連中が、その機にぬすみだしたものなのかも、わからなかった。その事件は、それっきりになった。

静宜園とは、円明園のすぐ西なる、のちに頤和《いわ》園と呼ばれるようになった清漪園の、さらに西方の山岳地帯のふもとにあった。高さ五〇〇メートルちかい香山の断崖を背にして、乾隆十年につくられた亭台楼閣二十八景の山岳庭園である。

人里はなれた山野に虎が出没することは、稀ではあるが絶無ではなかった。皇帝も、木蘭《もくらん》での鹿狩りのときに、いきなりあらわれた虎におどろかされたことがあった。それにしても、静宜園に虎が出るとは、ただごとではない。

はじめてきくはなしだった。如意館づめの宦官たちが知らぬはずはない。ダマセーヌをはじめとする、ごく少数のアウグスティヌス会の宣教師たちの住まいがどこにあるのかは、カスティリオーネたちイエズス会士にはわからなかったが、ダマセーヌはそこの宦官にきいたのであろう。

「静宜園にあった人間の白骨死体が、葉四のものであるという証拠はあるのかね」

と、アッティレがたずねた。ダマセーヌはくびをふった。

「わたしにはわかりません。葉四という名も、いまきいたばかりなのですから」

そのとおりだった。

「そういえば」

と、シボーがいった。

「葉四の縁者が、ぼろぼろになった葉四の服が静宜園で見つかったといっていました。しかし、虎のことは、なにも知らないようでした」

「それじゃ、まちがいない。葉四は虎に食われたんだ」

と、ジッヒエルバルトがいった。すると、ブノアが、

「それにしても、へんですね。衛兵として静宜園に行った葉四が、しごとのさいちゅう虎に食われたのは、事故ということになりますが、それをかくしておいたのは、なぜでしょうか」

アッティレもうなずいて、カスティリオーネのかおを見ながら、

「事故でいのちを落とした葉四が、あなたに遺書をのこしたのは、なぜでしょうかね」

「遺書とはかぎるまい？　なにか、ちょっとした用があっただけかもしれん。いずれ、この手紙を訳してもらえばわかることだ」

といって、カスティリオーネは目をつむった。一刻もはやく、葉四の手紙を読みたいと思う。漢字がすこししか書けず、満洲文字をすらすらものすることができるとい

うのは、満洲人だからにほかならない。しかし、葉四は、福建の泉州《せんしゅう》出身だといった。福建で捕えられ処刑されたトリスターノ・ディ・アッティミスにおそわって、カスティリオーネをたずねてきたのである。

皇子たちなら、おさないときからシナ語と漢字、それに満洲語とその文字をまなぶ。名も、シナふうの名をつけられる。永璜・永璉・永璋・永珹・永琪・永瑢・永琮……のように。いずれも「永」字を頭字《かしらじ》としている。同じ排行《はいこう》に属する男子の名の頭字を共通にすることを字輩《じはい》という。のみならず、現帝の皇子たちは、下も玉《たま》へんの字に統一している。

この原則は、現帝の兄弟の子すべてにおよぶけれども、先帝すなわち雍正《ようせい》帝の兄弟の孫になると、「永」の字輩であるのはおなじでも、下の字が玉《たま》へんでなければならないという原則からは自由になる。

さらに、康熙《こうき》帝の兄弟の子孫になると、字輩からも自由になる。康熙帝のすぐ下のおとうとの子たちは、永綬《えいじゅ》・満都護《マンドゥホ》・海善《ハイシャン》・対清額《トゥチンネ》・卓泰《ジョルタイ》と、シナふうの名と満洲語の名とが、いりみだれている。おなじ宗室ではあっても、現帝と血のつながりがとおい公子たちほど、満洲族の文化や習慣をそっくり承けつぎ、「漢化」の度は、ひくくなっていた。

葉四が静宜園において、虎に食われ死んだのは、どうやら、たしかなことのようである。カスティリオーネは、昨年の海晏堂における白骨死体事件を思いだした。あの白骨死体がだれのものなのかは、まだわかっていない。いずれにせよ、自分もまた白骨になる日はとおくないのだ、とカスティリオーネは思った。

*

この絵が最後の作物《さくぶつ》となるだろうという、はっきりとした予感が、カスティリオーネにはあった。

この絵とは、《白鷹《はくよう》図》である。昨年の正月、黒龍江にちかいさいはての地喀爾喀《ハルハ》多《ト》の貝勒《ばいろく》阿約爾《アユル》が、帝に白鷹を献上した。ただちに、その白鷹を描くようにとの命がカスティリオーネにくだり、画稿はとうに奉呈して嘉納せられたのだが、作品はしあげていない。例の《得勝図》の原画の制作に追われていたせいもあるのだが、鷹の眼がもつ、空気をつんざくような鋭さが描ききれず、やりなおしをかさねている。

カスティリオーネは、馬の絵をかぎりなく描いた。それに次いで多いのが、鷹の絵かもしれない。雍正二年、一七二四年、三十六歳のころに描いた大幅《たいふく》《嵩献英芝《すうけんえいし》図》は、激流のほとりの岩の上にとまった白鷹が、くびをねじってなにかを凝視している図であるが、画面の右にうねる老松といい、その幹にからまる葛《かずら》といい、松や岩に生える霊芝《れいし》といい、たばしる水の流れといい、ほとんど西洋画の骨法によったもので、雍正帝はじめ多くの人の感嘆をあつめた。

以来、鷹あるいは海青《かいせい》と呼ばれる満洲北部産の鷲の属など、いずれも吉祥の白いのを、七、八幅は描いたであろう。野生のすがたなら、滝にさしかかる松の枝、あるいは、滝のしぶきを受ける松の幹にとまり、らんらんと眼をかがやかせているのである。

　飼っているのなら、きまって鷹架《ようか》にとまっているのだが、その鷹架の意匠がまた、おそろしく凝《こ》ったものなのであった。鷹架の二本の柱のいただきには、麒麟《きりん》らしき一角獣が立ち、柱のふもとでは、獅子が二頭ずつ柱をかかえ、眼をむき、牙《きば》をむいている。鷹の肢にゆわえられた皮紐といい、架の下の横棒に掛けられた錦織の文様といい、克明をきわめたその描きかたに、人は息を呑んだ。

わけても、獲物《えもの》をねらう鷹や海青の眼の鋭さは、たとえんかたもなかった。ところが、昨年来の白鷹の図だけは、鷹のかおを、皇帝の命によってほぼ正面にしたせいなのか、眼光がひどくおだやかなのである。もはや、鷹を描く年齢《とし》ではなくなったのだと、カスティリオーネは絵筆を擱《お》いた。

つかれて、すこし横になろうとしているところへ、ダマセーヌが長いものをかかえてはいってきた。

「ヨゼフ・バールさまが、きのうわたくしの宿に来られまして、これをあなたにおわたししてほしいとのことでした」

受けとって、つつみの布をほどくと、見おぼえのある猿臂《えんぴ》の骨笛があらわれた。紙片もあった。ドイツ語のはしり書きである。

「日本へ巡按使として旅だつことになりました。一、二年たったら北京にもどる予定でありますが、日本もまた、キリスト者への弾圧がひどい由にて、はたして生きてかえれるかどうか、わかりません。楽士として、彼《か》の地で笛を吹く機会もないでしょう。留別の紀念として、献呈いたします」

承恩寺胡同《フートン》の皇三子永璋のやしき果然《かぜん》堂で、バールがこの笛を吹いていたのは、もう八年もまえになろうか。以来、バールには会っていない。イエズス会士だとのことだが、ポルトガル系の南堂や東堂、フランス系の北堂、いずれにも属していない。そしてまた、宮廷楽士たちの住まいや演奏の場についても、カスティリオーネら宮廷画師はまったく知らなかった。いまさらのように、宮廷における宣教師たちにたいする皇帝の、管理のたくみさが思い知らされた。

カスティリオーネは、骨笛を手にとった。テナガザルの長い臂《うで》、すなわち猿臂《えんぴ》の骨でつくったという、ふしぎな笛である。かれは、そっとにおいを嗅いでみた。獣骨であったときの記憶は、すっかり抜けていた。くちびるが吹き口にあたったので、息を吹きつけてみる。よわよわしいが、かんだかい音が出た。びっくりしてくちびるをはなすと、ダマセーヌが、

「おもしろいフルートですね」

と、のぞきこんだ。カスティリオーネは、骨笛をさわらせながら、

「わたしがもらっても、しかたがないんだが、思い出があるのだ」

と、つぶやいた。

「わたしは、この骨のもちぬしである猿《ジッポーネ》を描いたことがある。また、そのジッポーネの頭蓋骨《クラーニオ》に追いかけられたことがあるのだ」

もともとイタリア人であるダマセーヌは、カスティリオーネが、いつものポルトガル語ではなく、母国語をいきなり口にしたので、おどろいたようだった。しかし、その語ったことは、まったく理解できないようだった。カスティリオーネは、そんなダマセーヌをうわ目づかいに見ながら、骨笛を両手で扱《しご》いた。

「ありがとう。さあ、わたしは、この鷹《ファルコーネ》をしあげなければならん」

そのじつ、カスティリオーネには、そのファルコーネのひとみに、最後の鋭い一筆

を加える意志がなくなっていた。

＊

方河《ほうが》の東の線法墻《せんぽうしょう》をとりかえるようにとの皇帝の命がくだった。アッティレやジッヒェルバルトは、そのしごとはわれわれがするから、やすんでいるように、とつよくいったが、カスティリオーネは、きつい調子で、

「いや、きょうは、わたしひとりに行かせてほしい」

と、かれらを拒んだ。

陰暦五月のすえ、北京は、ま夏である。暑さが、かえって老いたカスティリオーネをふるいたたせた。

如意館から長春園ランボーまで、そしてランボーのなかでは、かれは肩輿《けんよ》に乗るのがゆるされた。肩輿とは、ふたりの轎夫《かごかき》が轅《ながえ》の前後を肩でかつぐかごである。病後のこととて、宦官もふたりしたがっている。

いつものように、万花陣《ばんかじん》門から諧奇趣《かいきしゅ》の北に出、養雀籠《ようじやくろう》をくぐると、方外観のまえである。和卓《ホジャ》氏すなわち香妃こと容《よう》貴人の肖像を、皇帝のそれとならべて描いた絵は、この方外観を背景としていたが、そののちの帝のさらなる命によって、香妃の大きな肖像をも、めずらしく油絵で描いたことがある。

とはいえ、香妃のかおをまぢかに見たことのないカスティリオーネは、「そちの思うがままに描けばよいのだ」という帝のことばを承けて、西洋の甲冑《かっちゅう》を帯びた女人像を描いた。朱纓《しゅえい》を垂らしたかぶとをかぶり、くびには純白の布を巻き、いくつもの鋲《びょう》を打ちこんだ重たげなよろいの袖からは、ふわりとした真紅の絹の袖が、金いろの刺繡もあざやかにのぞいている。意志的に肘《ひじ》を張ったその手は、濃い紺いろの棒をしっかりにぎりしめ、腰には剣を佩《お》びている。

ところでそのかおは、あきらかに、シナ人あるいは満洲人の女のものであった。まことの香妃ならウイグル人であるから、両眼はもっとひっこみ、眉はもっと濃く、左右つづいているかに見えるほど接近していなければならないであろうに、東アジアの、扁平な、しかし高貴な女のかおになっていた。

皇帝はよろこんだ。自分の思いもののまことのかおつきが、世に知られないですむからである。西洋の甲冑を帯びた女人像というのも、皇帝の異国趣味《エゾティズモ》を満足させた。こうして帝は、カスティリオーネに、まったく肖《に》ていない香妃の肖像画を、つぎつぎと描かせた。ほんものの香妃だけは、皇帝のものだった。

和卓《ホジャ》氏すなわち香妃こと容貴人は、入宮して二年の乾隆二十七年には、嬪《ひん》に封ぜられていた。妃に封ぜられたのは、もっとあとの乾隆三十三年のことである。

ひっそりとした方外観のまえをよぎり、海晏堂西面ファサードの噴水時計のよこをとおる。ちょうどそのとき、シューッという涼しげな音が、暑くなりはじめた陽光を切り拆《さ》いた。正面にむかって左側に、牛・兎・蛇・羊・鳥・猪の順でならんだ羅漢衣すがたの、いささかこっけいな動物像のうち、蛇の像の口から、美しい水の線が噴きだされたのである。巳《み》の刻だ、とカスティリオーネは、思わず懐中時計をさぐりだした。ぴったりだった。

一年まえ、白骨死体が出てきたのは、となりの羊の像の台座だった。

しかし、かれは、かごをとめなかった。海晏堂の北側を行くと、すこしは夏の陽ざしをさえぎることができる。錫海《しゃくかい》すなわち海晏堂の水がめのまわりの大樹が、こんもりした影を落としていた。

大水法は、威勢よく、惜しげなく、噴水を空にふるまっていた。遠瀛観《えんえい》に、きょう香妃がいるのかどうかはわからない。衛兵たちのすがたは見えるが、それは香妃不在でもおなじだった。

もとは転馬台《てんま》と呼んでいた線法山《せんぽう》に着いた。いただきまでかごで、と宦官がいうのをことわって、かれは徒《かち》でのぼった。

いただきのあずまやでやすむことなく、カスティリオーネは、東のふもとに水をたたえた方河《ほうが》をながめた。ハドリアヌス帝が、カノープスで失った美しい寵童アンティノウスの追憶のために、ヴィッラ・アドリアーナにつくったカノープスの池——それをそっくり模したものが、この方河であるとは、だれひとり知らない。

美しかったおさない日の皇三子永璋が、紺碧の空をそっくり映したこの池で、はだかのまま泳いでいる——ただその幻想のためだけにつくられた池は、いまはかすかなさざ波をたて、そのかなたの風景を、時あってゆらめかせた。

異国の風景だった。鐘楼《カンパニーレ》がそびえ、聖堂のクーポラが天を圧する。まちなみは、すべてふるさとのミラーノであり、ジェーノヴァだった。そして、そのかなたには、氷雪をいただくアルプス連峯……

このすべてを、カスティリオーネは、アッティレやジッヒェルバルトのたすけも借りつつ、数枚の巨大な墻壁《パンネツロ》に描き、方河の東にならべたのである。湖東線法墻《せんぽうしょう》と人は呼んだ。線法とは、遠近法《プロスペツテイーヴア》のことである。したがって、この線法山は、パンネッロに描かれたいつわりの風景をながめるための山となった。

わたしは、アンドレーア・ポッツォを超えたのだろうか、とカスティリオーネはちらと思ったが、いずれにせよ、いまのパンネッロに描かれた風景は、とりかえなければならないのである。皇帝がどのような風景を所望するか、それは、まもなくここにあらわれるはずの帝みずからが語るであろう。それを描き、完成させるだけの時間が自分にのこされていないことだけは、カスティリオーネにもわかっていた。

*

「陛下におねがいの儀がございます」

ひとしきり、新しいパンネッロについての皇帝のかんがえをきいてから、あずまやで席を賜ったカスティリオーネは、そのテーブルに叩頭した。つめたい飲みものが供されていた。

「なんだ」

帝は、玉泉水を一気に飲んでから、いたわりのまなざしを、老いたる画師にむけた。

「なにとぞ、お人ばらいを」

すこし不審げではあったが、帝は、側近の胡世傑《こせいけつ》はじめ、その配下の宦官たちにむかい、かるく手をはらった。かれらは線法山をふもとまでおりていったが、胡世傑だけは、螺旋状の道がはしる山の中腹で、木かげにたたずんでいるらしかった。

「おそれながら、陛下にお訳し賜りたい満文の書状がございます。おもてむきは、卑しい大道芸人でございましたが、のちには円明園護軍営の衛兵にもなりました若も

の。おそらくは、陛下宗室につらなるおかたかとも存じます。いまは、ゆくえ知れずということでございますが、なぜか人に託してわたくしに、これなる書状をのこしました。満文を解するものに訳してもらおうかとも存じましたが、こと、あるいは陛下にかかわるものやもしれず、おそれながら、陛下をおわずらわせ申しあげる次第でございます。

万が一、下賤のものの繰りごとでありました場合は、わたくしめに死を賜りますように」

皇帝は、にっこり笑った。

「世寧のたのみだ。きいてやろう。どれ、見せてみよ」

カスティリオーネは、ふところから出した葉四《しようし》の手紙を、うやうやしく皇帝に奉呈した。それをひろげた帝は、満洲文字のくねくねした縦書きのつらなりに、左から右へ、さっと眼をはしらせた。この文字は、行《ぎよう》を左から右へと追うのである。帝は、かおいろひとつ変えなかった。

「よいか。読むぞ」

カスティリオーネは、椅子に座したまま、テーブルに平伏した。

「わたしの名は、葉四（Shè Sì）ではありません。まことの名を明かすことはできませんが、太祖《たいそ》第九子たる巴布泰《バブタイ》を祖とする皇統の末席につらなるものであります。

——かおをあげてよいぞ、世寧」

「はっ」

と、カスティリオーネは、かすかにあたまをあげ、うわ目づかいに皇帝のかおを仰いだ。ふたりの視線がぶつかった。

「葉四という名は、陛下から賜ったものです。葉なる漢字は、姓を指すときは、ショ Shè と読みますが、植物の葉《は》を指すときは、イェ yè と読みます。数字の四は、父が流されたためにわたしも住んでいたことのある福建では、スー su と読みます。イェスーは、神父さまの属しているイエズス会の耶穌 Yēsū と、音《おん》が通じます」

カスティリオーネは、これはたしかに、葉四、いや、そう名のっていた若ものの手紙だと思った。かれのことを、神父さまと呼んでいるからである。わたしは神父ではない、助修士なのだと、なん回か訂正してやっても、ついぞあらたまらなかった口ぐせが、ここでも出ていた。

「長春園万花《ばんか》陣をつくっているとき、皇一子永璜《えいこう》さまが人夫ふたりを殺すという事件がありました。その目撃者たる人夫はすべて連行され、しまつされました。わたしひとり、迷路のなかにかくれているところを、神父さまに助けられました。しかし、神父さまにおしえていただいたとおり東へ逃げているところを、あとから追ってきた騎兵に捕えられ、連行されました。詮議の結果、わたしが宗室の一員であるとわかり、陛下に拝謁をゆるされました。

——ふむ、そんなことがあったかの」

帝は、玉泉水を飲んだ。

「そちも、飲め。きょうは暑い」

「はっ」

カスティリオーネも、ひとくち飲んだ。

「陛下は、わたしが福建でイタリア人宣教師であるタン・ファンツィー師をかくまったとき、北京に行って神父さまをたずねるよう、タン師からおそわったことを、わたしからききだされました。宗室の一員とはいえ、流謫《るたく》の身の父をもつわたしが北京に行くには、石工《いしく》になるほかありませんでした。ちょうどそのころ、円明園の工事のため、福建からたくさんの石工が北京に連れていかれました。

——タン・ファンツィーだと？　きいたおぼえがないぞ」

蘇州で斬首されたトリスターノ・ディ・アッティミスである。シナ名を、談方済《タンファンチー》といった。閩音《びん》なまりで、葉四がタン・ファンツィーといったのをおぼえている。

「陛下は、わたしに、タン師にいわれたとおり、神父さまのもとに行って洗礼を授けてもらえと仰せられました。同時に、大道芸人になって、皇三子永璋さまに近づくようにと、仰せられました。永璋さまにたいして、神父さまがかくべつの好意をおもちであることをご存じだったからです。永璋さまが、いずれ神父さまによって入信されるであろうことを、陛下は危惧しておられたのです。陛下によっていのちを救われたわたしは、やはりいのちを助けられた神父さまを裏切り、殉教されたタン師をも裏切ることになりました。

——はっは。なにをたわけたことを。

——永璋は是《こ》れ葉四《イエスー》（耶穌《イエスー》）なり。果然《グオラン》（果たして然《しか》りや）？」

「はっ？」

カスティリオーネには、いまのさいごのことばが、葉四の文中のものなのか、皇帝みずからのことばなのか、わからなかった。しかし、果然《グオラン》ということばに、はっとした。皇三子の結婚を祝い、帝の命によって描いた《交阯《こうし》果然《かぜん》図》を思いだしたからである。果然とは、シナの古書に見える猿猴《さる》の一品種の名であると、南苑の役人にきいたが、それが、こんな意味をもつとは、夢にも知らなかった。承恩寺胡同《フートン》の皇三子のやしきが果然堂と名づけられていたことを、カスティリオーネはありありと思いだした。

帝は、平然と、紙に視線を落とした。

「しかし、神父さまは、永璋さまへの授洗を拒否されました。かわりに、魏継晋《ぎけいしん》さまが、授洗し、永璋さまは入信なさいました。宣教師としてではなくシナに来た魏継晋さまは、陛下の隠密《おんみつ》でした。ですから、入信といっても、イエズス会のあずかり知らぬことでした。

――魏継晋？　はて、だれだったかの」

「宮廷楽士のドイツ人ヨゼフ・バールでございます」

「おお、そうであった。笛の名手であったの。猿臂《えんぴ》の骨笛をあたえたことがある」

そのバールが、まもなく日本への旅にたつことも、帝の命によるものなのだろうか。それにしても、バールが帝の間諜《スピーア》であるとは、信じられないことだ。しかし、そうであれば、皇三子のやしき果然堂に、バールがいたことの謎も解けるのである。

「永璋さまの不幸な結婚、そしてその悲しい最期のことは、いつぞや、長春園転馬台にておはなししたとおりです。陛下もご存じない、忌まわしいご最期でした。

――なに、朕《ちん》も知らぬ皇三子の忌まわしい最期だと？　なんだ。世寧、はなしてみよ」

カスティリオーネは、テーブルに平伏した。

「こればかりは、申しあげるわけにはまいりませぬ。ひらに、ご容赦を」

「かまわぬ。申せ。はなしてみよ」

カスティリオーネは、椅子をおりた。あずまやのかたい石のゆかに、平伏した。

「ひらに、ひらに、ご容赦を」

「ふむ、いずれわかることだ。まあ、よい。席につけ。つづきを読むぞ」

手紙が、皇三子永璋の死にまでいたったので、そのさきはないと思ったカスティリオーネはおどろいた。

「永璋さまの死によって、陛下よりあたえられたわたしのつとめはおわったと、わたしは思いました。陛下は、わたしを、円明園護軍営の衛兵に任じられました。平穏な日々がつづきました。長春園でいく度も神父さまをお見かけいたしましたが、軍装のわたしにはお気づきにならず、転馬台でおひとりのところを、呼びとめたのです。

そして、ついさきごろのことです。陛下から、また秘密のご命令がくだりました。黄花山《こうか》の園寝《えんしん》にねむる皇三子永璋さまのご遺体を、ひそかにはこびだし、海晏堂噴水時計の台座にかくせ、というのです。台座の鍵は、蔣友仁《しょうゆうじん》神父さまのところからぬすみだせばよい、というのです。

——なんだと？　この葉四とやら、とんだ妄想ばかりぬかしおる。しかし、おもしろいはなしじゃ」

皇帝は、じっとカスティリオーネをみつめた。カスティリオーネも、じっと帝を見あげた。

「ついさきごろ」といっているところを見れば、カスティリオーネがブノアとともに噴水時計の羊の台座で白骨死体を発見した、そのすぐまえのことであろう。すなわち、この手紙は、昨年の四月末から五月はじめにかけて書かれたことになる。

「むかし、先帝が蘇努《スヌ》の墓をあばき、骨を焼いて風に飛ばすという刑をなさったことがあるときいています。永璋さま死後五年にして、そのご遺体に、あらためてかかる辱《はずかし》めをおあたえになる陛下のおこころが、わたしにはわかりません。そこで、わたしは上意とはいえ、きっぱりおことわりいたしました。もとより、死は覚悟のうえです。神父さまにおはなしすべきこと、以上で、すべてであります。神父さまのご長寿を祈念いたします。

——ふむ。なかなかおもしろいはなしではあるの」

カスティリオーネは、平伏し、そのままじっとしていた。

「しかし、これは、うそだぞ、世寧」

と、皇帝が口をひらき、玉泉水を飲んだ。そして、もう一度、

「これは、うそだ」

「されば、葉四はわたくしに、いつわりの書状をよこしたのでございますね？」

「世寧、そちは朕のうなじに癰《よう》ができ、痛みにくるしんだのをおぼえておろうな。一度ならず、二度もだ」

　思わぬほうに、はなしが飛んだ。

「はっ、おぼえておりまする」

「腫《は》れものが大きくなるのを、癰長《ヨンジャン》（yōng zhǎng）という。朕のうなじに、一度ならず二度も癰ができ、くるしんだとき、朕は皇三子の呪いだと思った。永璋《ヨンジャン》（Yǒng zhāng）の名が、癰長《ヨンジャン》を連想させるからだ」

「おそれながら、陛下がおつけになった御名《おんな》でございます」

「いかにも。さればこそ、朕は朕の命名を悔いた。皇三子には、なんの罪もない。しかし、皇三子は、皇子たる分《ぶん》を踏みはずし、キリスト教に入信した」

「いいえ、葉四の書状にありますように、魏継晋はいつわりの授洗をしたのでございます。かれは、イエズス会とは無縁のもの。されば、皇三子さまがキリスト教に入信したという事実はございませぬ」

カスティリオーネは、おぼえず水を飲んだ。皇帝はそんな老画師をじっと見おろして、

「事実とな?　事実がなになろうか。皇三子は、自分では入信したと信じていた。それが、事実というものであろう?」

そのとおりだった。はじめて承恩寺胡同《フートン》の皇三子のやしきをたずねたとき、皇三子みずからが語っていたことである。

「おさないときから、すぐれて美しい皇三子だった。そちを慕《した》い、そちも、皇三子をかくべつに愛《いと》しく思っていた」

カスティリオーネのひたいと背に、冷たい汗が流れた。帝のことばは、なおもつづく。

「皇三子は、そちの西洋画、そちたちの西洋楼庭園にこころを惹かれた。そして、そちたちの信仰にも、こころをうばわれるようになった。しかし、そちが描く絵も、そちたちがつくった機械時計も、噴水も、ここ長春園西洋楼庭園も、すべては朕のものだ」

「御意」

と、カスティリオーネはふるえるこえで応じた。

「皇子といえども、朕のものを瞻仰《せんぎょう》してはならぬ。しかるに、皇三子は、瞻仰した。あまつさえ、そちたちの信仰をも、だ」

皇帝は、ことばを切った。もはや、なにもいうまいと、カスティリオーネはうつむいたままこころにきめた。

「朕は、そちたち西洋人の宗教を禁じたことはない。だが、わが皇子たちはもとより、宗室の公子たちをはじめとするわが国民に、そちたちの信仰を押しつけることはゆるさぬ」

「押しつけたことは、ございませぬ」といおうとしたが、カスティリオーネは、やはりだまっていた。

「そちが皇三子に授洗するかどうかを、朕はたしかめなければならなかった。そこで、福建で生まれた一公子を葉四《しょうし》と名づけ、皇三子に接近させた。そちが、なんとしても皇三子に授洗しなかったこと、朕は嘉《か》とする。したが、皇三子は、葉四とその女によって堕落した。継晋は、たしかに朕の隠密であった。継晋のいつわりの授洗により、皇三子は自分が入信したと信じた」

ちがう、皇帝の卑劣な罠《わな》にかかったのだ、とカスティリオーネはこころのなかで叫んだ。

「皇三子の堕落が目にあまるようになったころ、朕のうなじに癰ができ、朕をくるしめた。一度ならず二度も、だ。皇三子の呪い、いやキリスト教の呪いだ、と朕は思った」

「おお、陛下。キリスト教は、さような呪いはいたしませぬ」

と、カスティリオーネは叫んだ。こころは涸《か》れ、こえも嗄《か》れた。

かまわず、皇帝はつづけた。

「そこで、葉四に、皇三子とあやしげな女をしまつさせた。皇三子が、その女にそそのかされて、福晋《フージン》（妃）を殺したのが、皇三子を殺す口実となった。葉四は、皇三子を縊《くび》り殺し、筒子河《トンツホ》に投棄し、自殺に見せかけた」

おお、神よ、とカスティリオーネは、こころのなかで叫んだ。いつぞや葉四が語ったのは、妃が女芸人を殺したので、皇三子が妃を殺し、入水自殺したということだった。しかし、帝のはなしでは因果関係が逆転していた。とはいえ、あの妃が、おそらくは嫉妬にかられて女芸人を殺したという葉四の説明は、いかにも不自然である。ここは、帝のはなしが正しいのであろう。葉四は、自分の手が皇三子と女芸人の血で汚れているのを、カスティリオーネにはかくしたのだ。

「あとは、そちが知っているとおりだ」

「いえ、陛下。されば、海晏堂の白骨死体は、だれのものでございますか」

「皇三子のものでもあり、葉四のものでもある。ともに、いつわりのキリスト教徒たちのものだ。永璋は是《こ》れ葉四《イエスー》（耶穌《イエスー》）なり。果して然りや？」

「えっ！」

おどろくことにつかれはてたカスティリオーネも、思わず大きなこえをあげた。それにしても、かれが昨年五月はじめ、ミシェル・ブノアとともに海晏堂噴水時計の羊の台座で発見した白骨死体は、たしかに、ひとりぶんではなかったか。

「葉四には、ふたつの大罪があった。ひとつには、皇三子を殺害したこと、ふたつには、和卓《ホジャ》氏と通じたことだ」

「皇三子さま殺害のことは、陛下のご命令のままに葉四がおこなったと、たったいま陛下が仰せられました」

「いかにも」

と、皇帝はうなずいた。

「なればこそ、葉四は亡きものにしなければならぬ道理だ」

おそるべき皇帝の論理だった。これをきかせられているカスティリオーネもまた、皇帝によって抹殺されなければならないであろう。しかし、どのみち、カスティリオーネの年齢は、すべてをまぬがれてもいるのだった。

「和卓氏とは、葉四が遠瀛観の門衛をしているときに、そのうわさが立った。和卓氏はそれを否定し、葉四も否定した。朕もまた、かれらが通じたとは信じておらぬ。だが、事実がどうあれ、そのようなうわさが立ったことは事実である。

よいか、世寧。政治とは、真実によってうごくものではなく、そのような事実によってうごくものなのだぞ」

「御意」

とだけいって、カスティリオーネは平伏した。

「ところで葉四は、朕の命令をいったんは拒否したが、結局はしたがった。皇三子の白骨化した遺体をはこび出してきたが、されこうべだけはいちじるしく破砕しておるという。そこで、葉四のされこうべを足して一体としたのだ」

おそるべきはなしを、皇帝は難なく、やってのけた。

「静宜園《せいぎ》で虎に食わせたのでございますね」

「虎？　ほう、世寧、よくわかったな。したが、静宜園ではないぞ。南苑で飼育している虎だ。静宜園には、からだだけをもっていったらしい」

昨年の五月の静宜園での虎さわぎのことは、ダマセーヌにきいた。あたまのない無残な死体があったというが、やはり葉四のものだったか——。

カスティリオーネは、ゆくりなくも、南苑で果然を写生したときのことを思いだした。小さなされこうべに大蒜《にんにく》を食わせ、

「辣《ラー》か（辛《から》いか）」

とたずねたところ、

「ラー、ラー、ラー」

と、どこまでも追いかけてきたのだった。

茫然と、十数年もむかしの記憶をたどっていたカスティリオーネは、いましがた皇帝の語ったことがらの忌まわしさに、我にかえった。皇三子の白骨化した遺体と、葉四のされこうべとを足して一体としたと？

「それにしても陛下、非業の最期をとげられてすでに五年、黄花山でしずかにおやすみの皇三子さまのおなきがらを、わざわざはこび出し、陛下お気に入りの海晏堂噴水時計の台座にかくさせるなどという、忌まわしいことをなされたのは、なぜでございますか。葉四のされこうべといっしょにしてまでも……」

老耄《ろうもう》の身の、おそらくは最後の激情であろう。皇帝に打擲《ちょうちゃく》されて死んでもいい、あるいは南苑の虎に食わせられてもいい。帝のしたことの忌まわしさだけは、いま弾

効しておかなければならぬと、カスティリオーネは思った。

皇帝は、しかし、しずかだった。笑みさえ、うかべていた。

「理由は、じつにかんたんだ。朕が気に入っているからだよ。そちは、友仁たちとともに、朕ののぞむがままの噴水時計をつくった。刻限を狂いなく知らせるみごとな時計である。そのような、そちたちの能力を、朕はこころから嘉《よみ》する。そちの丹青の能力にたいしても、おなじである」

カスティリオーネは、かるくあたまをさげた。しかし、皇帝の眼から視線をそらすことはなかった。

「そちたちのすぐれた能力は、しかし、やがてわが大清帝国をおびやかすことになるであろう。イエズス会の力は、西洋ではあまねく衰えているようだが、キリスト教の波は、飽くことなく、わが帝国をおびやかしに押し寄せてくることだろう」

「おびやかしにくるのではございません」

と、カスティリオーネはことばをはさんだが、皇帝は無視した。

「皇三子は、入信しなかったが、入信したと信じた。宗室の一公子である葉四は、入信はしたが、朕の命令によりキリスト教を裏切った。ともに、いつわりのキリスト教徒である。そして、その発端は、ともにそちがつくった。皇三子は、そちの描いたもの、そちたちのつくったものを瞻仰《せんぎょう》した。葉四は、そちが万花陣にていのちを救った。無残な結末となったふたりを、発端となったものに捧げるのは理の当然であろう」

「さればなにゆえ、皇三子さまお薨《かく》れののち、五年を閲《けみ》してから、さようなことをあそばされたのでございますか」

帝は、にっこり笑った。

「そちもおぼえているであろうが、乾隆二十五年はめでたい年であった。長春園西洋楼がすべて完成し、西域経営に着手し、皇十五子永琰《えいえん》が生まれた。ただひとつ、皇三子の死をのぞいては、な」

カスティリオーネは、またかるくあたまをさげた。

「朕は、昨年の五月、永琰を皇嗣にきめた。いまはまだ七歳であるが、いずれの兄たちより、皇嗣たるにふさわしい。もっとも、このことは、まだだれにもはなしていないが」

「はっ」

と、カスティリオーネがこたえた。政権の中枢からもっとももとおいこの老いたる西洋人画師に、皇帝は、皇嗣の決定という、王朝の最大の秘事を、いともやすやすと打ちあけたのである。しかし、カスティリオーネにとっては、もはやいかなる大事も、こころをうごかすものではなかった。

「乾隆二十五年に生まれた皇嗣をまもるためには、その年に死んだものを祀らねばならぬ。朕は、朕のもっとも愛する海晏堂噴水時計に皇三子のなきがらを祀り、皇三子を、その瞻仰から解き放ってやったのだ」

「祀る、ですと？　陛下は、陛下のもっとも愛するものを、汚されたのですぞ」

突然、皇帝は立ちあがった。そして、カスティリオーネを見おろした。

「よいか、世寧。この長春園西洋楼庭園は、朕のものだ。朕がつくったものだ。そちたちがつくったものではない。

——行くぞ」

と、大きなこえで胡世傑に呼びかけるなり、帝はくるりと背をむけ、線法山をおりていった。

＊

ひとりのこったカスティリオーネは、帝を見送って平伏しているすがたから立ちあがった。テーブルの上にひろげられた満洲文字の書状が、にわかに吹いてきた風にあおられ、飛び去った。その紙きれを追う気力は、カスティリオーネには、もはやなかった。

茫然と、方河をながめる。

皇帝は、方河のかなたの線法墻をあらたに描きなおすについて、こういった。

「いままでの、和卓《ホジャ》氏のふるさとのまちなみは、もうよい。そちのふるさとの、西洋のまちなみを描くように」

いままでの風景こそ、西洋のまちなみだったのだ。鐘楼《カンパニーレ》がそびえ、聖堂のクーポラが天を圧する。そして、ミラーノやジェーノヴァの民家が櫛比《しっぴ》している。そのかなたには、氷雪をいただくアルプス連峯……

皇帝は、これを、和卓《ホジャ》氏すなわち香妃こと容嬪《ようひん》のふるさと、西域のムスリムのまちと思いこんでいたのだ。香妃も、これはわたくしのふるさとのまちではございませんとは、いわなかったのであろう。彼女のこころは、あるいはうわさどおり、葉四のほうをむいていたのかもしれない。

こんどこそ、歴然たる西洋のまちを、パンネッロに描く。イエズス会の総本山たるジェズー聖堂はもとより、サン・ピエトロ大聖堂の巨大クーポラも、ナヴォーナ広場にそびえるジャン・ロレンツォ・ベルニーニ設計の四大河の噴水も描こう。

水を噴きださない、絵のなかの噴水。すべては、絵のなかの噴水からはじまったのだった。二十年ちかくもむかしになった、皇帝が西洋の絵のなかの噴水に眼をとめて、これとおなじものをつくれといったのは——。

こうして、できあがった長春園ランボーの西洋楼庭園は、いま皇帝がいったように、皇帝のものだった。皇帝がつくったものだった。

皇帝の庭は、しかし、若いものたちの枯骨に満ちていた。

あらたにパンネッロに描くナヴォーナ広場の四大河の噴水には、皇三子永璋の若き日の、まばゆいばかりのはだかのすがたをも、ひそかに描きこもう。絵のなかのその噴水めがけて、すべての風景が収斂する遠近法《プロスペツテイーヴア》——それこそ、わたしの庭だ、とカスティリオーネは思った。

ジュゼッペ・カスティリオーネは、それからほどなく、乾隆三十一年六月十日、陽暦でいうなら一七六六年七月十六日、海甸の住まいにて、しずかに天に召された。

跋

乾隆五十八年、一七九三年八月二十一日、イギリス国王ジョージ三世の全権大使ジョージ・マカートニーが円明園に到着した。前年の九月、軍艦ライオン号にてイギリスを出発して以来、南米やジャワ島などに寄港したこともあって、十一ヵ月の航海の末に、渤海湾奥の大沽《タークー》に上陸、天津経由で北京に至るや、そのまま円明園に直行したのである。

そのとき、皇帝は熱河《ジョホール》の避暑山荘に滞在していたので、九月二日に熱河に出発するまでのあいだ、マカートニーは、円明園内の割りあてられた「パビリオン」に泊まることになった。

皇帝に謁見するための準備に忙殺されていたマカートニーは、円明園にて数人のヨーロッパ人宣教師に会った。しかし、そのなかに、われわれには旧知の宣教師たちはひとりもいない。ジュゼッペ・カスティリオーネが一七六六年に世を去ってから、かれの周辺にいたヨーロッパ人は、つぎつぎと亡くなった。すなわち、一七六八年にはジャン・ドニ・アッティレが、一七七一年にはヨゼフ・バールが、一七七四年にはミシェル・ブノアが、そして一七八〇年にはイグナティウス・ジッヒェルバルトとピエール＝マルシャル・シボーが死去した。

わずかにジャン＝ジョゼフ＝マリ・アミオだけが存命しており、マカートニーはアミオから「たいへん心のこもった手紙とメッセージを受け取った」。「高齢と病弱のため」会うことはできないながら、「自分の力の及ぶ限りいかなる情報、助言、援助でも提供しようと約束していた」（マカートニー、坂野正高訳注『中国訪問使節日記』東洋文庫）。そのアミオも、マカートニーが去ったあと昇天した。七十五歳であった。

円明園内に「外国使節接待用の公館（ほかにも数個ある）の中では最上の」建物を、宿舎として与えられたマカートニーは、その宿舎の周辺をくわしく観察しているが、広大な福海についてはひとことも触れていない。まして、長春園北端の、小説では「切れっぱし《ランボー》」とした、西洋楼庭園については、その存在すら知らなかったようである。イギリス国王から皇帝への礼物として、マカートニーがたずさえてきた「地球儀や時計やシャンデリアやプラネタリウム」をどこに置くかという、清朝側との折衝においても、常識的には、もっともふさわしかるべき西洋楼のことは、話題にすらのぼらなかったようである。

そもそも、マカートニーが清国にやってきて乾隆帝に謁見をもとめたのは、なんのためか。一七五七年以来、広東《カントン》だけに制限されていた貿易の自由化を要求する、そのための通商条約を締結する——ひとことでいえば、これに尽きる。オランダの東インド会社は一七九八年に解散したけれども、イギリス東インド会社は、一七七三年に本国政府のインド支配が確立するとともに、シナ貿易への野心をふくらませつつあったのである。そんなイギリスにとって、広東の外国人特別居住地《ファクトリー》に閉じこめられ、さまざまな制限つきの商取引をしなければならないとは、がまんできるものではなかった。

こうして九月十四日、マカートニーは熱河なる離宮において、乾隆帝にはじめて謁見した。皇帝のまえに進み出て片膝だけついて敬礼する、ただし皇帝の手への口づけは省略するというのが、事前のたびかさなる折衝のすえにきまった礼法だった。

乾隆帝は、八十三歳になっていた。マカートニーが見た皇帝は、こうである。

彼の物腰は威厳に満ちてはいるが、愛想よく物柔らかである。われわれに対する応対の仕方は非常に丁重で申し分がなかった。彼はきわめて格調の高い老紳士で、今もなお健康で強壮である。見たところは六十歳になったか、ならないかというところである。

マカートニーの交渉の相手は、帝の寵臣である和珅《わしん》であった。かれは、常に論点をそらした。つまり、実質的な交渉にはついに、はいれなかったのである。そして、皇帝は、マカートニーの北京退去の日を十月七日と定め、その一行が「旅行中あらゆる礼遇を与えられるべきことを命じた」。かくして、マカートニーは、北京を離れ、陸路マカオにもどった。

失意の大使ではあったが、かれは正確に事態を見ていた。当時のヨーロッパ人にとって、清国の唯一の玄関であり、シナ貿易の拠点でもあったマカオの衰退ぶりを見たうえで、「われわれはランタオ島か、あるいはCow-hee島〔大嶼《ランタオ》島と本土との間にある馬鞍島という小さな島——訳者注〕に居留地をつくることも可能である」と述べ、また「インドにあるわれわれの植民地は、その中国貿易がちょっとでも途絶えれば非常な大損害をこうむるだろう。中国貿易は、それだけを切り放して綿花とアヘンの市場としてみた場合でも」「計り知れない価値のあるものなのである」と述べ、五十年後のアヘン戦争と香港島の植民地化をぴたり予言しているのである。

マカートニーは、さきに引用したように、乾隆帝の外貌をみごとにとらえていた。そして、老いたるこの皇帝亡きあとの中華帝国の運命をも、じつに的確に喝破していた。

中華帝国は有能で油断のない運転士がつづいたおかげで過去百五十年間どうやら無事に浮かんできて、大きな図体と外観だけにものを言わせ、近隣諸国をなんとか畏怖させてきた、古びてボロボロに傷んだ戦闘艦に等しい。しかし、ひとたび無能な人間が甲板に立って指揮をとることになれば、必ずや艦の規律は緩み、安全は失われる。艦はすぐには沈没しないで、しばらくは難波《ママ》船として漂流するかもしれない。しかし、やがて岸にぶつけて粉微塵に砕けるであろう。

*

乾隆六十年、一七九五年、皇帝は皇十五子永琰《えいえん》を皇太子に立てた。そして、みずからはその年末をもって退位し、年明けるや皇太子が即位し、嘉慶《かけい》と改元した。しかし、国政の大事は、依然として上皇が決裁し、三十五歳をすぎた新帝には、なにひとつ実権はなかった。

嘉慶四年、一七九九年、世にも幸福な生涯を送った乾隆帝は崩じた。八十九歳であった。

嘉慶二十一年、一八一六年、マカートニーが果たせなかった通商条約をめざして、ウィリアム・ピット・アマーストが大使として来華したが、皇帝への謁見にあたって、無理難題の条件と叩頭の礼を要求され、それを拒否したため、すべては水泡に帰した。「有能で油断のない運転士」であった乾隆帝の、マカートニーにたいする慇懃無礼にくらべ、嘉慶帝の時代になると、器量も度量もかくだんに落ちていたことがよくわかる。

西方のちっぽけな国から来た無礼な「貢使」がすごすごと退散した、という程度の認識しかもてなかった清国側は、これを徹底的に揶揄した。たとえば、そのころ江蘇省江都《こうと》の知県に任じていた陳文述《ちんぶんじゅつ》に、「英吉利《イギリス》歌、示使臣米士徳《アマースト》」なる奇妙な韻文がある。その一部——

イギリスよ、おまえは何ができるんだい？

時計をつくって時刻を知り、絨緞を織ることができる。

イギリスよ、おまえは何しにやって来たの？
（略）
西の海のなかの小島だもの、われらが大皇帝の庇護を受け帰依したいのさ。

これから二十数年後、嘉慶帝の皇二子たる道光帝《どうこう》（一八二一～一八五〇在位）の統治下においてアヘン戦争がおこり、一八四二年の南京条約によって、香港島がイギリスに永久割譲されたことなどは、いま周知のことがらとて、省略する。

＊

一八五六年のアロー号事件をきっかけに、いわゆる第二次アヘン戦争がおこったこと、そして一八六〇年、英仏連合軍がついに北京に入城したことなどに至る経緯についても、省略する。道光帝の皇四子たる咸豊帝《かんぽう》（一八五一～一八六一在位）は、円明園から逃げだし、熱河の離宮にて難を避けていた。英仏との和議交渉には、おとうとの恭親王《きょう》奕訢《えききん》をあたらせていた。

ともあれ、その年の十月六日、イギリス軍は北京城外に宿営し、いっぽうフランス軍は円明園を占領した。七日から八日にかけて、フランス将兵たちは円明園内のあらゆる宮殿において、掠奪と破壊をほしいままにした。やがて、イギリス将兵たちも加わった。廃墟と化した円明園を焼き払うべしと命じたのは、イギリスの特派大使ジェームズ・ブルース・エルギン伯である。かれは、歴代皇帝鍾愛のこの離宮を破毀しつくすことは、その傲岸な態度に打撃をあたえるもっともよい手段であると考えた。同時に、清国側に捕虜となり虐殺された英仏軍兵士のための、最良の復讐となると考えた。こうして、十月十八日と十九日、円明園は猛火につつまれた。恐怖におののいた咸豊帝が、恭親王奕訢を全権として北京条約を締結し、九龍《カオルン》半島先端部をイギリスに永久割譲したことなども、周知のごとくである。

ちなみに、このエルギン伯とは、大英博物館の至宝として名だかい、いわゆる「エルギン・マーブルズ」すなわちアクロポリス丘の古代神殿の彫刻群をギリシアからもたらした、当時の駐トルコ公使トマス・ブルース・エルギン伯の子である。

英仏連合軍の将兵たちが掠奪のために円明園に直行したのはなぜか。この離宮がみごとな庭園を擁し、かつおびただしい金銀財宝を蔵していることは、ヨーロッパでは、つとに有名だったからである。有名になったきっかけは、ジャン・ドニ・アッティレの、一七四三年十一月一日付アッソー氏あて書簡にあった。これは、一七四九年にフランスで出版され、ただちに英訳されて、一七六〇年代までに四度も版をかさねた。イギリスにおけるシナ趣味《シノワズリ》の庭園、あるいは風景庭園への志向が、アッティレによって、より理論化され、やがてウィリアム・チェンバーズ『東洋庭園論』（一七七二）に至るのである。

それはともかく、いまは破壊しつくされた円明園にもどろう。長春園・万春園を含めての広義の円明園の諸宮殿は、ことごとく焼失した。石でつくられた西洋楼だけは、無残にものこった。そのほぼ百年まえに、ヨーロッパ人イエズス会士たちが皇帝の苛酷な命令によって建てたものであることを、英仏連合軍の将兵は知っていたであろうか。アッティレの例の書簡は、長春園西洋楼の建設開始に先だつこと四年まえのものであるから、もちろん、それについては触れていない。

それに、円明園に宿泊したマカートニーも、西洋楼は見なかった。マカートニーが皇帝に謁見するため熱河に行っているあいだ、使節団に同行した画家ウィリアム・アレグザンダーは円明園にのこり、「正大光明」殿を描いた。しかし、西洋楼を描いた痕跡はどこにもない。

いずれにしても、円明園における使節団の行動は、いちじるしく制約されていたのである。皇帝ひとりの快楽のためにヨーロッパ人宣教師につくらせた西洋楼を、ヨーロッパ人に見せる必要がどこにあろうか。いや、それればかりではあるまい。よろずに異国趣味《エゾティズモ》をふりまいた乾隆帝ではあったが、そのエゾティズモは、皇帝の権力のもとで、みごとにシステム化されていた。長春園のあの西洋楼が、ことごとくシナふうの屋根をてっぺんにいただいていることなど、そのほんの一例にすぎない。

さて、円明園のすべてを掠奪し破壊したのちに焼いた英仏連合軍の将兵たちは、長春園を含めての円明園の最奥部に、壮麗な西洋楼が立ちならんでいることにおどろいたであろうけれども、それ以上に嫌悪の情を抱いたらしい。百年まえにヨーロッパ人イエズス会士たちが建てたもの、というより、百年まえの皇帝が建てたものという、壮麗な建造物が宿命的にもつ権力シンボルがあからさまにしみついた西洋楼——設計者の個が表出されるルネサンスをすでに経過したヨーロッパ人にとっては、中華帝国のシステムに組みこまれた西洋楼なんぞは、醜悪そのものでしかなかったろう。西洋楼の「本場」から来たマカートニー一行に西洋楼を見せなかった乾隆帝と、西洋楼をも無残に破壊した英仏の将兵たちとは、かくして、心情的にみごとな対称《シンメトリー》をなしていると思われる。重ねあわせると、ぴたり一致するかもしれない。……

ちなみに、イエズス会は、ポルトガル・フランス・スペインにおいて、あいついで追放されてから、一七七三年に教皇クレメンテ十四世により解散を命じられた。しかし、一八一四年には、教皇ピーオ七世によって再興を宣せられた。清朝においては、アヘン戦争後の南京条約締結（一八四二）の余波として、イエズス会の活動が公認されていた。

ところで、一八六〇年十二月二十二日付フランスの『画報《イリュストラシオン》』に、海晏堂西面ファサードにおける掠奪のありさまを描いたスケッチによる銅版画が掲載されている。おびただしい将兵が、テラスの上にも、十二支噴泉池をとりまく階段にも、その手前のあき地にも、わらわらと群がっている。疲れはててしゃがみこんだのもいるが、盗品をめぐって喧嘩をしているらしいのもいる。茫然と見まもるシナ人の姿も少なからずあり、かれらは無法地帯と化したこの離宮に外部からはいりこんだ野次馬とおぼしい。よく見れば、噴泉池の十二支動物の彫像も、まだちゃんとならんでいるではないか。

テラスの上では、大きな贓品を運びだしているところだ。宮殿の扉も窓も、ことごとく破壊されている。そのため、海晏堂西面のかつてのおもかげは失われているが、建物の全体構造そのものは、まだ昔日のままである。

フランスの作家ヴィクトル・ユゴーは、一八六一年十一月、英仏連合軍の一員であった一将校の質問にこたえ、連合軍を「強盗」と称し、パリで展覧した盗品はすべて返還すべし、と述べた。

＊

円明園、わけても長春園西洋楼に、廃墟の時間がはじまった。

一八七〇年、あの破壊からちょうど十年後、ドイツ人エルンスト・オールマーが西洋楼の廃墟を写真撮影した。一八五〇年代から、欧米では従軍写真家の活躍がはじまっており、一八六〇年の英仏連合軍の北京侵攻の際にも、イギリス国籍のイタリア人写真家フェリックス・ベアトが同行し撮影したはずだが、その写真は発表されていない。ともあれ、オールマー撮影の十三葉は貴重なもので、破壊のあといちじるしいとはいえ、原形をらくらくと彷彿《ほうふつ》できる程度には残存していたのである。

ところが、名著『中国の庭園』（一九四九）の著者オズヴァルド・シレンが一九二二年に撮影した写真を見ると、どの西洋楼も、屋根と壁面はことごとく崩落し、あたかも空爆を受けたかのようである。かくも毀《こぼ》たれたのは、五十年という歳月のせいか？　ちがう。明らかに、人の手による間断のない破壊のせいである。

そして、さらに六十年をへた一九八〇年代――。人は、そこに基壇とわずかな柱のみを剰《あま》すだけになった西洋楼の残骸を見出すであろう。破壊のみならず、崩落した石材の不断の搬出――これが、一九八〇年代初頭までつづいていた現実である。オールマー撮影当時のまま放置され、時間に蝕まれただけなら、廃墟と呼んでよいであろう。しかし、それに寄ってたかって破壊と搬出をつづける、現在形の廃墟があるだろうか。数百年ものあいだ、熱帯雨林のただなかで時間と植物にのみ蝕まれつづけたアンコール・ワットやアンコール・トムなどのクメール石造建築を想起するがよい。

谷川渥氏監修『廃墟大全』（トレヴィル、一九九七）所収の四方田犬彦氏の一文「廃墟を前にした少年――七生報国の大楠公碑と、紅衛兵の拠点『円明園』」は、一九六〇年代後半の中国に吹き荒れた紅衛兵の嵐が、円明園の廃墟を原点とし、「過去百年来の中華民族の屈辱と没落の歴史が、今やわれわれの奮闘によって終わりを告げようとしているのだ！」（張承志『紅衛兵の時代』岩波新書、一九九二）という、「中華民族新生への使命感とでも言うべき」パセティックな心情を生んだことにおいて、大楠公碑の前に立った頼山陽のそれと共通していると指摘する。「廃墟の半分は廃墟をめぐる物語であ」ると――。

たしかに、そのとおりかもしれない。しかし、若き張承志と紅衛兵たちは、明らかに自分たちの「物語」をねじ曲げている。一八六〇年以来の円明園の廃墟化の歴史は、たしかに、「中華民族の屈辱と没落の歴史」であった。とはいえ、もし一八六〇年の英仏連合軍による破壊がないままに、一九一一年の清朝崩壊後に廃墟化していたとすれば、西洋楼は一九六〇年代までは、少なくともオールマー撮影当時の程度は保ちつづけていたはずである。その場合でも、紅衛兵たちは、「封建的帝制の遺物」などと称して破壊していたであろうこと、疑いない。いや、どっちみち、かれらも西洋楼の廃墟をさらに傷めつけ、石材をどこやらへ運び去っていたのだ。

一九九六年、はじめて西洋楼址に立った私は、散乱する石材のあまりの少なさにおどろいた。そして、この国における石造建築物の運命を想起していた。

――福建省泉州に宋代に建てられたヒンドゥー寺院が明代にとりこわされたとき、その石材は、仏教寺院の基壇修復や城壁の建築に、有効に再利用された。

――杭州の西湖畔に宋代に建立された雷峰塔は、その磚《せん》（煉瓦）が、この塔下に白娘子すなわち白蛇を鎮めた法海和尚のご利益《りやく》により「鎮妖磚」とされ、人びとに不断にひっこ抜かれていた。そのため、一九二四年九月二十五日、雷峰塔は、ついに倒壊した。

この国では、似たことは、いつでもどこでも起こっているのである。……

*

単行本化にあたって、『文學界』連載（一九九六年六月号～一九九七年五月号）時の原稿に若干の改訂をほどこした。

第一章末尾に近く、カスティリオーネに時間をきかれた少年が猫の眼をじっとのぞきこんでから、「まだ、きっかり正午にはなっておりません」とこたえるくだり、初出ではすぐつづけて、シャルル＝ピエール・ボードレールの散文詩集『パリの憂鬱』十六「時計」(一八六二)をも引用しておいたが、本書では省略した。いま、当該部分をここに示しておくと——


中国人は猫の眼に時間を読みとる。

ある日、ひとりの宣教師が南京の郊外を散歩していたが、時計を忘れてきたのに気がついて、小さな男の子に時間を尋ねた。

中国の子供は最初はためらった。それから思いなおして、「すぐに申しあげます」と答えた。まもなく子供は一匹のたいへん大きな猫を腕にかかえて姿を現わすと、いわゆる白眼を見つめる具合にその猫の眼をじっと見つめながら、「まだきっかり正午にはなっていません」と、ためらうことなく断言した。それは本当であった。(菅野昭正訳による)

なお、本書初版刊行後に、鶴ヶ谷真一『猫の目に時間を読む』(白水社、二〇〇一)が出た。やはり、ボードレールの「時計」の右引用部分を引用しつつ、筆は中国から日本におよぶ興味ぶかいエッセーである。

第九章、カスティリオーネが皇三子永璋のやしきを訪ねたとき、日本人と称する水芸の女が、水がなみなみとはいっている玻璃杯《コップ》と扇とを飛び交わさせるという芸をする。初出時、この場面はなかった。いうまでもなく、泉鏡花「義血俠血」(一八九四)における太夫滝《たき》の白糸《しらいと》の水芸の場面を、そっくり借用したのである。

その他の参考文献については、あまりに多岐にわたるのでいちいち挙げない。

＊

連載時にお世話になった『文學界』編集部の森正明氏、および単行本化にあたって周到な準備と助言を吝《おし》まれなかった出版局第一文藝部長の寺田英視氏と大口敦子さん――以上のみなさんには心からの謝意を表したい。北京および台北へ、故宮博物院蔵のカスティリオーネの絵を見に行った旅は、大口さんと森氏の同行を得て、とりわけ楽しいものになった。

装幀は、『孫悟空はサルかな?』(日本文芸社、一九九二)、『スクリブル――文学空間の流星体《メテオロイド》たち』(筑摩書房、一九九五)につづいて、菊地信義氏におねがいした。幸運な著者というべきであろう。厚く御礼を申しあげる。

また、ローマおよびティーヴォリにおける取材では、当時イタリア滞在中のイタリア文学者古賀弘人氏にお世話になった。古賀氏にはまた、本書に頻出するイタリア語固有名詞のカタカナ表記についてご教示を受けた。この誠篤な友人にたいしても、深い謝意を捧げたいと思う。

一九九七年大暑　札幌にて

中野美代子

文庫版への跋

まことに意外なことに、カスティリオーネらが設計しつくりあげた西洋楼は、二十一世紀にはいったとたんに、新しい意味をもちはじめた。

西洋楼群のなかでも、乾隆帝お気に入りの海晏堂西面正面《ファサード》にならぶ十二支噴水時計の、銅製の動物のあたまたちが、「愛国心」のシンボルとして、各地のオークションにおいて、途方もない価格で落札され、人民解放軍の外郭団体「保利《パオリー》集団公司」の保利芸術博物館にうやうやしく納められたのである。その顕著な例は、次表を見られたい。

乾隆帝の気まぐれに発し、西洋人宣教師たちがつくりあげた西洋楼庭園のなかの十

動物	年月	オークション	落札価格	落札者	備考
サル	2000年 4〜5月	香港クリスティーズ	740万HKドル (約1億400万円)	保利	
ウシ	同上	同上	700万HKドル (約9800万円)	同上	
トラ	同上	同上	1400万HKドル (約1億9000万円)	同上	
ウマ	2007年	香港サザビーズ	6910万HKドル (約10億円)	スタンレー・ ホー（マカオ）	中国政府に 寄贈
ネズミ ウサギ	2009年	パリ・クリスティーズ	3140万ユーロ (約39億円)	蔡銘超	支払わず

二支噴水時計の銅製動物像たちは、いまや一八六〇年の英仏連合軍による円明園焼き打ちのときに掠奪された「国宝」であり、なればこそ、気絶しそうな高価をもってしても奪回しなければならない、というのが、いまの中国の立場である。日本のマスコミ報道も、無批判に中国の主張を請け売りした。

しかし、中国は、事実をはなはだしく歪曲している。一八六〇年十月、英仏連合軍が円明園において焼き打ち・破壊・掠奪をしでかしたことは、まぎれもない事実である。とはいえ、かれらは、銅製の十二支像には手も触れなかった。もっと価値があり、もっとはこびやすい財宝が山ほどあるのに、さして魅力的でもない銅のサルだのネズミだのの重いあたまを切断し、ぬすみ去ることなど、英仏の将兵たちにとっては論外だったろう。

そう、十二支像は、一八七〇年代になってから、西太后の命により紫禁城に接する南海の居仁堂に移された。やが

て、電灯の時代の幕あけとなる十九世紀のぎりぎり末、あるいは二十世紀初頭、十二支の動物たちは、それぞれ蓮の葉のかたちの電灯の笠をもたされた。一九三〇年前後に、キャロル・ブラウン・マローンが撮影した、蓮葉灯を手にした十二支像の写真は、同著『清朝北京の夏の離宮《サマー・パレス》の歴史』（イリノイ大学出版部、一九三四）に収められ、拙文「愛国心オークション――『円明園』高値騒動」（『図書』二〇〇九年七月号）にも転載しておいたが、ここでもあらためてごらんいただきたい。

十二支の動物たちのあたまがちょん切られ、あちこちに散逸していったのは、その後のことである。そんなあたまたちが、「国宝」として北京に帰還しつつある。泉

下のカスティリオーネも、目を白黒させているにちがいない。なお、この十二支動物像が居仁堂に移されたことを文献的に実証したのは、中国の円明園建築の専門家ふたりであり、かれらもマローン撮影の写真を利用している。

＊

近刊の牧陽一編『艾未未《アイ・ウエイウエイ》読本』（集広舎、二〇一二）によれば、現代中国の反体制派モダン・アーティスト艾未未は、二〇一一年五月四日、ニューヨークはマンハッタンのピューリツァー噴水に、《サークル・オブ・アニマルズ／ゾディアック・ヘッズ》と題する十二支の動物のあたまのブロンズ像をならべたそうだ。

「円明園十二生肖獣首銅像の海外への散

逸、そしてそれを中国へと奪回することで愛国心を煽《あお》ろうとする政府の方向への批判である。つまりそんなに十二生肖獣首銅像を揃えたいのなら、私が造ってあげよう、という意味の作品だ」（牧陽一氏）という。

いっぽうで、「大衆の手でパロディー化され」たものもあり、「たとえば北京の阜成門外の問屋街『天意新商城』入口には極彩色の羅漢衣を着た十二支像が設置され、客を迎えている。キッチュそのものである」（牧陽一氏）と。

どちらも、体制批判のための、パロディーとしてのあからさまな偽造品《フェイク》であるが、高価をもって買いもどしたとされる「国宝」十二支動物像のあたまたちはといえば、二〇〇八年五月の北京での一般公開にあたっての写真（「レコード・チャイナ」配信のネットによる）を見ると、あたまひとつに武装警備兵ひとりというものものしさ。それだけでも滑稽なのに、一般に公開された「国宝」のあたまたちは、「国宝」のさらにレプリカらしいのだ。一七六〇年の完成から百数十年は風雨にさらされていたにしてはピカピカの新品――。

いや、それよりも「国宝」とされるものこそがフェイクである可能性が高い。さきに挙げたマローン撮影の写真では、もっとも近景にあるサルとイノシシとウマが、「国宝」のそれとくらべられる。たとえば、マローンの写真におけるサルの耳は、目とほぼおなじ高さにあり、しかも頬に近く位置しているが、「国宝」のサルの耳は目よりはるかに高く位置し、サイズもずっと小さい、など。つまりは、西洋人のつくったサルは、荒俣宏氏が『悪夢の猿たち』(Fantastic Dozen 6。リブロポート、一九九一)で指摘するように、ヒトに似すぎているのだ。そこで、ここでは、「国宝」のサルのほうがサルらしいという、現代の中国人にとっては受け容れやすいリアリズムに防護されている。いい換えるなら、「国宝」のサルのほうが、ほんものよりはるかにフェイク性をまぬかれているといえるのである。

マローン撮影の写真におけるイノシシとウマも、表情はよく見てとれないけれども、耳のかたちだけは、「国宝」のそれといちじるしく異なることがよくわかる。ウシの角《つの》もあきらかにちがう。その他の動物のあたまは、マローンの写真では小さすぎて比較できないが、総じて「国宝」のほうが、「国宝」として貴《たつと》ばれるに足る規範《カノン》を具えているのだ。それは、そうだろう。十八世紀の西洋人がたったひとりの皇帝のためにつくったものではなく、現代の中国人が「愛国」のためにつくったものなのだから。

さきに挙げた艾未未は、こう看破した。「落札されたこの二件の文物（パリのオークションで三十九億で落札されたネズミとウサギのあたま――中野注）は芸術品とみなすことさえもできない建築物の装飾品に過ぎない。だれもが自分自身の問題、自分自身の歴史にまともに直面しようとせず、依然として歴史を歪曲しニセの歴史をつくりだす。このことが与える今日の国民への損害の方が文物への損害よりもはるかに大きなものである」(牧陽一氏所引による)。

二〇〇八年の北京オリンピックで有名になったスタジアム《鳥の巣》の設計者のひとりでもある艾未未は、その北京オリンピックの寸前の五月十二日、四川省で発生した大地震でとくに被害の大きかった小中学校の倒壊に疑問をもち、被害者名簿をつくろうとしたが、かれの「調査員は三十数回警察の妨害を受け、苦労してやっと手に入れた名簿も警察にベタ塗りにされ、破かれ、録音や録画記録も没収されたり破棄されたりした。この間、艾未未に尾行がついたり、自宅兼仕事場のフェイク・スタジオの前に監視の車が駐車していたりする。さらに監視カメラまでもが備え付けられた」(牧陽一氏)。

やがて艾未未のブログは削除され、二〇一一年以降は出国を禁じられ、自宅軟禁を強いられたこともあったという。

いっぽうでフェイク「国宝」に、なん億というばかげた金子《きんす》を投じ、いっぽうで地震の被害者となったおびただしい児童の調査すら闇にほうむる。この醜い矛盾は、国家権力が宿命的に荷《にな》うものなのだろうか。

清《しん》朝という大帝国の国家権力を一身に体現した乾隆帝もまた、さまざまな矛盾をかかえていた。とはいえ、漢族というとほうもないマッスを支配する少数民族＝満族出身の皇帝としての異民族・異宗教支配の体系は、みごとに論理化されていたと思われる。その論理は、乾隆帝が西洋人絵師をもふくむ宮廷絵師たちに描かせたおびただしい絵画、円明園や避暑山荘をはじめとする諸方の庭園の造営などに顕著にあらわれており、乾隆帝の政治を図像学的に解くことができよう。拙著『乾隆帝――その政治の図像学』（文春新書、二〇〇七）は、その初歩的なこころみである。小説としての本書とあわせてお読みいただけるなら、われわれにもなお判然としないカスティリオーネというイエズス会士絵師のイメージが、もうすこし像をむすぶかもしれない。

＊

文庫化にあたっては、講談社選書メチエ編集部の山崎比呂志氏および講談社文庫編集部の中島隆氏に、たいへんお世話になった。厚く御礼を申しあげたい。

また、文庫版のための「解説」を執筆してくださった谷川渥氏は、本書初版を上梓したときの書評者のおひとりでもある。二度にわたるおつきあいに恐縮しつつも、このうえない解説者を得たよろこびを率直に表白しつつ、あらためて深謝の意をおつたえしたい。

二〇一二年　夏至

作者識

〔図版一覧〕

P.39　絹本「歳朝図」（ジュゼッペ・カスティリオーネ他）
　故宮博物院（北京）蔵
P.127　銅版画「長春園（ランボー）西洋楼図」のうち「諧奇趣南面」
P.173　絹本「交阯果然図」（ジュゼッペ・カスティリオーネ）
　国立故宮博物院（台北）蔵
P.189　銅版画「長春園西洋楼図」のうち「大水法正面」
P.219　銅版画「長春園西洋楼図」のうち「遠瀛観正面」
P.265　銅版画「長春園西洋楼図」のうち「海晏堂西面」
P.293　絹本「長春園図巻」（方外観前の乾隆帝と香妃）
　（ジュゼッペ・カスティリオーネ）
　個人蔵（東京国立博物館『明清の絵画』による）
P.341　銅版画「長春園西洋楼図」のうち「湖東線法墻」
P.380-381　十二支動物像（撮影：キャロル・ブラウン・マローン）

※上記中「長春園西洋楼図」はすべて財団法人東洋文庫蔵

解説

谷川 渥

ジュゼッペ・カスティリオーネといえば、清代中期に郎世寧《ろうせいねい》の名で活躍したイタリア人のイエズス会士である。一六八八年にミラーノに生まれた彼は、一七一五年、北京に到着、六六年にその地で亡くなるまでじつに半世紀間、東西の画法を折衷した独特の様式の絵画を描き続けた……。

というのが、ほぼ美術史上の常識といえようが、しかしそのカスティリオーネが、清の宮廷で具体的にどのような生活を送り、そしてどのようなドラマを生きたのか、その委細についてはほとんど想像したこともなかった。そう、本書『カスティリオーネの庭』が現れるまでは。

本書は、『契丹伝奇集』(日本文芸社、一九八九、河出文庫、一九九五)、『ゼノンの時計』(日本文芸社、一九九〇)、そして『眠る石』(日本文芸社、一九九三、ハルキ文庫、一九九七)に続く、中野美代子氏の四冊目の小説である。中国文学、中国図像学研究の第一人者といって過言ではない氏ならではの該博な知識に裏付けられた比類のない想像力によって、異郷＝異教の地に果てたイエズス会士の生を再構成してみせた力作である。

「庭」というのは、北京西北郊の円明園、より具体的には、その一部をなす西洋楼庭園のこと。物語は、カスティリオーネがミシェル・ブノアら他のイエズス会士とともに、乾隆帝《けんりゅうてい》のその都度の恣意的な命のままに、噴水時計を、巨大なだまし絵ふうの画軸を、西洋楼を、迷宮を、そしてもちろん数々の絵画を完成させていくその苦心の業の描写を一方の軸とする。東洋の強大な権力者の恣意と西洋人の伝統的な技術知とが静かに、しかし激しい火花を散らしながら、「庭」は次第に新しい様相を帯びていく。

おもしろいのは、十八世紀の北京を物語の舞台としながら、他方でイタリアの芸術史的知識が次々に召喚されることだ。古くはウィトルウィウスの『建築十書』、そしてアンドレーア・ポッツォの『建築と絵画の遠近法』、アタナシウス・キルヒャーの『バベルの塔』『光と影の大いなる術』『普遍音楽』など、十七世紀の書物に触れられるばかりではない。カスティリオーネの思い出のうちに、ティーヴォリのエステ荘を、ローマのジューリア荘を、フラスカーティのピッコローミニ荘を、ローマのトリニタ・デイ・モンティ教会の鐘楼《カンパニーレ》を、ナヴォーナ広場のベルニーニの四大河の噴水をありありと浮かびあがらせる中野氏の筆致は、芸術史における最もスリリングな局面を嬉々として再現しているかのようだ。本書は、ある意味で、特異な比較芸術学的研究としても読めるのである。

私事にわたって恐縮だが、中野氏の挙げているのは、かつて一年間ローマに滞在していた私にとってもじつに懐かしい場所ばかりであって、なかでも物語のひとつの重要な契機となっているサンティニャーツィオ聖堂には、ナヴォーナ広場の裏に借りていたアパートから、しばしば足を向けたものだった。氏は、そこでポッツォの描いた「幻想のクーポラ」を見た若きカスティリオーネの「その遠近法の法悦」に言及しているが、どんなに目を凝らしても私には残念ながら、くだんの円天井《クーポラ》が黒っぽい空間としてしか映らなかったことを告白しなければならない。なにせポッツォが描いてから、すでに三百数十年も経過しているのである。

だが、この聖堂の真の目玉は、同じポッツォによる天井画《クアドラトゥーラ》、《聖イグナティウスの勝利》である。四角い平面の天井が、そのまま上方へと突き抜け、屹立《きつりつ》する荘厳な建物から上空へと無数の聖人たちが舞い上がっていくように見える。拙著『図説・だまし絵』（河出書房新社、一九九九）の第一章「建築空間の偽装」のなかで、私はこれを採り上げ、その「下から上へ《ディ・ソット・イン・スー》」見上げるだまし絵的な「偽装」のありようを説明したことがあるが、氏は、本書において、その天井画の下絵を見た乾隆帝に、「しかし、朕《ちん》には、人みな上から下へ落ちていくように見えるぞ」といわせている。「下から上へ」という聖性の方向が、「上から下へ」とさりげなく逆転されるこのくだりに、聖と俗との、西洋と東洋との、そしてカスティリオーネと乾隆帝との微妙にして決定的な差異・確執が象徴されていると見ても間違いではないだろう。

そして物語は、「下から上へ」水を噴き上げ、また「上から下へ」水が落ちる噴水を重要なモチーフとして展開されることになる。ちなみに、中野氏は、本書の前に刊行された『奇景の図像学』（角川春樹事務所、一九九六）に収められた「噴水のある庭」という文章において、澁澤龍彦の庭園論などに触れながら、東西の噴水のありようについてすでに興味深い記述を残しているが、その「追記」に、イタリアを訪れて「得られた新たな知見」は「企画中の次なる仕事のなかに生かされるであろう」と書きとめている。この「次なる仕事」こそ本書にほかならないわけである。

ところで、比較芸術学的といえば、やはりカスティリオーネの絵画作品の問題にも触れておかなければならない。私はかつて『形象と時間』（白水社、一九八六）の「馬のエクリチュール」の章において、テオドール・ジェリコーやギュスターヴ・クールベの作品に見られる、宙を飛ぶ疾走馬の四本脚の表現について論じたことがある。写真との違いによって大いに物議をかもした、いまでは周知の芸術史的問題だが、資料をあたるうちに、十九世紀の西洋に宙を飛ぶ馬が現れることになる経緯には、ほかならぬカスティリオーネが関係しているのではないかと考えるようになった。中国では脚を前後に広げて疾走《ギャロップ》する馬の表現が一般的だったから、彼の絵のなかにも同様の姿を見せることになり、それが一七六〇年代にフランスに伝えられた……。というようなことを、私はある雑誌に書いて、折から本書を執筆中だった中野氏にお見せしたことがある。そのあたりの事情は、講談社学術文庫版『形象と時間』（一九九八）の「解説」をお引き受けくださった中野氏によっても触れられているが、氏はその問題を『チャイナ・ヴィジュアル――中国エキゾティシズムの風景』（河出書房新社、一九九九）所収の「西方への疾走《ギャロップ》――カスティリオーネの馬たち」において、いっそう精緻に論じている。フランスに渡った絵とは、乾隆帝が新疆《トルキスタン》のジュンガル部とムスリム部を平定した一七六五年、その戦勝を記念して《準回両部平定得勝図》十六葉の制作を思いつき、カスティリオーネに命じた原画のことである。原画の制作は、カスティリオーネを含めた西洋人宣教師の画家たち四人が分担し、それらが一七六七年にフランスに到着、彫版師九人が作業にあたり、一セット「原版一枚と印刷画二百枚」の十六セットすべてが北京に届いたのは、一七七五年であった。フランス人の手もとには一枚も残さぬようにという乾隆帝の厳命にもかかわらず、かなりのものが残り、彫版師ル・バの弟子が縮小版を作り、一七八五年から市販した。その疾走馬の姿が、イギリスやフランスでさかんに行なわれるようになった競馬の馬の姿と重なった。一八二〇年代には、脚を前後に開いて宙に浮く馬の姿が新しいモードとして定着したのである……。

疾走馬の表現は、さらなる広がりをもった芸術史上の課題だが、本書ではくだんの《準回両部平定得勝図》の原画の制作をカスティリオーネに命じる際、乾隆帝をして、「そちのもともとの技《わざ》が生かされる」といわしめている。「もともとの技」とは、西洋絵画特有の陰影法・明暗法のことである。影付けを嫌う伝統を背負った乾隆帝も、銅版画の原画にだけはそれを許したというわけである。だが、皇后や十人の妃嬪《ひひん》たちの肖像画に陰影をほどこすことは厳格に禁止した次第については、中野氏の『乾隆帝　その政治の図像学』（文春新書、二〇〇七）にいっそう詳《つまび》らかである。本書においても、新疆から連れてこられた香妃の幾点もの肖像画が本人にまったく似《に》ていないことが語られているが、そうした「政治の図像学」のありようも明らかにされるだろう。

本書は、しかし、もちろん東西の比較芸術学的・芸術交渉史的な興味に尽きるものではない。物語のもう一方の軸は、推理小説的とでもいうべき人間的ドラマ、不吉なドラマによって構成されている。そもそも物語はイエズス会士が苦心してつくりあげた噴水時計の台座に白骨死体が発見されるところから始まるのである。この白骨死体が誰のものであるか、謎は謎を呼びながら、真相は最後にようやく明らかになる。雑技団の青年、日本人らしい水芸の女、そして皇三子永璋《えいしょう》らが、カスティリオーネと絡みながら、この不吉なドラマを演じるだろう。

いや、ドラマというなら、やはり乾隆帝とカスティリオーネとの関係こそが最大のドラマというべきかもしれない。イエズス会士にとって、神はただひとりしか存在しない。その神への信仰を広めることこそが、彼らの本来的目的である。が、布教はもとより禁じられている。帝こそが現実的な神でなければならないからである。この物語を根本的に支えているのは、キリスト教の神と現世の神とのそうした対立である。そして後者のほうが圧倒的に強力なように見える。イエズス会士たちは、したたかな帝の心のままに翻弄されるまことにか弱い存在にすぎない。実際、本書を読みながらイエズス会士への、いやカスティリオーネへの同情を抑えることは難しい。

だが、著者は最後にちょっとした復讐をかたどって見せてくれるだろう。カスティリオーネの乾隆帝に対する想像力の復讐である。西洋楼庭園の端に掘る方河を、その昔ハドリアヌス帝が、ナイル河に身を投げた寵童アンティノウスのためにヴィッラ・アドリアーナにつくったカノープスの池に重ね合わせること。なぜ、それが復讐になるのか。そのことをここで語るには及ぶまい。そこにこの物語のすべてが収斂《しゅうれん》するといっても過言ではないからである。

噴水時計のことから始まるこの物語が、また巧妙な時間のメタファーの様相を帯びていることにも注意しておこう。《準回両部平定得勝図》をめぐって、こんなやりとりもある。カスティリオーネが、「日常にはあらざる時間を凝縮しなければならないのでございます」というと、帝は、「劇的な一瞬が日常の時間のなかにおとずれぬともかぎるまい」と返すのである。この帝の言葉が驚くべき伏線になっていることに、読者はあとから気づくことになるはずだ。現在と過去を往還しつつ展開されるこの物語が、時計の数字と（そして十二支の動物たちの数と）同じ全十二章によって構成されていることはいうまでもあるまい。

「跋」に詳しく述べられているように、円明園は、一八六〇年、英仏連合軍によって掠奪《りゃくだつ》と破壊をこうむり、そして火を放たれた。廃墟と化した円明園は、いまでは「遺址公園」として開放されており、私も訪れたことがあるが、とりわけ西洋楼の残闕《ざんけつ》にある種の感慨を覚えざるをえなかったといわなければならない。とはいえ、例の迷宮などは、ほとんどそっくりそのまま残されており、私もそのなかをさまよって遊んだのだった。中野氏の「跋」は、この廃墟化した円明園についても、また新たな物語が召喚されることを教えてくれるだろう。いや、新たな物語というなら、「文庫版への跋」で中野氏がいささか義憤にみちた筆致で指弾しておられる、今日の中国における十二支像の「国宝」化の動きこそ、それであろう。動物たちの銅製の首をめぐるなまぐさい策動に、われわれはけっして無関心であってはなるまい。

最後に余談だが、動物の首といえば、私にはパレルモの町の中心、クワトロ・カンティ（四つ辻）のすぐそばにあるプレトリア広場の噴水のことが思い出される。噴水を取り囲む石壁に壁龕《へきがん》が一列に並び、そこから馬、獅子、駱駝、象といった白大理石造りの動物たちが顔をのぞかせているのである。ゲーテは、その『イタリア紀行』のなかで、これを「動物園」と呼んでいる。これは、フィレンツェ出身の彫刻家フランチェスコ・カミリアーニによって一五五〇年代に完成され、のちに息子のカミッロによって設置されたものだが、カスティリオーネらがつくりあげた十二支噴水時計との意匠の類似に驚かざるをえない。直接的にはおそらく何の関係もないのだろうが、本書に触発された、ちょっとした「比較芸術学的」連想として言及することをお許し願いたい。

カスティリオーネという歴史的人物をトポス（主題＝場所）とする小説。それにしても、こんなに問題的《プロブレマティック》な、こんなに知的刺戟にみちた小説も稀であろう。読者には、この周到にしつらえられた迷宮にも似た想像空間をさまよい遊ばれんことを。

本書は、一九九七年九月に文藝春秋より刊行されたものです。

|著者| 中野美代子　1933年、札幌市生まれ。北海道大学文学部卒業。オーストラリア国立大学講師、北海道大学教授を歴任。中国文学者。主な著書は、論評に『三蔵法師』『チャイナ・ヴィジュアル―中国エキゾティシズムの風景』『あたまの漂流』『中国春画論序説』『乾隆帝―その政治の図像学』『綺想迷画大全』、小説に『契丹伝奇集』『ゼノンの時計』『ザナドゥーへの道』『塔里木秘教考』、翻訳に『西遊記』（全10巻）などがある。

カスティリオーネの庭《にわ》

中野美代子《なかのみよこ》

講談社文庫

定価はカバーに
表示してあります

2012年7月13日第1刷発行

発行者――鈴木　哲
発行所――株式会社　講談社
東京都文京区音羽2-12-21　〒112-8001
電話　出版部（03）5395-3510
　　　販売部（03）5395-5817
　　　業務部（03）5395-3615

デザイン―菊地信義
本文データ制作―講談社デジタル製作部
印刷――――豊国印刷株式会社
製本――――株式会社若林製本工場

Printed in Japan

ISBN978-4-06-277306-5

講談社文庫刊行の辞

二十一世紀の到来を目睫に望みながら、われわれはいま、人類史上かつて例を見ない巨大な転換期をむかえようとしている。

世界も、日本も、激動の予兆に対する期待とおののきを内に蔵して、未知の時代に歩み入ろうとしている。このときにあたり、創業の人野間清治の「ナショナル・エデュケイター」への志を現代に甦らせようと意図して、われわれはここに古今の文芸作品はいうまでもなく、ひろく人文・社会・自然の諸科学から東西の名著を網羅する、新しい綜合文庫の発刊を決意した。

激動の転換期はまた断絶の時代である。われわれは戦後二十五年間の出版文化のありかたへの深い反省をこめて、この断絶の時代にあえて人間的な持続を求めようとする。いたずらに浮薄な商業主義のあだ花を追い求めることなく、長期にわたって良書に生命をあたえようとつとめるところにしか、今後の出版文化の真の繁栄はあり得ないと信じるからである。

同時にわれわれはこの綜合文庫の刊行を通じて、人文・社会・自然の諸科学が、結局人間の学にほかならないことを立証しようと願っている。かつて知識とは、「汝自身を知る」ことにつきていた。現代社会の瑣末な情報の氾濫のなかから、力強い知識の源泉を掘り起し、技術文明のただなかに、生きた人間の姿を復活させること。それこそわれわれの切なる希求である。

われわれは権威に盲従せず、俗流に媚びることなく、渾然一体となって日本の「草の根」をかたちづくる若く新しい世代の人々に、心をこめてこの新しい綜合文庫をおくり届けたい。それは知識の泉であるとともに感受性のふるさとであり、もっとも有機的に組織され、社会に開かれた万人のための大学をめざしている。大方の支援と協力を衷心より切望してやまない。

一九七一年七月

野間省一